遇见格桑花

带着孩子去西藏

绿豆 芝麻 ◎ 著

我们把西藏的一朵云，新疆的一朵花装在了书里，请您找到它，告诉身边的朋友吧！

中国地图出版社

图书在版编目（CIP）数据

　　遇见格桑花：带着孩子去西藏 / 绿豆，芝麻著 . -- 北京：中国地图
出版社，2015.6
　　ISBN 978-7-5031-8662-2

　　Ⅰ.①遇…　Ⅱ.①绿…　②芝…　Ⅲ.①游记-作品集
-中国-当代　Ⅳ.① I267.4

　　中国版本图书馆 CIP 数据核字（2015）第 099855 号

责任编辑　　　于至堂
出版审订　　　余　凡

遇见格桑花：带着孩子去西藏
YuJian GeSangHua：DaiZhe HaiZi Qu XiZang

出版发行	中国地图出版社			
社　　址	北京市白纸坊西街 3 号	经　　销	新华书店	
邮政编码	100054	印　　张	20	
网　　址	www.sinomaps.com	版　　次	2015 年 6 月第 1 版	
印刷装订	北京画中画印刷有限公司	印　　次	2015 年 6 月北京第 1 次印刷	
成品规格	170×230mm	定　　价	48.00 元	

书　　号　　ISBN 978-7-5031-8662-2

**如有印装质量问题，请与我社发行部联系，联系电话：63553909，如有图书内容
问题，请与本书责任编辑联系，联系方式：dzfs@sinomap.com**

推荐序一

——旅者，旅游卫视主持人　阿涩

大概是 2000 年

就策划了一个节目

大概的意思是带着一个 13 岁的孩子 去环游世界

但是

在与青少年基金会 以及妇女儿童基金会请教以后

马上放弃了这个　看上去简单 实际上很复杂的事儿

之后 在 2009 年的时候又突发奇想

策划了一个叫《一切为了孩子》的系列

大致的意思是想为联合国在世界各地的儿基会 或者 SAVE　THE　CHILDREN 等慈善

组织

做些事情

比如 做孩子们的信使 传递他们每一个简单的愿望

但是

在与一些从事儿童心理和行为研究的专家讨论之后

又放弃了

前不久 听说有个娱乐节目叫《谁谁去哪儿》之类的

据说很火

因为 没有看过

所以 也不好说些什么

但是

可以看出亲子旅游已不仅仅是生活中的休闲消费

而是可以被娱乐化 成为大众关注的话题

原因很简单 因为 结婚生子 传宗接代 养育成人

这是最最普通 最最真切的生活

说到这儿 想到

其实 很久以前旅游卫视就播出过亲子游之类的节目

不过 直到现在

俺还是没有看到那光的出现

那束可以照亮中国千百年来的父子两辈关系的光

以及祖孙隔辈之间关系的光

那是一束 启蒙的光

是带着孩子去旅游

还是和孩子去旅游

或者 是陪着孩子去旅游

俺不知道

从 2001 年背包游历了欧洲和亚洲之后

就一直在想

为什么 日本会有这样的一句谚语

如果你爱孩子 就让他们去旅行吧

也许 这一本书

可以 找到答案

推荐序二

——作家、环球旅行家 洛艺嘉

不干别的，专门旅行，在旅行圈混了 12 年，听别人进藏，在我，就跟听人家下楼去了趟街心公园一样。可是，这是他们第 9 次进藏。这是他们小学二年级的孩子第三次进藏。这是三十几人，11 个孩子(最小的只有 4 岁)，走一条鲜为人知的进藏路。

队医最先高反；天葬台下的分道扬镳；长江黄河分水岭的风雨徒步；在海拔5100 米的山上推车去寻访骷髅墙；在唐古拉与昆仑山间，被野生动物围观；泥石流中的生死瞬间……近一个月的风餐露宿，惊心动魄死里逃生的西藏行。

人生，并不是你凭空想象的那样，你需要经历，才能推开一扇扇窗，去感受世界的丰妙。只有经历，才能把泪水欢笑，变成我们永远的珍贵收藏。旅行如人生，充满变化和挑战，我们不躲闪，不怕风雨，不惧艰辛；我们勇敢，但不盲目。只有学会规避风险，战胜困难，我们才会看到风雨后的彩虹，有下一次的出发。

我们总说梦想，但现在，很多人，梦里都不敢想，都不敢有梦。梦在哪里？就在你的脚下。

世界很大，不要总在周围东张西望。学会热爱，追寻美好，以梦为马，跋涉天涯。

本书作者绿豆芝麻，夫妻档资深驴友，中国家庭与亲子户外的倡导者与实践者，女儿薏米从襁褓中开始跟随户外旅行，被多家媒体誉为国内亲子旅行第一家庭。他们创办的陌路如花旅行生活圈，让离开诗歌多年的我，又有了诗情。让我们的每一个天涯，都陌路如花。

▼ 仙女湖畔的野花/从年保玉则的雪峰下/一路奔放而来/绛红的身影/高居云端/如同红色的祥云/蓝了天空白了云朵。

▲ 雅拉雪山下的木雅白塔／康巴汉子的快马／摇曳在风中的
塔公草原／聆听佛的呢喃。

▲ 晨曦点亮雪山，梅里在那一瞬间，鲜活起来，
照亮了所有人彷徨的内心。

▼ 天山，不是一座山／它是大地与天空的分界线／喀拉峻草原／不是草原／它是人与神佛共居的家园／帐篷与毡房比邻而居／我们在天边放牧自己／迷失的灵魂。

目录
Contents

序

世上本无格桑花

雪域高原，美丽的花有千千万，最为人熟知的，莫过于格桑花。

它是那么神秘，那么遥远，那么令人向往。

一朵隐约的花，充满无尽诱惑；一条鲜为人知的进藏路，几多艰难；一片不为大众熟知的雪域，无限神秘；一支三十人的队伍，状况百出；一群最小才四岁多的孩子，精彩纷呈。

近一个月的风餐露宿，雨季、陷车、徒步、露营、滑坡、泥石流，惊心动魄死里逃生的西藏行……

如此的艰难、如此的惊险，如果一定要问个为什么，其实就是龙应台在给儿子的信中写的："上一百堂美学的课，不如让孩子自己到大自然里行走一天；教一百个钟头的建筑设计，不如让学生去触摸几个古老的城市；讲一百次文学写作的技巧，不如让写作者在市场里头弄脏自己的裤脚。玩可以说是天地间学问的根本。"

不是我们老得太快，而是我们明白得太迟。

如果有人告诉你，世上根本就没有格桑花，你会不会觉得很突兀，觉得很郁闷。

其实，世上真的就没有格桑花，被大多数人在高原上称为"格桑花"的花，学名叫秋英，又叫波斯菊，传入中国，不过百年，原产于墨西哥，后经西亚进入中国，而进入高原，则不过三十年。

格桑，汉语意思大概是"美好的时光，幸福时光"，所以美丽的花或代表幸福的花，大多可以叫做格桑花；而在佛教中，格桑表示贤劫，花与佛同在，只开在圣洁的地方，那么在圣洁佛地开的花，大概就可以叫做格桑花。

而格桑花这一名字的来由，据说与七世达赖格桑嘉措有关。

相传罗布林卡是格桑嘉措的园林代表作，罗布林卡内珍稀花卉不少，一次其外出归来，携带了一盆娇艳明媚的花，放在窗台上。信众远远望去，见该花流光溢彩，纷纷揣测其绝非尘世之花，不知是离得太远没看清楚，还是大伙从未见过不知其名，这花干脆就叫做格桑花。

至于这花究竟是什么花，数百年来，谁也说不清楚。

这好似我们常常听说的"没文化，真可怕"这句话。可"文化"到底是个什么东西呢？是学历？是经历？是阅历？

总之，它与这格桑花一样，显得那么遥远又接近！

比较认同的理解：文化是根植于内心的修养、无须提醒的自觉、以约束为前提的自由、为别人着想的善良。而这些，又岂是温室里能培养得出来的！

旅行，不是旅游；旅游，也不是旅行！这是我们内心极为固执的一个概念。行，要靠自己的双脚，用自己的眼与心去观察和聆听。

在慢行的旅途中享受旅行的美好，于生活的细微之处见证真情。

其实这次进藏，是几个多次结伴旅行的伙计鼓动的。在此之前，绿豆与芝麻，已经有过八次进藏的经历，即便是薏米，也已经有过两次进藏经历。大好河山，有吸引力的地方，很多很多，实在是想歇歇脚，换个地方去旅行。但这雪域高原，在内心浓荫蔽日，别处的阳光很难挤进一丝亮光，在大伙的鼓捣下，就有了这第九次进藏计划。

最开始，只是打算与几个朋友一起，带着孩子去走唐蕃古道，最多三台车，最多十五个人。

不想在QQ群里说着说着，参与讨论的人越来越多，咨询线路的询问预算的要求占位的络绎不绝，这拒绝谁不拒绝谁，还真说不出口。因为当时预算尚未具体核算，看到这么多人请求跟队，有点发怵，于是随口开出了个全程一个月预算每人一万元的单子，想用时间与金钱先设置一道虚拟的门槛阻止一部分人，但应者依然云集；后来又心生一计，说报了名的人还要进行海选预赛，不合格的不能跟队，结果逼着大伙除了私下拉关系央求开后门外，报名的热度依然赛过七月的热情，两天不到大人孩子居然超过了三十人，吓得绿豆赶紧封队，此后无论是亲戚朋友熟人一概谢绝，陆陆续续拒绝了好几十个人。

在这里，再次向那些向往高原，没有跟队成功的兄弟姐妹们，表示深深的歉意！

这报了名的，总不至于还真来个海选淘汰吧。想想报了名如果又被我们无情抛弃的小伙伴，眼巴巴望着我们上高原，那种失落也太惨无人道了，这不明显找抽么。于是绿豆把以往进藏的艰难困苦危险用文字与图片，在群里再次演示说明，期望借此把部分意志薄弱者吓退，但结果，人数停留在二十九上，加上一个中巴驾驶员，整整三十人，再无变化。

这三十人中，有十一个孩子，从四岁、五岁、六岁半、八岁到九岁十岁，最大的十六岁，错落有致，着实有点犯难；而这条生僻的线路，加上雨季、高原、徒步、露营，想想头就大了。

线路编排、车辆和人员编配、安全防范、露营点安排、应急措施、药品、公用物资、食品……曾经有好几次头昏脑涨之际，绿豆打算借口薏米要去北京看毛爷爷，有了解散队伍的冲动，结果当然被芝麻训了个狗血。

幸亏给峰子和小丫封了两个协作的"官职"，减轻压力不少；然后又给若干人封了若干"爵位"：河西车辆组组长、豆豆装备组组长、青藤后勤组组长、YAOYAO医疗组长、凤凰儿童组组长、小叶儿童团副团长……

感谢这些有职无位、有事无赏的兄弟姐妹们的齐心协力，不然这趟旅行，真的会狗血！即便临近出发时，还有朋友在苦口婆心劝戒绿豆：带这么多人上高原，带这么一群孩子上高原，还是自助游，还要露营和徒步，等你路上哭的时候，你才会学会拒绝！

其实，我们又何尝不想拒绝！但每一个怀揣旅行梦想的人，都有一颗渴望自由飞翔的心，在他们尚未起飞前，就一记闷棍将他们的梦想拍落山崖，是何其残忍的事。人生就是一场修行，帮助每一个心怀梦想的人，顺利实现心中的梦，不也是修行么！这十一个孩子，十个没有高原经历和经验，能把这十一个孩子带上高原，平安又顺利地实现他们的梦想，让他们与自己的爸爸妈妈在路上一起欢笑，一起流泪，一起吹风，一起淋雨，开心出发，平安归来，又岂不是莫大的修行！

人生就是一场旅行，或许是鲜花、明月、清风，或许是痛苦、磨难或者险境，这些，不都是我们准备要送给孩子的礼物么？不管这些孩子以后会不会爱上旅行，但我们都希望，这样的旅行能让他们的视野更加开阔，能摆脱身边那口小小的井，不要做那只井底的蛙。在自己的人生天涯路上跋涉时，能够以梦为马，胸怀天下，追寻美好，热爱生活，关爱他人。

世上本无格桑花，就如同幸福一样，它却又真实地存在着。或许，格桑花从来就没有来过这世界，它不过是我们对幸福的向往罢了，但它却又无时无刻不伴随在我们左右，从未远离。

至于属于我们自己的格桑花，究竟是哪朵，还是静下心来，问一问我们自己吧！

相信只要心中有朵格桑花，所有人，尤其是经历过风雨的孩子们，迟早都会明白：有多高远的梦想，就能走多长的路；有多宽阔的胸怀，就能行多远的天涯！

谨以此，献给所有热爱生活、热爱旅行的兄弟姐妹们！

世上本无格桑花，但每个人，都可以在心中种下一朵属于我们自己的格桑花。这朵花，能够让这每一次的出发，成为我们内心的自我回归；而这每一次旅行的结束，成为下一次行程的开始。

绿豆　芝麻

2015 年春节于张家界

第 **1** 章

人生若只如初见

扎西正安静地盘腿坐在湖边，胸前的牦牛皮，在路上被磨砺成了盔甲，古铜色的皮肤有些晃眼，鼻尖和额头上，两块发亮的硬茧。

◀ 一半是海水，一半是火焰，一半是现实，一半是梦幻。——海南大洲岛日出

1.1

苍茫的天涯，
那些欲罢不能的陌路

川西北康藏高原的圣湖边，绿豆遇到了扎西。

时光倒回至几年前，一个夏日的午后。

扎西正安静地盘腿坐在湖边，胸前的牦牛皮，在路上被磨砺成了盔甲，古铜色的皮肤有些晃眼，鼻尖和额头上，两块发亮的硬茧，标志着他的虔诚。

▼ 幡簇拥着神山，神山护佑着家园。相互的依恋，永恒的厮守。甚至，不需要言语。——四川甘孜沙鲁里雪山

他一边和绿豆说着话，一边用石子在身边垒出了一个小小的玛尼堆。扎西的老父亲感冒了，有些气喘，还不断地咳嗽，绿豆把随身的感冒药掏出来，让他赶紧吃下去。扎西的妹妹卓玛去了湖边，那里有个巨大的白塔，她一边围着白塔转动，一边念着"唵嘛呢呗咪吽"，白塔上，有她刚刚献上去的哈达。

扎西是绿豆五年前在扎溪卡坝子里认识的，那年夏天，绿豆在坝子里闲荡，正好走在他家的帐篷前，被他一把拉住，莫名其妙地喝了无数的青稞酒，跟着大伙又唱又跳，事后才知道他阿妈刚刚去世，他们正用这种方式祝福这位辛劳一生的女性，修成正果，开始来生。而他母亲的遗体，要被运到百公里外一个著名的天葬台进行天葬。

扎西告诉绿豆，家里的一百多头牦牛，全被他卖掉了，卖了差不多五十万元，自己留了五万元做盘缠，其余的，换成了供品，献给了佛，留在坝子里寺庙中，那些酥油，会一直燃到他们朝拜归来，他带着阿爸、妹妹，已经出来快两个月了，坝子里的另外三个人和他们一起去朝拜，卓玛和另外一个人，用板车拖着几个人的全部家当，为大伙提供后勤保障。

"翻过湖边的山，就是西藏了，多则十个月，少则八个月，很快就到拉萨了"，扎西有些兴奋地说着。

路上遇见几辆自驾进藏的车。得知扎西一家磕等身长头去拉萨朝拜，都啧啧赞叹，一边点头一边摇头，其中一个居然当场说要一起走路试试，结果同伴说现在就让他跟着走，他却坚决地摆开了头。

自驾车队的领队突然想起什么似的，问绿豆是不是也是一起去朝拜的，绿豆赶紧摇头，这个苦头，自己可吃不消；何况绿豆心中的佛，可不在布达拉。于是赶紧申明说自己也是个旅行者，只不过没有具体的目的地，所以走到哪算哪，于是帅哥很诚恳地邀请绿豆一起去拉萨，还说不要绿豆分摊费用，得到绿豆坚决的拒绝后，帅哥还是不死心，非要扎西生病的阿爸坐他们的车翻山，让扎西有些愤怒。因为在扎西看来，不要说坐车，就是有这种想法，也是对菩萨的不尊，必定会使自己两个月以来在路上三步一拜的劳苦白费。

头顶飘来几朵硕大的云团，将太阳的火辣完全湮没，瞬间背上开始变凉，

▼ 赤色佛国、康藏色达、信仰筑成一片理想国。——四川色达五明佛学院

◀ 洪江古城深处，两盏
褪色的红灯笼，执着
地站在门前，眺望小
巷尽头，期待游子回
家的脚步。——湖南
洪江古商城

扎西赶紧起身，他们今天的目的地，是在雪山的脚下。

"明年夏天，我就到拉萨了，你到拉萨来找我，我们一起去雪村，你请我喝酒！"扎西很期待地看着绿豆。绿豆点点头，默默把随身的水、食物分出一部分，放在了卓玛的板车上。

扎西取掉胸前的牦牛皮，将挂在脖子上藏在衣服里的一个小口袋取了下来，走到绿豆跟前，递到绿豆手上："来，这个送给你，是我出发前，坝子寺庙的活佛赐给我的，你是我最亲近的朋友，我把它转给你，菩萨会一直伴随你，扎西德勒！"

看着扎西他们从自己亲手垒起的玛尼堆边开始继续上路，绿豆打开了扎西送给自己的小口袋，一尊泥雕的莲花生大士的像，静静地看着自己。绿豆把它挂在了自己脖子上，穿过湖边的草地，去湖南岸的牧民赤桑顿珠的大毡房。吃晚饭时，顿珠看到了绿豆挂在脖子上的佛像，他很羡慕地说："擦擦，好东西，吉祥得很！"

"擦擦？"那时的绿豆第一次听到这个名词，擦擦是什么东西？赶紧发短信问熟识的云丹堪布。

很快，堪布回了短信："擦擦就是用模具印出来的泥佛，你得到的这个，应该是骨擦，好好戴在身上！"

骨擦？明明是泥巴做的嘛。知道扎西送了个好东西给自己，心里很自豪有扎西这样的朋友，便继续发短信问堪布，骨擦是什么啊。

堪布的回复，让绿豆有点心惊肉跳："骨擦是用圆寂活佛、高僧的骨灰混合泥土制成的，你这个应该是扎溪卡寺庙活佛的骨擦。"

看到草原上浓浓的暮色，心头不禁发虚，以前从没见过把逝去的人骨灰戴在身上的，绿豆赶紧取下来，放在身边的台子上。顿珠再次拿起绿豆放在台子上的佛像，露出羡慕的眼神，然后从自己脖子上取下一件挂着的小饰品，放在一起对比起来。

"顿珠，你也有骨擦？"绿豆好奇地问。

"没有，你这个东西好得很，我的不是擦擦！"顿珠抬头看看绿豆。

不是擦擦就好，绿豆心头松了口气，寻思顿珠那么羡慕，要不就用这换他刚取下来的小饰品，或许是个不错的选择。想到这，绿豆让顿珠把他手里的东西给自己看看。

仔细研究着手里的饰品，这件小小的饰品，看不出材质，通体发亮而接近半透明，在烛光的映照下，闪烁着玉石般的光泽，绿豆猜可能是山里的玉石，或者玛瑙一类，比起扎西送自己那个骨灰做的佛像，简直好上一百倍！

"顿珠，换了？"绿豆扬扬他的饰件。

"不换！"顿珠突然提高了声调，有点愤怒的冲绿豆吼道。

绿豆知道自己不应该将朋友送自己的东西去换别人的东西，于是赶紧对顿珠说："不换不换，我开玩笑的。"

躺在毡房里，绿豆一直在想，顿珠是怎么知道擦擦是朋友送的。

顿珠也躺在另一头默默不语，毡房外的马儿不知道被什么惊到了，发出一声凄厉的嘶鸣，绿豆在心里不断地念颂着六字真言。

好半天，顿珠终于开口说话了："我那东西，不能换，那是阿妈留给我的，是她的指骨！"

背上，一阵阵寒意。

几乎彻夜未眠，直到东方的天际，露出玫瑰色的晨曦。

▲ 黑龙江的一条山谷里，零下四十摄氏度的气温与零上的水，描绘成这无与伦比的梦境。——黑龙江伊春小兴安岭河谷

雪山倒映在湖中，四周的花正慢慢张开小脸，准备迎接新一天的阳光。

东方的第一缕金色光线，投射在雪山上，将金字塔式的峰顶，浸润成金黄的色彩，深深镌刻在绿豆的脑海里，愈久愈深，无法磨灭。

2014 年 7 月 12 日，经过一天的奔袭，绿豆与芝麻跟随峰子驾驶的一号车，从湖南张家界到达绵阳已是晚上十点多。

先期通过火车、飞机、自驾等到达绵阳的队友们，都已经吃过晚饭，一大堆人在等着迎接最后到达的后续部队。

吃饭间隙，后到的几个小朋友，已经与先到的打成一片，整个饭馆差点底朝天。几个人正私下嘀咕，庆幸这帮熊孩子没有全部聚齐，乃天下之大幸。河西却兜头来了一瓢冷水："就之前这几个，傍晚已经直接把旁边一桌食客给赶跑了。那帮食客饭还没吃完，给吵得头发晕，直接把筷子啪往桌子上一扔，气呼呼地嚷嚷不吃了，撒腿而去。"

原来几个小男孩都想表现自己，说话时都担心别人注意不到自己，或者听不到自己的观点，一个比一个声音高，一个比一个嗓门大。

墙壁上的灰，被震得唰唰往下掉。

难怪清醒死活不愿当儿童团团长，凤凰这个挂名团长，这会早躲得远远的。看来这一路，儿童团的头，就是要历经九九八十一难的唐僧啊，不立地成佛才怪。

吃饭间隙，不知是谁提出，蓝天空的老公，将蓝天空从西安送到绵阳，而且也请到了假，问绿豆能否临时跟队，也可以顺带照顾腿脚不便的蓝天空。

绿豆一听，当即一口回绝。

在大伙看来，此刻的绿豆，没有一丝人情味。

其实，这样的自助户外，这样的深度旅行，这样的生僻线路，这么庞大的队伍，从计划到最终实施，是一个漫长的过程，也是一个反复考量、精心筹划与准备的过程。无论是吃住、车位、食品、医疗等，都是按额定人数核算与准备的。并非在家里，吃饭多双筷子那么简单；也并非标准化的旅行团产品，直接去购买就成。

虽然，绿豆心里，也充满了深深的愧疚！

当然，更要感谢蓝天空一家的理解与支持。因为那一刻，绿豆不用看，也知道那种至亲之人分别的不舍与无法跟随的惆怅与失落！

说走就走的旅行，对大多数人来说，只是个憧憬，没有在路上的积累，没有旅行中的沉淀，一切梦想都会破灭。

虽然，对绿豆与芝麻，甚至于薏米，随时都能做到来一场甚至两三场说走就走的旅行。但对于我们这个临时组合的团队来说，显然做不到，毕竟，支撑说走就走的旅行的，不仅仅是金钱与物质保障。

在绿豆前八次进藏途中，看货车飞檐走壁，在雪水纵横的河谷里把汽车当坦克开，翻越雪山垭口时车差点翻到悬崖下，在高原徒步的路上走得快崩溃，都是常有的经历。

十多年前，所有进藏的道路，几乎都不是今天的柏油路面，也不如今天般宽阔平坦。

看货车飞檐走壁，是在 318 国道，巴塘境内的高山上，黄昏。

暮色朦胧的天空，下起了大雨，仅容一车通过的泥泞山道，上是高不见山顶的壁立大山，下是斧削似的悬崖，崖底是洪流滚滚的金沙江。模糊的路基，坎坷崎岖的山道，仿佛一条勒在大山腰间的绳索。

在雨水的冲刷下，沿途不断塌方，头顶上方掉下的碎石，不时砸在车顶，发出噼里啪啦的声响。

刚转过一个急弯，三台结伴而来的加长大货车突然冒出，几台车一下堵在悬崖拐弯处，进不能进，退不能退。所有的人都愣在原地，不知所措望着

▼ 南迦巴瓦，一块孤独的石头，坐满整个天空。——排名中国最美山峰第一名的西藏南迦巴瓦雪山

对面，沉默了好一阵，大家才缓过神来，纷纷打开车门轻轻踏在地上，都生怕自己脚下一使劲，整个山道会承受不住而突然坍塌。

这个路段，就曾经发生过雨季时，路基因无法承受多辆车之重，一起滑落山崖坠入江心的事故。

大伙赶紧跑到山道尽头，看驾驶员们一边摆动头部与对方沟通一边轻旋方向盘，一点点往前蹭，然后又往后缓缓挪动。大货车一辆接一辆，不断蠕

动身子往崖壁上贴，我们的越野车不断往悬崖边上挪，哪怕几厘米宽的距离，也要经过好多次反复。大货车部分车体已经挤在了崖壁上，发出刺耳的摩擦声；而越野车每次移动时，右边的路面就会留下倾斜的车轮印痕，车轮尚未压上去，路边的砂石就不断下泻，发出令人心惊的唰唰声响。偶尔有稍微大点的石块承受不住压力，蹦下路基，跃过悬崖，半晌才从江面传来沉闷的回响，撞击着众人脆弱的内心。

半个小时后，车终于一点点挪过了弯道，浑身湿淋淋的大伙不禁挥舞着手里的东西欢呼，驾驶员们也纷纷鸣响喇叭，庆祝这艰难的胜利！

随着青藏、拉日铁路的开通，随着藏区机场的大规模改扩建，如今进藏，已经变得极其容易而简单。当大批的旅行团坐着火车、乘着飞机，蜂拥在拉萨街头时，我们却依然固执地坚持着自驾去西藏，用自己的方式去聆听这个世界。

其实，去西藏，不是目标，而是过程！

因为唯有公路，唯有汽车、摩托车、自行车、徒步这样的慢旅行方式，才能让人体会到"在路上"的神奇和美妙。

记得有一次在西藏芒康地区，当车爬上海拔 5000 多米的东达山口时，大伙面对遥远高耸的雪山，啃着水果和面包，庆祝这来之不易的胜利，丝毫没有意识到巨大的危险正在向我们逼近。跑在最前面的车突然发出一声巨响，车身倾斜并直直冲向悬崖，我们不禁发出尖锐的惊叫，那辆车上也发出了凄厉的呼叫。

车跟跟跄跄在地上划出一道深深的印痕，距离悬崖不到一米才停下来。

后面的车赶紧停车跑上去，第一辆车上一片死寂。

半晌，大家才发出不知是哭还是笑的声音。

原来，第一辆车上的驾驶员由于高原行驶经验不足，在给车胎放气时不能准确掌握气量，放的气太少，随着海拔不断升高，外界气压不断降低，车胎内部压力不断增加，终于在这一刻无法忍受而爆胎，好在驾驶员有多年的驾驶经验，没有紧急刹车和猛打方向，否则后果不堪设想。

而这一天下午，我们的车在半路也突然出现状况，方向盘变得不听使唤，往左边转动时，居然没任何反应，在荒无人烟的雪山上，大伙根本无力解决这个问题。好在刹车没什么问题，大家挑出一名驾龄最长、经验最丰富的伙伴来开，虽然都提心吊胆，但还是开玩笑地宽慰他说："这么多人的身家性命都无所畏惧，你就把看家本领使出来开吧！"

就这样趔趔趄趄一路下山，终于到了左贡县城，把这个伤员弄进修理厂一查，原来我们的车有几颗螺丝不知道什么时候跑掉了，大家都吓出一身冷汗！

在早年自驾进藏的资深旅行者心里，不管是川藏、滇藏还是新藏、青藏，都有一种无法言说的情怀。只要说起它们，每个人都可以滔滔不绝，故事多得令人头晕目眩，精彩到令人瞠目结舌，到最后很多说的人泪流满面，让听的人分不清究竟是真实发生过的还是胡编乱造的。

或许，在没去之前，每个人都傻子一样听别人讲过，每个人都怀疑并向往着。当我们真正踏上这条路，走过，再回到城市，那些发生在路上的点点滴滴，才会像记录电影一样呈现在自己面前。

记得那时，进来古冰川，开始还有公路可走，当然所谓的公路，就是一条毫不起眼的土路，一侧是随时掉落石块的峭壁，一侧是随时可能坠入湖中的悬崖。遇到前方来车，在很远的地方就要找地方避让，否则就只有永远堵在那里。就是这条毫不起眼的土路，也是通往察隅的生命线。

到来古冰川其实是没有路的，当时结伴的三台车各自间隔一段距离，以防万一陷车或熄火时方便救援。一台改装过的巡洋舰在前方探路，溪流与草地缠绵在一起。到处是横七竖八的溪流和水坑，溪流里是山上融化奔流下来的雪水，水坑里是雨水和泥水，混浊的水四处流淌，根本分不清哪是河哪是路，也根本无法知道水有多深。

每一台车都被主人当成坦克一样开，大家都不知深浅地在河道里横冲直撞。每个人都只有把车尽可能开快，才能避免陷进沼泽或发动机进水熄火。车在混浊的水塘里左右摇摆着前进，水花如巨浪飞溅，车如大海中的一条小船，时而水漫过半截车身，时而整个车头全都扎进水中，时而泥水淹没车窗，时而整台车浮出水面，车上一会儿噤若寒蝉，一会儿又是混乱的大叫大喊。

就这样，我们的车队一会儿在如同沼泽的草地上跋涉，一会儿在雪水肆虐的河道里冲锋，一会儿爬过原木搭建的独木桥，一会儿在巨石堆中爬行。一路的胆战，一路的心惊，一路的疯狂，为的只是亲眼见到我们梦中的圣地。

基本上走过这些线路的人，多少都有点神经质。

很多人无法理解，但他们确实感动过，甚至有时连他们自己都不相信，自己怎么就感动了呢？

▲ 新路海，川西的"海"，虔诚地捧着雀儿山赐予的甘露，不肯有半份懈怠。——川藏北线新路海

四年前，与这次同样的季节，同样的道路。

从兰州出发，一路艳阳高照，可过了夏河拉卜楞寺，老天却变得不可理喻。此刻的川、甘、青交界地区正处于雨季，雨时而如烟，时而瓢泼，时而如雾，时而倾盆。大伙决定从夏河横穿桑科到郎木，既抄了近道，又能欣赏到草原的美景。

大伙都为自己的"英明"决策兴奋不已，不想这个决定，后来却让所有人在几近崩溃时，都恨不得揪出最先提议的那个家伙来接受众人的狂扁。

进入桑科之后，基本都是在被雨水浸透的荒原上趔趄，再好的车，在这里也步履蹒跚，虽然大家的座驾都没"高反"，但荒原上被雨水冲刷出来的溪流、沟壑，前车挣扎后留下的泥坑、水潭，却让每个开车的、坐车的人提心吊胆，打滑、陷车、下陡坡，无休无止的上车、下车、挖车、推车，着实让人崩溃。

而进阿尼玛卿的途中，快到雪山乡的那一段路，让车上的人有些绝望。整个路面仅一车宽，到处是塌方与落石，连续的弯道，路面泥泞而崎岖，一边是高高的峭壁，一边是悬崖，悬崖下是湍急的河流，河水是冰川融化汇流而成，激越的流水撞击在大石头上，卷起乳白色的浪花。滑坡处的路，就像乌龟的背，路面松软且湿滑，稍有不慎就可能滑进河里，石头犬牙交错挤满路面，不断地摩擦着车底，车轮几乎不能完全着地，车辆不时发出碰撞声响。

路边的山坡上，还有高山卷柏，它们虬龙般地站在山坡上，冷漠地俯瞰着谷底的我们。

进入了切木曲河的上游河谷，说是路，其实根本就没车经过。河道里布满巨大的石块，车常常在石块中绕来绕去，很多时候车体几乎是擦着石头挤过去的，路面布满尖利的石块，车缓缓驶过后发出咔嚓声响，让人时刻对轮胎提心吊胆。

这些所谓的路，大多是在碎石滑坡带上推出来的，有的地段碎石滑坡造成路面向外倾斜几乎四十度，车一上去就好像要侧翻过去。

好在河谷里的风景，一如既往地绚烂，河谷两边的草场上，花儿争奇斗

世上总有些路，让人心惊而又欲罢不能。或许，每个人要战胜的，就是内心那条不忍直视的险道。
——陕西华山

艳，羊群像云朵一样在山坡上缓缓移动，马儿在草地上来回奔跑，牦牛则像哲学家一样静静伫立在花丛里思索，原野上，放眼四望，有野生动物在晃荡。

进阿尼玛卿的这段路，只有短短的八十六公里，却让我们走了足足五六个小时，一路经历了艳阳高照、云遮雾绕、小雨霏霏、大雨滂沱、冰雹飞泻、雪花飘飘。

走这样的路，选择这样的旅行方式，不应该是旅游，应该是旅行，那种用心触摸大地的旅行。

走这样的路，或许能满足一点点虚荣心，但更多的，是一种朴素的旅行态度，和虚荣心无关，和爱情无关，和艳遇无关，和信仰也无关！

因为这些路，不是每个人想去就能去的，也不是有钱就能去的，当我们在飞来寺面对映在梅里雪山上的第一缕霞光时，在怒江峡谷里目睹泾渭分明的两条溪流汇合时，在白玉寺门前看到最后一线夕阳时，在班公湖畔追随水鸟的身影极目眺望时，每个人可能都有许多冲动。

那一刻，每个人的思绪，或如纳木错一样辽远，或如玛旁雍错一样澄净，或如羊卓雍错一样多彩，或如巴松错一样深沉。但我们最后的目光，一定是聚焦在路上那些三步一叩的朝圣者身上，那些面容已经模糊，那些背影已经远去，我们才会发现，朴素原来比奢华更容易令人感动！

走一次这样的路，足以感动我们很久——足以让我们寂寞的灵魂，在暗流涌动的都市里，得到长久的慰藉；在寒冷的黑夜，照亮灰暗的心……

几年前那次年保玉则徒步，刚出发就遭遇下马威，需要涉水过河，我们每人都穿着登山鞋，不脱鞋是不可能的。虽艳阳高照，但冰川融化的湖水依然冰冷刺骨。走在河道里，尖利的石头滑过脚心，一种说不出的疼，让人既不敢快速地跳跃前进，又无法停留片刻喘息。过河上了岸，也不平坦，到处是密布的沟壑，人只能沿着湖边绕行，既要提防虎视眈眈的牦牛，又要时刻警惕不知道会从哪个角落窜出来的藏獒。

即便这样的路，也只短短一段，随后便进入沼泽与灌木丛。沼泽地看上去十分平坦，底下却泥水横淌，一踏上去就落入淤泥坑，鞋子湿透不说，脚也会意外崴伤。那灌木丛则更费劲，枝繁叶茂的灌木丛有两米多高，人一进去就看不到影子，几个人只能沿着马道前进，否则一钻进树丛就会迷失方向。有时费半天力气却可能还在原地打转。

从马道上抬头，只能见到一线窄窄的天空，马道极其难走，水、泥、马粪、大大小小的水坑、高高低低锐利的石头、长长短短的树枝，一会儿需要像猴子一样抓住树枝跃到远处凸起的石块上，一会儿又像青蛙半蹲在原地四处寻找可以落脚的点，然后飞快地连续跳跃找到下一个立足之处，一会儿四肢并用爬上光滑的大石头，又顺着石头溜下去。

老天此时却故意开起玩笑，一团墨黑的云飘过来，悬挂在头顶，开始下

▼ 云海中的哈尼梯田，是大地的琴键，奏响世间最壮
　丽的民谣。——云南红河哈尼梯田

大雨。回首看去，湖的那边白云朵朵，阳光耀眼，头顶却大雨如瓢泼，噼啪作响，远处云雾茫茫，山影全无。雨里的路更加难走，每个人全身都是泥水，冲锋衣、冲锋裤、登山鞋与普通的衣服已无两样，让人分外沮丧。

无数蚊虫云集头顶，时不时一个俯冲，或撞进正在喘气的嘴巴，或被吸进鼻子，或猖狂地钻进耳朵，又或者不小心弹进眼缝，让人烦不胜烦。不大一会儿，几个人便鼻子不是鼻子，眼睛不是眼睛，而年保玉则峰仍是遥不可及。

对于喜欢慢旅行、享受微生活的我们来说，和那些虔诚的信徒一样，总能在迷离中依稀看到，遥远的地方有一座山，一座坚定信仰的神灵之山，无数的信徒渴望在那里得到神的眷顾。

所以每个人都选择了最简单最直接的方式去接近、仰望和崇拜那些心中的圣地。

▼ 张家界，颠覆了所有人对山的理解，
  这是山么？——湖南张家界袁家界

行者与信徒的转山与转湖，都不需要语言，而是用虔诚的身心来付出，所以对于热爱旅行的人来说，深度旅行或许就是我们的信仰，而那些陌生的土地，那些陌生的道路，在我们行走的岁月中，会横亘成我们内心无法撼动的梦境。

只是此刻，沉浸在即将出发的喜悦中，大伙都显得格外兴奋。

断然无法理解绿豆与芝麻此刻的心情。

吃完饭，已经是夜里十一点多，全体成员的碰头会也没来得及进行，相互之间，网名与本人，依然对不上号。绿豆将各组负责人聚集在一起，召开了一个简单的碰头会，对关键环节再次进行了梳理，对一些重要事项，进一步明确。毕竟，这样的活动，只怕百密一疏，发生意外。

之所以将集结地定在绵阳，是想进北川，让孩子们在课堂上学的那些三脚猫的地震与避震知识，更具象更有直接性。

倒是租用的半程中巴师傅给我们一瓢凉水。

现在是雨季，从北川到茂县，太难走了，那几十公里，足足要走五六个小时呢！

和走路差不多！！

紧急磋商后，临时改变线路，决定直奔汶川，改换映秀。

1.2

如花的江湖，
那些只识得网名的队友

　　拿蓝天空的话来说：人与人的因缘际会真是奇妙，有些人就是能让人心生安定，义无反顾地跟着走。

　　蓝天空是无意中在天涯论坛看帖子，看到了绿豆与芝麻在新疆的游记，记住了那个脸上有着朗朗笑容的薏米，心就开始蠢蠢欲动，期待能跟随大伙，

▼ 5岁4个月时，薏米与深圳的小旋风，在云南哀牢山里看到云海，情不自禁来个飞翔。

来一次这样随性的旅行。2014年春节，绿豆与峰子、河西三家带着孩子一起环海南，让蓝天空心里痒得不行，但是考虑了再考虑，放弃了，心里不断对自己说：下一次，下一次，我们一定要去。

在她看来，出外行走的人，对领队的信任、对线路的认可、同伴之间的合作都是成功出行的前提，有的时候不需要考虑太多，认可就行动，如果没有这种认可，那就什么都不要想了，因为即使在出行前考虑得万般周详，到最后或许还是什么都做不成。

其实这一帮人，都是因旅行而与薏米一家结缘，才走到一起。

之前，薏米、芽芽、小旋风三家彼此结伴过好几次，相互已经十分熟悉；熊大熊二一家、小Y与薏米一家，曾经一起在张家界参与过一次活动，算是比较熟悉；小李子一家与薏米一家，只接触过一次，算是认识；除此之外，相互之间基本都与蓝天空一家一样，只知道网名，不认识人。

大多数人，其实还是第一次接触，人生的缘分，在任何时候，都十分奇妙。

如同芝麻与绿豆那奋不顾身的爱情，人生有时需要更多的冲动。

在绿豆与芝麻十多年的户外旅行中，基本都是在网络上相约结伴，大家基本都是从陌生到熟悉，从不认识到成为好朋友，旅途中的患难与共，生死相依，有时甚至超越了一般意义上的亲情。

记得几年前的一次新疆旅行，与绿豆同时在网络上约伴组队的，还有一支队伍。

相同的目的地，相同的时间，相同的行程，那支队伍的人也与绿豆成了朋友，因为需要包车，一位新疆朋友，分别将两位司机介绍给了两支队伍，两支队伍也分别与司机进行了沟通确认。

另一支队伍提前到达乌鲁木齐，队友之间却产生了分歧，有人对之前确认的司机不满意，要求调换，于是精挑细选后换了司机。

被抛弃的司机，则成了绿豆这支队伍的司机。

在后来的旅行中，另外那支队伍的分歧越来越多，谁也无法说服谁，谁也不愿意向其他人妥协，谁也不肯包容别人。不但有队友与司机产生了矛盾，队友之间也产生了矛盾，半途实在无法调和，旅行无法继续下去，不得已队伍被迫解散，各自一肚子怨气提前回家，此后成为彼此讨厌的人。

而绿豆这队，不但大伙与司机成了好朋友，队友相互间也互帮互助，彼此成了肝胆相照的好朋友。

十多年的户外旅行经历，绿豆与芝麻鲜有碰到中途解散队伍或闹矛盾提前终止旅行的。

在路上，一颗包容之心，必不可少；一颗坦诚之心，必不可少；一颗敬畏之心，必不可少；一颗勇敢之心，必不可少。

这就是真正的旅行者，与普通游客之间的区别。

我们更愿意把真正的旅行者，叫作行者！

行者是一类人，少有分歧；游客是一堆人，各有主见。

行者很清楚自己想要什么，所以跟着自己的思维走；游客很少有自己的看法，所以一路跟着别人走。

因为付出与目的不同，所以行者在旅行中总会思考：我能为团队做些什么？在长期的旅行中，行者必须学会包容，回归真诚，懂得善良，人与人，人与大自然都能和谐相处。即便旅途中的意外、惊险、突如其来的变化，行者也会觉得兴奋、刺激，从而乐观从容去面对。

而游客想得更多的是：我应该向别人提出什么样的要求与意见。因为游客选择的是一次消费，购买了一种服务，所以在大自然或群体中，总想尽可能让自己的付出得到同样多的回报，甚至能得到一份与众不同的待遇，对意外总是感到恐惧或慌乱。

所以行者时时都会总结出行的经验和收获，分析自己有哪些地方还可以做得更好；而游客则不断在埋怨遇人不淑，总结别人的不是，盘算着下次一定要换一家更好的旅行社。

因为，行者通常把自己当主人，而游客通常把自己当客人。

比如，2014 年这个冬天，薏米与绿豆遇到的淘气叔叔、寂静的白桦林、银杏叶子，此前结识的覃大婆、盖盖儿等，都可以算是行者一类的人。

这个冬天，大伙在东北穿林海、跨雪原，年纪大的近五十岁，小的几岁，在零下三十多摄氏度的雪地里打雪仗、堆雪人、滑冰、打滚、翻跟头、打赤膊、看雾凇、寻美食、旅行，让所有的人变得如此相似，却又如此与众不同。

在白得发蓝的雪地上，淘气叔叔用棍子画出了懒羊羊头顶那大便状的帽子，然后说是薏米。于是，引来了薏米愤怒的反击，不但在雪地上画满了惨不忍睹的淘气叔叔画像，雪团与小棍子，也成了随时相互攻击的武器。

拿淘气叔叔的话来说："一个大疯子带着一群小疯子！"

在网络高度发达、出门不可或缺的今天，很多人觉得跟旅行团不好玩，就选择跟朋友、跟驴友去 AA 活动，但有些人骨子里，依然是客人心态，虽然做客很轻松，很省心，但老做客人不做主人，时间长了，主人们慢慢就不那么热情对待客人了。

每一个热爱旅行的人，都视自己是大自然的孩子，都是自己心灵的主人，所有的人，都是自己的朋友。因此他们每个人，或有着理塘大草原一样的辽阔粗犷，或有着鲁朗林海一样的浩瀚无边，或有着色达草原般的孤傲寂静；他们的内心，可能似金沙江一样浩荡而澎湃，可能似怒江一样蜿蜒而奔腾，也可能像澜沧江一样瑰丽而坦荡；他们会在心灵的坐标上，站成梅里雪山一般的圣洁亘古，南迦巴瓦一般的孤独伟岸，冈仁波齐一般的刚强无羁。

行走在大千世界里，只要我们稍微用心，就会看到好多令人震撼的风景，会遇到很多有趣的人。

至少，在芝麻与绿豆的生命里，说走就走的旅行，奋不顾身的爱情，都得以实现！

旅行，除了风景，还有许多等待我们去结识的朋友！

一号车（丰田RAV4）：薏米与芽芽两家

薏米，女，湖南人，六岁半，从几个月开始跟随父母东游西荡，特别喜欢大自然，这次是第三次进藏，曾涉新疆、走云南、逛海南、进秦岭，足迹遍布大半个中国。《和最爱的人去旅行》《带着宝宝去旅行》书中的小主人公，最大的梦想是环游世界。爸爸绿豆，本次活动领队，统筹协调本次活动；妈妈芝麻，本次活动协作，协助医疗及后勤保障，有多次高原旅行经历。

芽芽，女，四岁，深圳人，从半岁开始省内游，一岁半国内自驾长途旅游，三岁跟着薏米姐姐踏上了小驴之路，从此一发不可收拾，每次一放长假，就仰着小脸问"我们又可以带上帐篷去哪玩呢？"小小足迹走过了十八个省及直辖市，体验过大都市的热闹与繁华，感受过小城古镇的清静与悠然，经历过沙漠里的热浪滔天，体会过冰天雪地里的寒气逼人，在旅途中快乐地成长。爸爸峰子，本次活动协作，主要负责线路编排；妈妈豆豆，本次活动装备组组长，兼任出纳。

◀ 薏米与妈妈芝麻，爸爸绿豆。

◀ 芽芽与妈妈豆豆，爸爸峰子。

二号车（起亚索兰托）：妞妞与笑笑两家

妞妞，九岁，湖南长沙人，喜欢画画、游泳、跳舞，曾去过云南、珠海、广州、江西及湖南省内大部分地方，四岁开始徒步明月山、衡山、南山牧场、凤凰山等众多地方。爸爸麦田，知识渊博的书生；妈妈YAOYAO，本次活动医疗组组长，此前最高海拔为云南丽江，索道上下过玉龙雪山。

笑笑，女，八岁，湖南长沙人，爱好弹钢琴、唱歌、画画以及舞蹈，性格活泼，爱运动，喜欢自编自演；几个月开始就跟着爸爸妈妈在长沙周边游玩，足迹遍布湖南、两广、江苏、浙江、江西、北京、贵州、湖北等地。爸爸台钓，资深钓友；妈妈凤凰，本次活动儿童组组长。

▲ 妞妞与妈妈YAOYAO，爸爸麦田。

▲ 笑笑与妈妈凤凰，爸爸台钓。

三号车（17座全顺中巴车）：小李子、熊大、熊二、千哥、禾苗四个家庭加小Y

小李子，男，湖南人，十二岁，从半岁开始跟老妈闯荡江湖，旅行足迹：凤凰、桂林、洪湖、上海、涠洲岛、北海、防城港、西安、敦煌、青海；2006年秋天开始跟随父母一起进行户外徒步；此后每逢周末，都跟随大人徒步或骑行。爸爸大李哥，大山里出来的土家汉子；妈妈青藤，本次活动后勤保障组组长。

千哥，男，十三岁，湖南人，身高171厘米，四肢头脑都较发达，喜欢打篮球、阅读、玩游戏；到过北京、上海、北海等地，户外经历不多，但非常喜欢野外露营生活。妈妈罗罗，两人此前均无高原旅行经历。

◀ 小李子与妈妈青藤、
爸爸大李哥。

◀ 千哥与妈妈罗罗。

禾苗，八岁半，西安市人，三岁半开始出行，足迹遍布日照、大连、北京、兰州、青海、三亚等地，曾在秦岭中露营多次，曾成功登顶海拔3767米的太白山主峰拔仙台，为其最高海拔经历。妈妈蓝天空，三级肢体残疾。

豆豆，别名熊二，因为喜欢熊出没，给自己取了个熊二，五岁十个月，典型人来熟，喜欢跳骑马舞、劲舞，搞怪最拿手，两岁开始爬白云山，从2011年开始，跟爸爸妈妈走户外；佳佳，别名熊大，因为是熊二的哥哥，理所当然得了这个称呼，喜欢扮酷耍帅，喜欢军事记录题材书籍影像。爸爸IT哥，妈妈salna，本次活动前期统筹协作。此前均无高原旅行经历，最高海拔记录深圳梧桐山，500米。

小Y，来自天津的资深帅哥，某大学老师，本次活动协作，主要负责后勤及会计工作。

▶ 禾苗与妈妈蓝天空。

▶ 熊大熊二兄弟俩与妈妈 salna、爸爸IT哥。

▼ 资深帅哥小Y。

四号车（丰田RAV4）：小旋风、小叶两家

小旋风，男，十岁，深圳人，曾到过湖南、云南、四川、山东、北京、安徽、浙江、香港、新加坡、马来西亚、泰国等地旅行。2012年开始与薏米结伴进行户外旅行，连续两年在云南、海南带着帐篷去看日出日落，爱上了这种旅行方式。酷爱在蓝天白云下自由的奔跑，总有些莫名其妙的想法，一直想做个发明家！爸爸河西，本次活动车辆组组长；姑姑清醒。

小叶，男，十六岁，广东人，性格开朗活泼，拥有较强的组织能力、策划能力、实际动手能力、团体协作精神，曾到过北京故宫和长城、天津、云南丽江古城、南澳岛、福建厦门等地，未来的理想是当一名建筑工程师。小叶担任本次活动儿童团副团长，主要职责就是看管好这些有组织无纪律的弟弟妹

▲ 小旋风与爸爸河西，姑姑清醒。

▲ 小叶与父亲奔驰哥。

◄ 一条流浪狗，乖巧地躺在几个发呆的人身边。——四川白玉亚青河谷

◄ 芝麻与朋友，在亚青与觉姆（女喇嘛）在一起。

妹们。爸爸奔驰哥。

出发前，绿豆与芝麻根据之前一起结伴活动时，所得到的每家人的大致状况，进行了大概的线路规划与行程计划；此后，又对所有队员的身体状况、旅行经历、日常活动、锻炼情况进行了详细了解。根据得到的信息，两人结合线路中的难度、强度与队友的实际体能、过往旅行经历及高原适应性需要、可能遇到的风险等，多次综合评判与反复权衡，再次对线路与行程安排进行调整修订。

活动的集结地，定在了四川绵阳，大部队解散地定在西藏拉萨；有部分队友因为只有两周的假期，设定为半程，从青海湖返回，因此半程解散地设定在青海花石峡。

计划线路：各地到四川绵阳—成都—北川—茂县—松潘—若尔盖—甘肃迭部—郎木—玛曲—青海久治—达日—玛沁（十一名半程队员在到达阿尼玛卿冰川后，返回玛沁，从贵德北上西宁回家）—花石峡—玛多—三江源—玉树—囊谦—丁青—巴青—比如—那曲—纳木错—拉萨—羊卓雍错—拉萨（不跟车返程的人员解散，返程）—当雄—安多—唐古拉山—格尔木—西宁—兰州—西安—长沙—深圳。

1.3

震后映秀，
故事内外话生死

几年前，芝麻与绿豆曾带薏米到过映秀，那片废墟曾令幼小的她震惊。那时的映秀，刚从 5·12 的灰烬里走出来，一排一排新修的别墅，尚未恢复生机。这次刚进映秀，就感受到了映秀的活力，也感受到了川人的天性，如今的地震纪念遗址前，那些阴郁早已散去，那些伤痛早已抹平，只剩下如织的游人，满地的喧哗。

重建后的映秀静静依偎在青山绿水间，一排排新房整洁干净，地面光滑平整，处处绿树掩映，各种盛开的花装点其中，地震带给大地的创伤已渐渐被岁月的大手抚平，只是那些曾经的伤痕却刻在每一个中国人的内心。

虽然薏米已是第二次来到这里，但她一边走，一边喃喃自语："地震好可怕，好恐怖啊！那些哥哥姐姐，好可怜哦！"

其实，这已经不是薏米第一次直面生与死的话题。

在薏米四岁多时，她曾经跟随绿豆与芝麻去看过天葬。在天葬台前，无数的秃鹫起起落落，不时发出争抢的聒噪，薏米却一个劲要求："我要走过去看，这里太远了。"

薏米扯着绿豆走近天葬台。

幼小的薏米对那个场面，一点也没有惊奇，也没有胆怯，但一脸的肃穆，一边看一边悄悄问绿豆："秃鹫为什么要吃他们的尸体？"

▲ 震后的漩口中学/东倒西歪匍匐大地/与朗朗读书声一起/顽强向天
空生长/不曾破碎。——四川映秀地震遗址

绿豆："因为藏族人死了以后，实行天葬，就是把尸体给秃鹫吃掉，表示他们已经跟随秃鹫进入天堂。"

薏米："那我们那里的人怎么不天葬呢？"

绿豆："因为每个民族，都有不同的习俗，我们那里的人，和这里的人习俗不一样。"

薏米："那秃鹫会不会吃活人，我们站在这里，它会啄我们吗？"

绿豆："不会的，它们都是有灵性的，已经习惯了这样的环境，不会乱啄的，只吃天葬师给它们的，何况它们也很怕人，哪里敢去啄活人。"

薏米："万一它要是过来啄我们呢？"

绿豆："不会的。"

薏米："我说万一。"

说话之间，秃鹫们借着风力展翅滑向河谷，再一个拉升上了天空，越飞越高，逐渐成一个小黑点消失不见。

薏米："它们去哪里了？"

绿豆："大概回家了吧。"

薏米："它们的家在哪里？"

绿豆："很远的地方。"

薏米："什么地方？雪山上吗？"

绿豆："我也不知道。"

薏米："那你怎么知道它们回家了呢？"

绿豆很无奈地挠了挠头。

在路边随意找了一家餐馆，准备解决中餐。小餐馆的桌凳，就摆在室外的树荫下，加上中巴车的刘师傅，整整三十个人，刚好三桌。

因为没有固定的菜单，也不好点菜，在点了几个后实在无处着手，只得告诉餐馆女老板按两百元一桌上菜。朴实的老板招呼其帮厨的老公，把各种炒好的菜，每种一份都端上来，结果到大伙吃饱一个个抹着嘴巴离开桌子，老板还在上菜，仔细一数，十五菜一汤。

先吃完饭的小朋友们，围着女老板问这问那，女老板也平静地讲述着地震当天的情形。

地震那天，她家店里还有很多食客，有几个因为跑错门，再也没有出来，而也仅仅在她跨出店门那一瞬间，房子就全部坍塌了。而她上中学的儿子，在那场巨大的地震中，长眠在与她相距不过数百米远的学校废墟下。

女老板的言语，没有悲喜，没有激动，平静得如同溪谷里的水，如同树荫下的风，不起一丝涟漪，不带一点波澜，如同在讲述别人的故事。

岁月是一双神奇的大手，将所有的伤痛变成了历史，又将历史变成了故事，将故事的主角变成了旁观者，将旁观者变成了故事的主人。让活着的人，更好地活着，这或许是映秀要告诉我们的，这或许是经历这次浩劫的四川人要告诉我们的，这或许也是岁月要告诉我们的。

▲ 老板娘正安静地讲述地震时的情形，讲述一家人的生离死别，大伙就这样安静地听着。

　　地震之后，有人选择了离开，有人仍留在了当地。这家人，也选择了留在映秀，住进了新的房子。只是老板家的店招牌，和震前自家店的牌子，几乎一模一样：名字一样，电话一样。不同的是，以前的店和牌，早成了废墟，新的店也快成老店了。

　　这块招牌，让绿豆与芝麻思绪万千。

　　不由想起，那个曾经挂在脖子上的"擦擦"。

　　"擦擦"是来自古印度的方言，是藏语对梵语的音译，意思是"复制"，就是用模具统一印制出的泥佛或泥塔。

　　绿豆与芝麻此前曾在藏地多次出入，了解到藏地除了平常的泥擦，还有比较稀少的骨擦与布擦。

　　骨擦是用圆寂活佛、高僧的骨灰混合泥土制成，因其成分中有骨灰而得名。

　　而布擦则更为稀有，藏语"布"意为法体，根据藏传佛教仪轨，历代达赖喇嘛、班禅大师及少数大活佛圆寂后将实行塔葬。塔葬之前，须将大师法体用藏红花等珍贵药品进行脱水处理，脱水处理时流出的大师体液混合泥土制成的擦擦就叫"布擦"。

　　藏地传说，布擦可医百病，避邪恶，得平安，甚至刀枪不入，因此藏地的人们常将布擦作为护身符挂在身上。

　　更有甚者，在我们即将要到达的康巴藏区深处，会有人在逝去的亲人身上，取下一小块遗骨做成艺术品挂在身上，作为护身符，如同顿珠的脖子上他母亲的手指遗骨。

　　如此种种，如同头顶这块招牌，是为了铭记，为了守望，为了回忆，或者，为了等待。

　　吃罢中餐，大伙集体出发，准备去唯一保留的地震纪念遗址——漩口中学遗址。蓝天空一个人，待在吃饭的小饭馆前，说不想去，于是让禾苗跟着小伙伴一块去。

　　遗址前，汉白玉的时钟，指针断裂定格，指向 14 时 28 分。时钟的基座

　　上，雕刻着这一充满伤感的日子：2008.5.12。

　　一块汉白玉大理石上，红色的文字记录着漩口中学地震前后的相关介绍。

　　薏米轻车熟路，在前面带路，熊二不知道是想抢着走前面，还是想与薏米走一起，总是在薏米身边挤来挤去，薏米就冲熊二轻声嘀咕："你又没来过，你又不知道路，干嘛总是跑到前面，走后面去，不然不给你讲了！"

　　熊二乖乖地停住，跟在薏米后面，不过刚转完一个点，熊二又要冲到前面去，于是再次被薏米训导。

　　平时唧唧叽叽的孩子们，此刻也显得格外肃穆，安静。

▼ 破碎的汉白玉钟表／将那一刻的伤痛／永恒定格。——四川映秀地震遗址

2008·5·12

此时，绿豆突然想起地震中一位被截肢的女孩的声音："请不要再说，那些在地震中失去生命的孩子，是还未来得及盛开的花朵！她们，已经盛开过！"

有许多事，在你还不懂得珍惜之前，已成旧事；有许多人，在你还来不及用心之前，已成故人。

出了地震遗址，看着流动的人海，赶紧招呼大伙看紧一刻不肯停歇的孩子们。不想这些孩子，像出栏的羊群，三个一伙五个一群，哪里热闹哪里跑，小叶牢牢地记着自己儿童团副团长的职责，看着这个盯着那个，招呼这个喊那个，忙得晕头转向。

只是没一会，禾苗却不见了踪影，四周搜寻，也不见人影。这下麻烦了，不知道这孩子是回去找妈妈了，还是在人海中找大部队，或者在哪个角落里看忘记了。

于是整个团队分成三组，一组在周边搜寻，一组回遗址寻找，一组去饭馆找。

饭馆前，蓝天空一边想着心事，一边发着微信。

老板娘问："你怎么不去？"

蓝天空回答："怕悲伤"。

老板娘说："是呢，走的人走了，活的人还得活下去，忙起来才好。村里有人每日用自己失了几个亲人来赚钱，可我有手有脚，自己劳动一样可以过得很好。"

正与老板娘聊着，远远的路边来了一个小小的身影。这小身影歪歪斜斜地躲避着来来往往的车辆，奔了过来，然后冲进了蓝天空怀里。

"妈妈，我告诉你地震的时间是14时28分04秒。"然后紧紧地抱着蓝天空："妈妈，难受。长大了，我要建震不倒的房子！"

或许是那悲伤太沉重，或许是想急切回到妈妈身边，或许是太急于与没亲眼目睹的妈妈分享，总之，禾苗一个人急急忙忙跑回去找妈妈去了。

离开映秀，每个小朋友都在纠结，笑笑跟姐姐一路都在思考："这里会不会再发生地震？我们家会不会发生地震？地震了应该怎么办？"

于是麦田就给他们一路科普，但这些似乎并没有完全打消小朋友们的疑虑。而且他们还不停地冒出新的问题与想法："如果地震了，我们会不会死？"还开始念叨："希望我能有超能力，让我们的家人都有一百条命！"

暑假开学之后，禾苗班上共读一本书《树叶的香气》，当读到"孩子，快抓住妈妈的手"时，禾苗估计又想起了映秀，想起了漩口，眼泪不断落下来。

当天晚上，在写这篇文章的读后感时，找文又读，禾苗一下子又泣不成声。

从西藏回家后，八岁多的笑笑被爸爸妈妈放到老家陪奶奶去了。

星期天凤凰去看她的时候，她将刚写好的作文《妈妈》递给大人看，一边说："妈妈，昨天下午，爷爷奶奶睡觉的时候，我一个人坐在房子里，想起我们在路上的那些情形，想啊想，我担心你会变老！担心你有一天会离开我！我想着想着就把它写下来了，我边写边哭……"

《妈妈》

是谁将你生下来，将你抚养大？

当你受伤时，是谁轻轻摸着你的小手？

当你睡不着时，是谁陪着你，一起入眠？

妈妈，不管我怎么样，你都会关心我，照顾我，爱我！

我爱你，妈妈！

是啊，人生总是在不断地分离，只希望这分离来得晚些，让爸爸妈妈可以陪孩子久些。

让路上的一点一滴，汇聚成爱，每个人，都用爱来温暖彼此，用爱来陪伴成长。

第 **2** 章

初入高原的混乱

松潘，古称松州，海拔约2900米。
才踏入高原的台阶，就有人出现了高反，而且是队
医，这让绿豆与芝麻不禁多了一丝隐隐的担忧。

◀ 七月的康藏／是一个绚丽的时节／雨水滋
润了大地／花草拼命生长／短短的两周／
又是一次从盛开到凋零的轮回。——七
月的四川阿坝高寒草原

2.1

挺进松潘，
队医最先高反

过汶川后，开始下起了雨，山坡上滚石不断，心惊胆战慌不择路逃离落石区，一路风尘，过茂县，抵达松潘。

松潘，古称松州，海拔约 2900 米。

▲ 路边随处可见的花海/是上苍为康藏高原编织的/七月丽裳/一年的等待/只为这短短的几天/灿若云霞。——四川若尔盖草原

在唐朝初期，这里一直是大唐帝国与吐蕃王朝杀伐的前线。想必当年的唐蕃古道，初入高原，大抵也是从此地开始吧，也难怪会留下文成公主和亲途中的一段喟叹。尸骨遍野，流离失所，战争带给平民的，总是无尽的创伤；皇家的儿女，此时也没了情长，风花雪月，终归抵不住金戈铁马，而这一段和亲，在这条路上一走，就是一千多年。

小 Y 一直在忙着联系松潘的住宿，这个季节，是川北的旅游旺季，想找个合适的住处，也确实难，负责后勤的协作，确实够累。

一边走，薏米一边在车上自顾自玩着角色游戏。

薏米："我是医生，我这里有好多药卖。"

豆豆："都有些什么药啊？"

薏米："有仙女药。"

豆豆："仙女药有什么作用啊？"

薏米："让自己变漂亮。"

豆豆："给我来点。"

薏米："不行，只有认为自己丑的人才有用。"

呃，好吧，很神奇的药，我们都不要了。毕竟，谁也不好意思主动承认自己丑。

这一边游戏，一边就进了松潘城。

古往今来，此地一直是重镇，南来北往的人从来都络绎不绝。只是我们的队医 YAOYAO，开始出现不适，在这海拔不到 3000 米的地方，不知道是自己吓倒了自己，还是被别人吓倒了，抑或是为了学习神农氏，先把自己高反倒下，再治好自己积累经验，概而言之、总而结之就是晕头晕脑了，搞不清是感冒了是高反了或者是晕车了。

才踏入高原的台阶，就有人出现了高反，而且是队医，这让绿豆与芝麻不禁多了一丝隐隐的担忧。

大概近十年前的一次川藏南线上，翻越 4000 多米的折多山时，绿豆与芝麻同行的队友中，就有人因高反直接瘫倒在垭口，众人急救好半天才苏醒过来。

五六年前，同样是翻越折多山，在垭口路边的厕所里，有个初次上高原的哥们，刚走到小便池子边，就不停摇晃，不到一分钟人开始歪歪斜斜往下瘫坐，然后整个人瞬间失去知觉，一头栽向小便池子。在他身边的绿豆，见此情形，眼疾手快，赶紧一把将其扶住，和旁边的人一起将他架出厕所，搀到路边坐下，其他同伴又是喂水又是喂药。

好半天，那哥们才稍微缓过神来。

高反本身并不可怕，只是让人难受几天，如果因高反引起并发症，则可能危及生命。

在绿豆熟识的朋友中，就有人因高反，引起急性肺水肿，几个小时就在高原失去生命。

即便绿豆自己，在早年上高原的途中，也有过上吐下泻、呼吸困难、头疼欲裂的经历，那种生不如死的感觉，让人一生都难以忘怀。

饭馆里，大伙正忙着张罗晚餐。点菜时，奔驰哥一直在那喊："点一个不辣的，点一个不辣的！"

吃饭的间隙，绿豆再次郑重告诫大家："初上高原这一两天，最好不要洗澡，切记不能感冒，板蓝根或小柴胡，可以充当预防药品，每天吃一次。"

吃过晚饭，第一次正式的见面会，就选择了在小饭馆里举行。虽然已经在路上共度一天，但因为人太多，加上行程紧张，大伙沟通很少，相互之间还是容易混淆。

见面会的主题，就是自我介绍。大概相互不是太熟悉，大伙的自我介绍也颇为矜持，有的三言两语，有的言简意赅，有的诙谐幽默，有的连说带唱，气氛倒是一下活跃了起来。

热闹的场面，引得饭馆里，不少正在吃饭的老乡也来围观。

见面会结束，队友们自由活动，纷纷四散到不同的角落。有的去了古城墙，有的站在城门洞，有的去看特产，有的在寻找古玩，有的在寻找美食，有的却在寻找药店。

▲ 若尔盖大草原上，红色的野花灿烂如海，白色的云朵，如同信手涂抹的色块。

▼ 蒲公英撑开黄色的小伞／迎接雨水与阳光／待到白色的云朵睡醒／就与风一起结伴／去远方流浪。

▼ 黄河／刻意要来这里歇歇脚／洗去一路向东的疲乏／蜷缩在大地上／做一个优雅而慵懒的梦／不愿醒来。——四川九曲黄河第一湾

　　古城墙下，立着文成公主的雕塑，面无表情凝视远方。文成公主那声轻轻的喟叹，在历史的缝隙中回荡了千年，显得那么微不足道。

　　其实，在她的叹息发出之前，此地已经历两次大战。

　　"人生何处不离群，世路干戈惜暂分。雪岭未归天外使，松州犹驻殿前军。"

　　大概在唐太宗接手经营大唐帝国时，松赞干布也统一了吐蕃，国力达到空前鼎盛，遂派使者经松州城，准备去长安向唐朝皇帝提亲和好，结果使者没能进到长安，在松州遭到扣押。松赞干布大怒，亲率二十万大军杀向唐王朝，松州城守将韩咸战败。当时的大唐帝国，也正在蒸蒸日上，信心满满经营庞大帝国的唐太宗受此一击，愤怒不已，遣侯君集统军反击，在松州城外展开激战，双方均伤亡惨重，后松赞干布不敌败退。

　　不久，不甘心的松赞干布又派使臣到长安求婚，并"献金五千两、珍宝数百"以示诚意。边境安宁，百姓安居也是唐太宗此时考虑的头等大事，于是就有了后来的文成公主进藏和亲。

　　一路闲逛过去，精巧的藏式民居，引得豆豆大为赞叹："这房子上的木雕好漂亮啊！"

　　绿豆："这不是手工的，是机雕的。"

　　薏米："鸡雕？鸡怎么会雕呢？"

　　绿豆："呃……"

　　为了早点休息，养足精神，大伙准备返回旅店，薏米则非要去城楼上瞧热闹。当绿豆断然否定了她的想法后，她一边走一边伤心地掉着眼泪，还恋恋不舍地回头望着文成公主的雕像："我特别想上去看看，看看文成公主还在不，我就是想看看文成公主还活着不！"

　　历史的足迹总是若隐若现，在没有飞机、铁路、公路的一千多年前，想必进藏的旅途，一定不会如今日般顺利。也不知道，那时的随员里，有无高反；那时的草原上，牧歌是否依然缠绵。而今天，我们追随文成公主的脚步，又能否坚定不移，又能走到哪里。

　　第二天早上，YAOYAO居然要依靠麦田执手牵行，难不成这是被文成

七月的康巴草原／正
是草嫩马肥的季节／
一群群康巴汉子／纵
马飞过／马蹄嘚嘚作
响／溅落一地花香／
留下一个不会凋零
的夏天。——偶遇
的康巴草原赛马

▼ 蓝的天／白的云／绿的草／红的花／将身心流放在
高原的前世今生／与阳光一起融化。

公主和亲吓得吧，你这是去旅行，不是去和亲，你慌什么嘛！

毕竟，文成公主在这唐蕃古道，一走就是三年，而我们，最多也不过二十几天。

当绿豆得知奔驰哥夜里居然洗了个冷水澡，颇为紧张，生怕这奔驰哥感冒了，或者也整出一个高反来。而奔驰哥死活要洗澡的原因，听峰子说，梅州人每天宁可食无肉，也不能不洗澡。

哎，这下，有奔驰哥受的了。

◀ 女人花，高原花，
只想沉醉不愿醒。

◀ 出行队伍的全家福。

2.2

扎尕那，
亚当夏娃诞生地的男人节

穿过松潘，进入若尔盖草原，天气也渐渐好转，从之前的阴雨里透出蓝天。七月的草原上，鲜花点点，牛羊遍地，白色的云朵在草原上投下巨大的阴影，伴随着草原上白色的羊群黑色的牦牛群。

十一个孩子，表情各异。没上过高原的，没到过草原的，大呼小叫者有之；上过高原的，见过草原的，泰然自若者有之；充耳不闻只顾玩游戏者有之，视而不见梦游发呆者有之。

二号车上的人，看到外面风景如画，谈兴大发，麦田正以讲课的铿锵语调做演说，YAOYAO也不时插话补充，一时之间车内气氛高昂。

笑笑突然叫了一声"停"，说："麦田叔叔，我觉得你有一个习惯很不好，要改。"

车里一下安静了下来，麦田有点心虚："那，笑笑，你说叔叔哪个地方做得不好？"

笑笑很严肃地说："你怎么对YAOYAO阿姨说话很不耐烦咯？你对别人都好温柔的，她是你老婆，跟你是夫妻，你跟她说话就好不耐烦的！你可以耐心跟她说嘛！"

妞妞也不断点头，不断附和。

大伙愣了一下，然后抚额大笑。

麦田有点心不甘情不愿："好，我改！那你说说你爸爸有什么缺点是要改正的？"

笑笑接着不假思索地说："爸爸老喜欢钓鱼，喝酒有时候也喝醉，这个要改正。还有就是跟你一样，老是对自己的老婆和崽崽不耐烦，这都要改！"

回头又跟妞妞不断地强调："怎么这两个老爸对别人都好温柔，为什么对自己的家人就这样呢？"

众人顿时无语。

横穿若尔盖草原，进入四川与甘肃交界地区，我们当日的目的地，是扎尕那。

这一边走，一边不断望天，七月的高原，正是雨季。这天空，也如同婴

▼ 扎尕那之晨。

儿的脸，忽晴忽雨忽明忽暗，那些书里用来描绘气象万千的"十里不同天"、"太阳雨"、"道是无晴却有晴"，和一路真实的天气变幻比起来，只能用小巫见大巫来总结。

飞驰的车窗外，时而艳阳高照，时而大雨倾盆，时而山边黑得像晚上，让很多第一次上高原的人，不断莫名惊诧。

倒是路边，总是插曲不断：放养的藏猪，理直气壮站在公路上；旁若无人的牦牛，不满地瞪着打扰它的汽车；路边的毡房里，歌声飞扬，喝醉了的藏族男人，趴在草地上呼呼大睡；几个小不点的男孩，正在偷偷拿着摇把，狂摇停在路边拖牛粪的老式拖拉机。

看到车窗外的一群牦牛，薏米说："哇，那里有白牦牛，我好喜欢！"

芽芽："我也好喜欢，不让你喜欢！"

薏米："是我先看到的，我就要喜欢，哇，那个白塔我也喜欢！"

芽芽这下不开心了："就不让你喜欢，我全部都喜欢。"

两个人开始拌嘴，争吵，被吵晕了的两个老妈不得不想尽各种办法来平息两个孩子的战争。

两个孩子这下不干了，相互冲对方嚷嚷："我再也不和你玩了！"

然后各自拿出零食，一边炫耀一边挑衅："我有好吃的，不给你吃！"

薏米把头一扭："你那又不好吃，不吃就不吃，我才不稀罕！"

芽芽哇的一声哭了起来，一边哭一边说："妈妈，姐姐有好吃的，她说不迭（给）我吃！"

没一会，两个人不知道又怎么和好了，看到窗外的羊群牛群白塔，异口同声说："这个是我们一起看到的，我们一起喜欢！"

进扎尕那，一路都在憋窄的峡谷里穿行，几次让我们误以为到达目的地，因为前方再无来路可寻，可每每看到峡谷已被封堵无路，再走几步，走到山的跟前，山又嗖地闪开一条缝隙，峰回路转，别有洞天，这就是传说中扎尕那的石门。

也不知道以前的人，是如何发现这片天地的，或者是里面的人，是如何

▲ 藏族小男孩，不辞劳苦陪着几个孩
子在村子里转。

▲ 孩子们的沟通，无须言语，跳绳也
能变成共同的娱乐。

▲ 离开扎尕那，孩子们与大人一起收拾营地，将垃
圾捡拾干净，除了回忆，什么也不要留下。

▲ 男人节上，清一色的男子，载歌载
舞是他们的拿手好戏。

▲ 还没融入群体的千哥，因为没有小李子的陪伴而倍感
无奈，只是他还不知道，他屁股下那块大石头，可是
扎尕那男子比试力气的工具。

▲ 蓝天空正在帮忙烧火。

走出来的，还有那个洛克，是跟随谁的脚步，找到了这片与世隔绝的家园。

相信大多爱好旅行的人，对这个叫洛克的人，都不会陌生。早在九十年前，这位美籍奥地利裔植物学家、人类学家，一直跋涉在中国西南与西北的崇山峻岭之间，与土司、喇嘛结交，与土匪周旋。

在游历期间，洛克通过美国《国家地理》杂志，发表大量的照片与文字记录，将丽江、大理、木里等推向了世界，将这些不为外人所知的隐秘展示在世人面前，也为希尔顿创作《消失的地平线》提供了难得的素材。

1925年8月2日这天，扎尕那的山坡上，洛克一边吹着风，一边在日记中写道："我坐在一个狭窄而低矮的山脊上，背靠着一棵云杉。我能瞥到栖息在山坡上的寺庙和屹立在寺庙之上的石灰岩峭壁。这里有绝对的自由，一个未经矫饰和污染的国度，这里和附近方圆千里的地方从未响起过汽车的喇叭声。我为这荒原而生，也愿在这里度过晚年。"

早在吐蕃时期，当松赞干布的大军席卷青藏高原时，这里的独立王国归于吐蕃麾下，成为吐蕃王朝的前哨，与大唐帝国相互守望。

这一望，就不知过了多少年。若干年后，吐蕃内乱，手足相残，兵戈相向，松赞干布的一部分后裔，又远遁此地，而扎尕那，就成了他们乱世中的福地。

对扎尕那，绿豆其实并不陌生，在好几年前走甘南时，就曾想进入，结果因路况太艰难而未入；后来在某论坛厮混，当年正在评选十大非著名山峰，从而开始关注这个地方，知道了当年杨姓土司的辖地，居然有个被洛克描述成亚当与夏娃诞生地的地方，也知道了那里有无数的珍稀植物和动物，欧洲园林的无数东方花花草草，想必有很多，是来自这个地方吧。

如果不是河流从峡谷里冲出几道门，这个洪荒之地，会不会是另外一个样子？

一进村子，到处找营地。在半山腰找到一块草坡，这草坡已经扎了好几顶帐篷，开始以为是其他驴友的，又发现帐篷和我们的差别不小，细问之下，原来是村子正在过男人节，这些帐篷，是以前民政发给村子里的救灾帐篷。

第一次听说世界上还有个男人节，恰好还给我们赶上了。

据说村子里十八岁以上的男子，都会来参加男人节。划分规则是十八岁到二十八岁的聚集在一个帐篷里，二十八岁到三十八岁的聚集在一个帐篷里，三十八岁到四十八岁的聚集在一个帐篷里，四十八岁以上的聚集在一起。男人节期间，男人们通宵达旦地唱歌、喝酒、吃东西，一直要持续一周。难怪村子里很少见到女人，大概因为男人们过节，她们也干脆给自己放假，都不知道去哪玩去了。

选好营地，大伙开始扎帐篷。

刚把装备从背包里掏出来，正准备搭帐篷的河西，忽然傻眼了，呆呆站在原地发愣，半天不动，也不吭声。小旋风也大概发现哪不对劲，正在背包里东翻西找。原来这装备，不是河西亲自打包的，小旋风的妈妈在清理装备时，大概是内帐给洗了，忘记放回去。

这是这次旅行的第一次露营，所以直到打开背包才发现装备不齐。

大伙都纷纷围过来，七嘴八舌出主意想办法，只是这单一的外帐，它也没法用啊，虽然这几夜还可以到村子里住宿。但接下来的好多次露营，都是在荒无人烟的旷野，也没个地方借宿啊；临时买，也来不及了，何况这一路下去，很少有城市，基本没有补充的可能。

河西与小旋风像泄了气的皮球，充满了沮丧。

绿豆突然想起，这次恰好是雨季进入高原，考虑到野外做饭需要，不是安排采购了一顶公用帐篷么，虽然不是特别好，但起码胜过没用的单一外帐，临时救急足够用了，遇到雨大时，把外帐搭在外面，也可以防漏。

大伙跑到车上，七手八脚把公用物资翻出来，找出公用帐篷。

这下，河西长长松了一口气，大伙也长舒了一口气。谢天谢地，不然真不知这旅行，要如何进行下去。

扎好帐篷，勤快的青藤，带着几个人去老乡家做晚饭。

环抱我们的景色，与九十年前洛克站在帐篷外的所见，并无太多不同。

如洛克的文字描绘那样："靠山边栖息着一座寺院叫拉桑寺，在它下面是迭部人的村庄，房子挨着房子，还有小麦和青稞的梯田，在所有这些的后

晚霞与夜幕笼罩下的扎尕那／火一般热烈／木头房子与
高高的青稞架／像蜘蛛张开的网／等待着丰收的果实。

面，就是巨大的石灰岩山，郁郁葱葱的云杉和冷杉布满峡谷和坡地。"

在这片山水间，洛克至少发现了十种不同类别的云杉树，而中国全部的云杉，也只有十七种。以至于洛克震惊地写道："这里是如此令人惊叹，如果不把这绝佳的地方拍摄下来，我会感到是一种罪恶。这里的峡谷由千百条重重叠叠的山谷组成，这些横向的山谷像旺藏寺沟、麻牙沟、阿夏沟、多儿沟以及几条需要几天路程的山谷孕育着无人知晓的广袤森林，就像伊甸园一样，我平生从未见过如此绚丽的美丽景色，如果《创世记》的作者看到迭部的美景，就会把亚当和夏娃的诞生地放在这里。"

营地里的人，无所事事。

一帮人就围在山坡的帐篷那里，看藏族老乡包男人节准备吃的包子。热情的藏族老乡，看到来围观的人，赶紧挖一勺新鲜牦牛肉馅递过来，一边热情地说来尝尝，虽然西餐里有吃生牛肉，毕竟俺们都不习惯，赶紧捂着嘴逃之夭夭；几个小伙子则在不停展示包包子的技艺，一边戏谑这个是拉萨包子，那个是安多包子，这个是甘南包子。

吃过晚饭，都跑去他们的帐篷里看热闹，小朋友们可大开眼界了，一个个如同自己过节兴高采烈。

这不，别人的男人节成了我们的联欢会。

YAOYAO此时不知道是帅哥效应还是高反减轻，居然还上去载歌载舞表示对男人节的祝贺，把几个藏族小伙笑得差点瘫倒在地。据说后来藏族兄弟一直在找我们这位美女姐姐，一问找谁又不知道，只说是前晚"载歌载舞，一顿乱舞"的那位！

老乡们一边弹琴唱歌，一边喝酒，还邀请所有围观的男同胞一起喝酒。虽然好几个男士都蠢蠢欲动，但想起芝麻与绿豆一再提醒大家初上高原，千万别喝酒的告诫，只好咽着口水，强忍着。

傍晚，青藤在到处寻找大李哥，原来不经意之间，发现大李哥好久不见踪影。一顿好找，居然发现，原来到老乡的帐篷里把酒言欢去了，把青藤着实吓了一跳。

晚饭后，没见过男人节究竟是啥样的大李哥，悄悄在老乡的帐篷门口探头探脑窥视，结果被别人发现，直接就给架了进去，一起过节去了。

帐篷里的热闹，把当地的情歌王子，也是当地的村长给吸引了过来，被大伙拖住非得献歌一首。王子真的名不虚传，听得大伙陶醉不已；酒至半酣，室内的唱歌暂告一段落，活动移到了草地上，篝火晚会开始，大伙围着火堆跳起了锅庄，一边唱一边跳。

青藤找到大李哥时，两杯酒已下肚，看到青藤一来，赶紧借口趁机溜了出来，然后趁着酒兴，跟老乡一起在篝火旁跳起了舞。

唱歌跳舞一直持续到凌晨，大伙才陆续进帐篷睡觉，只是四五点又有人开始走出帐篷开唱。

绿豆、峰子、河西、奔驰几个想看日出的人，就在这歌声里躺下又在歌声里爬起，跑去对面山坡看日出去了。

营地里，却一片萧条。

原来，大李哥被晚上的青稞酒整成了高反，一直晕晕乎乎喊头疼，一副林黛玉病怏怏的样子，还对青藤说，如果高反实在太厉害顶不住，自己只好先撤了。

小李子也因为傍晚忘记穿袜子，在高原上还是一副南国夏日的打扮，赤脚凉鞋导致轻微感冒，萎靡不振的样子，让青藤的心开始悬起。

千哥因为小李子这个死党不能与自己玩，一个人太无聊，也无精打采低着脑袋，坐在草地的一块石头上发愣。

这旅行，才刚刚开始哦！

那边芝麻、豆豆与salna，三个老妈组成的队伍，则带着八个孩子，去村里转寺庙。

走着走着，salna说："不知道为什么，我的牙突然疼起来了。"

都说"牙疼不是病，疼起来真要命"，虽然大伙让她回去休息，但她想想已经带着孩子出来走到了半道，走回去还得好一阵。再说回去，只能到营地去做煮饭婆。

大锅饭，salna 想想那煮饭的大锅就头晕，疼就疼吧，总比在高原上做饭强，豁出去了。

于是这一路走，一路疼，一直走到寺庙的白塔边上。

眼瞅着几个藏族阿妈正围着白塔转经呢，转一圈，放几个石头，堆成玛尼堆。第一次见此情景的 salna 大为好奇，也跟着去转，照葫芦画瓢，心里念着六字真言，围着白塔转了六圈。

转完白塔，继续往上爬，七拐八弯，终于看到寺庙。

这么长的转经长廊，salna 也是第一次近距离接触，不免更加好奇加兴奋。于是带着一帮孩子，一个一个转过去，转完一圈，不过瘾，又回头去转了一圈，还在那说我们不都讲究个好事成双嘛。

熊二此刻与村子里的一个藏族小男孩成了好朋友，这个小男孩比熊二稍大点，从大伙进村子开始，就一直跟着。虽然小男孩外表邋遢，满脸脏兮兮的模样，但在孩子的心里，根本不会影响到各自对别人的友好与热情，大伙一起玩耍，一起打闹，一起照相，这藏族孩子成了大伙的向导，带着孩子们满村子地瞎转。

爬坡时，小男孩总是冲在最前面，然后回头招呼孩子们："快啊，快上来啊！"

在经廊里，小男孩看着这些外来的孩子们跟着大人一起转经，实在无聊，就一个人爬到经筒上玩去了。

薏米一看，也想爬上去显示一下自己的攀爬本领，但望了好半天，还是忍住了。事后，她悄悄告诉芝麻："其实我好想爬上去，但我不敢爬，我怕释迦牟尼把我变成一头又肥又大的猪，那样会被宰来吃了，岂不就太惨了。"

下山时，熊二与藏族小男孩勾肩搭背，手牵手，一路走下来。

这寺庙也看完了，转经筒也转了，孩子们吵着要回营地去，饿了。

快到村口，豆豆发现 salna 好久没说牙疼的事了，就问："salna，你牙齿还疼吗？"

salna 突然想起自己的牙齿，咦，怎么不疼了？难道是佛祖保佑吗，去时疼得要命，回来居然不疼了，而且以往牙疼，至少一个星期才能好，这次怎么转下经筒转了白塔就好了，那一定是佛祖庇护吧。

熊二与那藏族孩子嘀嘀咕咕，然后四处打探，原来是要上厕所。藏族孩子轻车熟路在路边找到一户人家，结果那厕所门给锁上了，于是这孩子显示出为朋友两肋插刀的气概，又是拽又是拉又是推又是扭，想尽办法想把厕所门弄开，无奈人太小力气不够，办法用尽也没能打开，只好抱歉地对熊二笑笑。

▲ 扎尕那寺庙前的白塔，如同哲人般，静默无言。

快到营地，小男孩依依不舍与熊二挥手告别，然后掏出一瓶矿泉水递给熊二，这很可能是哪个游客送给孩子的，在大山里，水根本不稀奇，尤其是扎尕那，随便装一瓶山泉水，也比这瓶子里的水更好喝，更干净。但这或许是他这个年龄的山里孩子，能见到的屈指可数的来自都市的东西，能得到的他认为最贵重的东西，能拿得出手送给朋友的东西，或许，也是唯一能由他完全支配的东西。

留在营地的人，有事没事好奇地跑到老乡们的帐篷里，去感受男人节。

听着听着就痴了，看着看着就醉了，缓过神来去看当天当值的麦田大厨

▼ 爬上山头／在恰西的群山里／大伙无意中发现／此处就有桃花源。——新疆恰西牧场

做饭。

蓝天空、青藤、罗罗几个人待在营地，看云起云散，鹰飞鹰舞。坐在灿烂的阳光里，感受时间的流逝，与刘师博一起，谈起家人，感受那满满的幸福，在这静谧小村体会充盈时光里，那些岁月的芳香。

整个村子一片宁静，所有的人，都为夜晚的节日狂欢做准备去了。

青稞在屋子旁的地里，迎风舞动；鸡咯咯地叫着，召唤着主人的奖赏；牛悠长的声音，在森林里回荡；间或孩子们的笑声，与山顶的鹰低回盘旋的身影，一起跌落；天上的云，自娱自乐地变幻着，太阳暖暖地照着。

此情此景，让几个人不禁想起了恰西，那个同样深藏在大山深处的恰西。它们，一个在甘南，一个在新疆。

那是离这次旅行整整一年前，这群人中的芽芽一家，加上浙江七岁的石头哥与妈妈小菡、四岁的小甜甜与妈妈英子、江苏的小飞龙、深圳的小玲与光影夫妻，同样与绿豆、芝麻和薏米一起，正结伴行进在新疆天山的腹地。

恰西，是天山腹地的一个小林场，与进扎尔那一样，同样是需要走过盘山小路，同样需要经历高山峡谷。快到恰西时，路边到处是随季节迁徙的养蜂人与成箱成箱的蜜蜂，一桶一桶的蜂蜜。

抬头，就是高耸的雪山，雪线下，针叶林绿油油的发亮；林子下，是绿茵般的草地；草地上，就是牧民的毡房；洁白的毡房旁，几棵野苹果树，正随风摇曳，苹果树前，是一条小溪，缓缓流过清澈的雪水。

那天，大伙在一哈萨克老乡家安排用餐，点了羊肉串、手抓羊肉、抓饭。刚宰杀的羊，放进了硕大的锅里，直接在森林里架上炉子，用木柴生火开炖，羊肉串也在森林里的炉子上开烤。

英子与峰子负责传递从老乡手里递来的羊肉串，一旦烤熟，立马取来给大家分享。

那天，恰好是哈萨克主人的孙女满月，亲朋好友开着车、骑着马来道贺，森林里变得格外热闹。客人们不分男女老少，都拿着尺把长的羊排大口啃着，让我等见惯了大块吃肉大碗喝酒的人，也有点瞠目结舌。

▶ 恰西的清晨。

▶ 恰西的牧场上，牛羊
在安静地吃草。

▶ 恰西营地。

大家把营地，直接扎在了森林深处的草地。绿豆满意地戏称："这起码是四星级以上的营地啊！"

爱开玩笑的哈萨克男主人，在林子里随手扯来几根荨麻草，此草刺中人体，奇痒无比，严重的还会冒出一片红肿的小疙瘩。幽默的男主人逗大家说这是防蚊子用的，不认识此草的英子，很好奇地凑过去问怎么使用，主人回答说，只要在手上轻轻碰几下就好，英子果真伸出了胳膊，然后就是一阵被开水烫了似的咿哇乱叫。

吃罢晚饭，回到那个森林里的营地，时间尚早。在薏米的带领下，大伙出发穿过密林，想去更高的山头看更美的风景。没有目标，只有方向，向最近的山顶进发。

到了恰西，才知道熊大熊二的森林并非动画师们杜撰，原来世上真的有每一棵树都需要两三人合抱，高耸入云的大森林，而且树下绿草如茵。越过小溪，穿过草地，许多匍倒在地的参天大树，有的已经零落成泥，腐朽的树干上又长出了新的树，阳光从树与树的缝隙里，投射到地面，雕琢出斑驳的光阴。薏米边走边问："这里是熊大和熊二的家吗？这些树是不是光头强砍倒的？"

为了鼓动薏米努力爬山，绿豆不置可否地回答："或许是吧，你自己上去看看吧！"

薏米："那我怎么没看到光头强的房子？"

绿豆："估计在山顶的森林深处吧？"

薏米："那我们赶紧走，去看看吧，不然光头强把山顶的树砍光了！"

甜甜跟在后面，也听到了对话，回头要英子讲经常看的《熊出没》动画片。一边走，英子一边绘声绘色给甜甜讲起熊大、熊二智斗光头强的故事。

气喘吁吁，攀过陡坡爬过腐土，上一山头，对面山脉一览无余。这是典型的新疆风光：大山如绿毯延展，线条蜿蜒起伏，星星点点的大树，星罗棋布点缀在草地上，其壮丽与秀美无可言语。

芝麻、小飞龙、英子等几个好事者，背对雪山展示鹤立羊群之状，薏米

▲ 这样的举动，对薏米来说习以为常，对身体平衡能力的锻炼就是在这样的嬉戏中完成。

▲ 薏米在恰西牧场上玩手巾。

乐不可支从坡上冲下来抢按快门。观看众人四不像之瑜伽练功造型，英子悲恸欲绝要纠正大家，很快将自己弄成了鬼子模样。

绿豆一个人拉在后面，正在留恋之间，却听到芝麻与薏米在远处不停催促。穿越了无数参天大树，突然豁然开朗，眼前出现了一大片密林围绕的高山牧场。碧绿平坦又空旷的草坪，阳光灿烂，星星点点的牛羊，白白的毡房后峰峦叠嶂的雪峰，像一排雪白的耸入云天的屏障。山凹中的冰川，有着幽蓝的光。

英子一直寻觅《鬼吹灯》中的秘境。这，不就是比那更美的秘境？！

绿豆大喜过望，兴奋地说："我们去把营地搬到这吧！"

众人面面相觑，回想起花了九牛二虎之力才爬到这里，齐声说："支持帮主自己上来扎！"

暮色渐起，恋恋不舍离开这片无意中发现的牧场，众人返回山下的营地。河谷里，最后一抹阳光正在隐去。

夜半，甜甜做梦大哭，嘶喊着，说是光头强在追她，不敢再睡，折腾得英子也半宿没睡。估计英子恨不得扇自己两个嘴巴："没事在这与动画片一模一样的森林里，给小朋友讲什么光头强嘛！"

那天夜里，也如扎尕那一般，断断续续下了两场雨。一大早，绿豆独自一人，再次爬上山头，去了那片让人恋恋不舍的牧场。

空山一片寂静，清新而湿润的空气沁入心脾，啄木鸟在森林里的树干上发出咚咚声响，不知名的鸟儿在枝头歌唱；大团大团的云朵，从天空中飞驰而过，将雪山打扮得忽明忽暗；雪山顶上的云团，被染成了红色，雪山露出一个小小的角落，被风一吹就再无踪影；几匹马，一群羊，毫无拘束地在草地上吃着草，雪山环绕的牧场上，安静得听不到一丝风的声音。

世上，真有无数香格里拉，不在别处，就在身边。

扎尕那的营地里，蓝天空呆呆望着山顶的一株松树，它就那么直直地站

▼ 阳光下的扎尕那，青稞随风飞舞，风里飘散
　着阳光纯正的味道。

在那里，高出一截。

奔驰哥、绿豆几个大男人，拿着借来的斧头，正在那里劈柴，准备给炖肉的灶里添柴火。

其实旅行与生活一样，有时可以很简单，简单得如同居家，随心所欲地走一走，没有目的地逛一逛，令人心满意足；但最简单的，有时却可以是最奢侈的。

突然想起海子的那首诗：从明天起做个幸福的人 / 喂马劈柴周游世界 / 从明天起关心粮食和蔬菜 / 我有一所房子 / 面朝大海春暖花开 / 从明天起和每一个亲人通信 / 告诉他们我的幸福 / 那幸福的闪电告诉我的 / 我将告诉每一个人 / 给每一条河每一座山取个温暖的名字 / 陌生人我也为你祝福……

这一刻，我们就是那幸福的人。

回到营地里的几个孩子，发现河西的临时帐篷空间最大，于是把这个帐篷当成了活动室。

小旋风、妞妞、笑笑、薏米几个，时不时在帐篷里笑着扭成一团。

很快，禾苗、熊二等几个男孩子，与村里的其他藏族小男孩纷纷熟识起来，开始在营地的空地上追逐打闹。村里的孩子，只要一刻找不到他们，就会纷纷到帐篷里来看，来寻找。

很多时候，这些刚刚结识的孩子，总是勾肩搭背地在一起嬉笑打闹。他们用自己打打闹闹的方式，用他们能懂的态度，用他们的肢体语言进行交流，玩成一片，闹成一堆，笑成一团。

倒是小叶，时刻没忘记自己是儿童团的副团长，惦记着弟弟妹妹们的安全，跟在小伙伴后面到处照应。后来大概实在是跑累了，气喘吁吁跑到绿豆跟前报告："绿豆，我觉得这样不行，跑来跑去，他们太危险了！"

这高原上做饭，实在是有点艰难，因为氧气不足，火力不够，哪怕烧再大的火，就是没点动静。一锅土豆炖牛肉、三锅饭，几乎整整给耗费掉了一天时间，不过好在我们可以吃上热气腾腾的新鲜饭菜。

蓝天空正默默帮着烧火，大伙正围着火炉看做饭，不知谁惊喜地叫嚷着

"快看，有鹿！梅花鹿！！"

顺着手势方向去搜寻，真在草地旁房子背后的山脚下，看到四只梅花鹿在那儿悠闲地溜达。这一下引起了大伙的兴趣，大大小小的都围了过来，个个都特别兴奋，这梅花鹿应该也感受到了大家的热情，不过像绅士的它们，并没有因此受惊而逃，仍然用它们特有的贵族风范，优雅地踱着它们的模特步，不时侧目望望大伙。

问旁边的老乡，老乡说这些鹿是野生的，在他们心中是吉祥神圣的动物，因此不准狩猎和围捕，久而久之，鹿对人也司空见惯，经常大摇大摆出来闲逛。

三十个人的饭菜，委实需要下点功夫，劳累自然是不必说。

主厨麦田，在村子的小伙阿班的带领下，骑着摩托车，跑去村子外好远的地方，买回来三斤猪肉，五斤牛肉，十一斤土豆及若干小菜，外加青藤带的腊肉、香肠以及提前采购的罐头、熟食等，大伙本以为这是顿丰盛的晚宴，结果被饥肠辘辘的一干人众，就着这些菜连吃了三高压锅米饭，连从老乡那里借来的硕大的炖肉锅，也舀得比狗舔得还干净。

这大概要归功于一拨人不畏艰险，去悬崖上看老鹰巢穴；一拨人不辞劳苦，在村子里四处闲逛的功劳。

傍晚，天边忽然飘起了雨，云层被拉开又合上，不过只一小会，阳光又游弋在大山之中，调皮的阳光一会照着森林，一会照在扎尕那的石壁，天空中还挂起了绚丽的彩虹。

奇幻的景色，着实让刚上高原的孩子与大人们，兴奋了好一阵。

绿豆正在一个陡坎上拍那彩虹，几米之外玩得正开心的禾苗，冷不丁冲上来，使劲一推，没有防备的绿豆差点掉下坎，幸亏动作敏捷稳住身子，不过从此对禾苗格外留神，害怕这孩子什么时候对旁人再来个突然袭击，折腾出什么事端来。

太阳很快下山，这扎尕那的夏夜，显得格外清冽，加上傍晚的一阵小雨，天气变得寒冷。

大伙围在老乡帐篷旁的火炉边，一边烤火取暖，一边和老乡闲聊。

一个多小时后，大伙陆续起身，准备回帐篷休息。

salna 最后一个人起身，就在她起身的一刹那，嘭的一声巨响，那根刚才还好好立在帐篷门口、碗口粗的横梁，突然砸了下来，重重砸在她脚下，把大伙吓得目瞪口呆。

如果横梁偏移一点，不是直接砸在她头上或身上，就是把炉子上的开水给打翻，这一来，估计不是砸伤就是烫伤。

原来，一个老乡家的孩子淘气，居然吊在帐篷门口这个横梁上去玩，结果把树给弄倒了。

salna 一边念着佛祖保佑，一边三步并做两步，赶紧窜回自己的帐篷。

躺在帐篷里，salna 心想："一定是佛祖不忍让我看到别人大快朵颐，而自己牙疼不能享受；也一定是佛祖看到自己还想去年保玉则看花海，去阿尼玛卿朝拜，所以才免了这被砸伤或烫伤的血光之灾。"

于是，她就在那叨叨着："佛祖啊，谢谢您的保佑，我一定谨记您的教诲，心存善念，多做善事。"

以至于后来每到一个地方，看到经筒，她无比虔诚去转，心里还念着六字真言。

▼ 从夜幕里苏醒的扎尕那。

2.3

一脚跨两省的郎木，
天葬台下的分道扬镳

帐篷外，村子里的男人，围着熊熊的篝火，依旧在载歌载舞，火光与天尽头几缕蓝色的亮光，在壁立的石峰上跳跃。

扎尕那的夜空，缀满密密麻麻的星星，像宝石一般，把天幕点缀得有点不太真实。

在歌舞与星星的陪伴下，不知不觉进入梦乡。在小伙子们的歌声里，又迎来新的一个黎明。

大伙在村子旁的山坡上，等待日出，当太阳从石壁那边探出头来，一片云蒸霞蔚，整个扎尕那便进入了梦幻。

升腾的云雾与袅袅的炊烟，将小村涂抹得如诗如画。

面色黝黑的 IT 哥站在山坡上，被太阳一照，只剩下两只白色的眼睛，和周围的藏族老乡，几乎没有任何肤色上的差别，不时被大伙拿来开涮。

几个拿相机的人，肆无忌惮在老乡的油菜地里践踏，玩弄着所谓的摄影，让我们感觉有点脸红，也有点气愤。毕竟，这油菜马上就要成熟了，就能收获了，这样不珍惜别人的劳动果实，让大伙真的无话可说。

于是大伙对 IT 哥打趣："反正你的肤色与老乡也一样，直接过去找那些践踏油菜的人，说他们踩的地是你家的，让他们赔踩坏的油菜，让他们长点记性。你拿了钱，给地的主人，说不定主人会请我们去做客，顺带混吃混喝。"

一只小白兔，正悠闲地在阳光灿烂的山坡上溜达，然后到草丛中吃草，见到有人来，也不惊慌，更不逃跑，自由自在地生活在自己的世界里。

几个小朋友，听说有小白兔，飞奔而来。结果怎么找也找不到小白兔，有人说是清醒把小白兔吓跑的，小旋风一边数落着清醒，一边与其他小朋友努力在灌木丛中寻找。

经过几天的适应与休整，每个人都恢复到了良好的状态。

这是海拔超过3000米的扎尕那，给予我们的关爱与庇护，每个人，也充满了对扎尕那的留恋。天下没有不散的宴席，即便不舍，也得别离，毕竟我们的旅行，才刚刚开始。

吃罢早餐，收拾好营地，清醒带着薏米、芽芽，与笑笑、妞妞等几个小朋友一起，捡拾着营地的垃圾。小朋友们一边认真捡着垃圾，一边念叨着"除

▼ 郎木的下午/一片静谧/天空云卷云舒/带走了内心那点点浮尘。

了回忆，我们什么也不要留下"。

告别村子里新结识的伙伴，告别热情纯真的扎尕那朋友，恋恋不舍，离开扎尕那。

出了扎尕那的重重大山，车队重新进入草原，没过多久，又有了山的模样。

想到很快就能到郎木，大伙心情格外轻松，YAOYAO又重新进入打了鸡血的状态。

倒是二号车上的笑笑与妞妞两个小朋友，因为成天待在一起，又是小女生，免不了会有些小性子，不时会吵吵闹闹来点小状况，而且生气的时候喜欢相互说："我永远都不理你了！"

大人劝解加警告，多次均无明显效果。

这会两人突然为哪颗石头更漂亮而再次生气，又冒出了"我永远都不理你了"的口头禅。

凤凰严肃而郑重地说："既然你们说了再也不理对方了，对朋友这么不珍惜，那好，从现在起，你们彼此就不要再说一句话！"

笑笑看凤凰动了真格，慌了，赶紧摇凤凰的手臂："妈妈，我是跟妞妞闹着玩的，我再也不说这样的话了。"

这一边求情，一边还不停地跟妞妞打手势，说唇语，要妞妞也一起表态！

两个人不停在大人面前认错，提保证，说以后会好好相处，不随便说伤人的话。

凤凰："既然你们都认识到了自己的错误，也决心改正，可以原谅，但做错了，还是要惩罚的，半个小时之内不准说话，半小时以后再解禁，希望你们能记住朋友相处之道。"

两个孩子既开心又紧张，不断用眼神、手势交流，想说又不能说的样子，几个大人又好气又好笑。

但自这次后，两人真的很少生气了，也会接受对方的意见，考虑对方的想法。

孩子是一张白纸，他们懵懵懂懂，对外界所有的东西都很好奇，也不懂大人之间的玩笑，但他们有一颗无邪的童心，在跌跌撞撞中一步步长大。他们希望爸爸妈妈能开开心心地陪在他们身边，也比所有的人都更看重父母恩爱，家庭幸福，也更珍惜朋友之间的友谊！

带着孩子出行，有苦有乐，但我们不用带上太多的功利心出发，总是期待通过一次旅行，就让孩子记住什么，总是苛求一次出发，就让孩子学会什么，大人们总是太急于让孩子立竿见影地成长。

孩子是父母的责任，也是父母之间的纽带。大人的一言一行，他们都看在眼里，言传身教，不过如此！因此，最需要成长的，不是孩子，而是父母。

绿豆与芝麻，这些年带着薏米在路上，深刻地体会到一点，那就是孩子比我们想象的更强大，比我们想象的更坚强，我们不需要刻意去教育路上的孩子，而是要坚持做好自己，因为父母是孩子的偶像，孩子也是父母的老师。

一块突兀的石头立在公路旁边的山头上，一号车上的绿豆说："这个，好像是郎木的红石崖"。

芝麻回应："红石崖应该比这个高大多了！"

转过一道弯，眼前一大片建筑，郎木寺熟悉的金顶映入眼帘，原来这石头，真是红石崖的侧面。

别过几年的郎木寺，既熟悉又陌生。

熟悉的是山水与寺庙，陌生的是街道宽敞了，到处被挖得千疮百孔，商铺林立，街上有了旅游大巴，多了无数的游客。那个清澈河水哗哗流淌，骑马的汉子赶着成群的牛羊挤在街道上，甘肃的大公鸡纵身飞到四川，小狗咬着牦牛尾巴从四川追到甘肃再追回四川嬉戏的郎木变得模糊了；那个可以买门票可以不买门票，也可以花几块钱买张门票告诉看门人明天早上还要来，那个可以坐在大喇嘛的位置上嬉戏，那个两个小喇嘛抬一面大锣，一个小喇嘛用草鞋底抽打大锣响彻小镇告诉大家寺庙要上课了的郎木，模糊了。

倒是郎木如今的吃住，比以往更方便了，宾馆林立，饭馆众多，安顿好住宿，集体中餐，然后放羊一般，大伙四散而去。

下午，有人过河去了甘肃那边的寺庙，有人跨沟去了四川这边的寺庙，

▲ 夕阳投射在红石崖上。

▼ 静静卧在群山之间的郎木小镇，被七月的鲜花包围。

有人去了白龙江峡谷，有人在睡大觉，有人去看小喇嘛上课，有人去看肉身菩萨，也有人到处闲逛，最不像旅行的旅行。

看到蓝天空不方便地上上下下，有人赶紧提醒她："天空，天空，你不要走太远呀！"

隔会，又有人招呼："天空，天空，快上楼去休息吧。"

"我找数据线，要不禾苗听不了故事。"于是执着的蓝天空在丽莎餐厅的楼梯上下了四次。

绿豆与河西的一队，有薏米、小旋风、禾苗、小叶几个小伙伴，大家顺着小镇前往白龙江源头，寺庙正在大兴土木，寺庙的修建方式，使用了藏族传统的人工劳作，这样虽然耗费人力，但却能保证寺庙在各种灾害面前岿然不动。

三个人站在高高的梯子顶端，喊着有节奏的号子指挥着劳作的人群；一群女人背着泥土，随着口号的节奏，顺着简易的木头架子爬上爬下运送泥土；另一群人排着队，用木棒等工具在楼顶夯实泥土，他们挥动木棒与脚步移动的步伐，和号子的节奏保持一致，同时嘴里整齐地应和着。

在我们这些外人看来，这劳作，与舞蹈根本没有什么区别，大伙看得如痴如醉，直到被阻挡的工人大喊"让一让"，才纷纷惊醒离开。

▼ 郎木小镇里，正在用传统建造方式修筑寺庙，如同一场大型民族歌舞秀。

　　顺峡谷前行，清泉潺潺，古树蔽天，野花肆意，乱石横滚溪中，枯木横倒溪上，薏米、禾苗、小旋风几个争先恐后。

　　郎木寺，汉语意为虎穴仙女寺，传说中的西王母部落，以母虎为图腾，又称黑虎女神，在这里最受民众尊崇的不是诸天众佛，而是传说中的老祖母郎（藏语虎）木（藏语女性）。

　　峡谷中有一巨大洞穴，传说古时有虎栖于此，曰虎穴，而郎木寺，又名虎穴寺，大概源于此。

　　洞穴前有陡峭土坡，被看热闹的人攀爬摩擦得光滑无比。一根枯萎的藤垂在洞外，小旋风拉着想爬上洞口，试了几次，看似无望，遂放弃；倒是薏

▶ 花与佛同在／静静盛开的野花／如同佛的淡然／开在每个人心间／只有雨季／只有半月／我便悄然凋谢／你若不来／独自盛开。

米，却始终不肯罢休，拽着那根藤，不肯松手离开。

从峡谷中段爬上陡峭的悬崖，几个孩子，比大人爬得更快，剩下血压有点高的大个子河西，在陡峭的山崖中段喘息。

到了坡顶，小镇尽收眼底，夕阳将余晖洒落在七月的高原上，为大地涂抹上一丝暖色调。对面甘肃那边的寺庙，金碧辉煌，四川这边的寺庙，银白如雪，河谷中间的清真寺，静默无声，红石崖，如同巨大的屏障，横亘在草坡顶部。

河谷对岸的台地上，芽芽跟着爸爸妈妈享受着夕阳的余晖，一会追羊，一会拔草，一会追鸟，忙得不亦乐乎。

▲ 夕阳映照下的郎木寺，几丝暖意浸润。夏日的黄昏，这里是如此安静。

▲ 淡淡晨雾，弥散在天地间。晨曦中的郎木寺，透露出清幽与神秘。

次日一大早，绿豆出了客栈，顺着河道，走了几公里，右边全是铁丝网分割而成的零散草地，铁丝网里无一例外是几只虎视眈眈的大狗，没敢爬进去；想往河对岸，却一直没有过河的落脚处，最后不得不脱下鞋袜，从河水里直接走了过去，虽是夏日，雪山融水却依然冰冷刺骨。

河边房子的墙上，整齐的牛粪饼，粘贴成一排一排，极其醒目。

顺着山坡一直往高处爬，原本整齐的草地，被铁丝网、栈道分割得七零八落，鞋子与裤腿，被草尖的露珠全部浸湿。

到坡顶，远远地望见，高处的天葬台前，煨桑的青烟缓缓，生命的轮回从来没有停止。因为对这种轮回，绿豆已经见过很多次了，所以也没了去山坡上的动力，在微信群里喊了一嗓子，告之那些或者清醒或者沉睡的队友，便开始往山下走。

海拔 3500 米左右的郎木周围，全是山，呲牙咧嘴，站成屏风，将小镇重重叠叠包裹起来，在这些山的外面，却是辽阔的草原。

站在高处俯瞰，小镇极像一枝含羞欲开的莲花，最中心的低洼处是民居，仿若莲心；民居被舒缓的台地包裹着，台地上长满了浅浅的绿草，小镇所有的寺庙就点缀在这些台地上，像一棵硕大的莲蓬；台地的后面连着高山，山峰陡峭且参差不齐，插满了郁郁葱葱的树，像荷花瓣一样紧紧护卫着这方隐秘的土地；于是清澈的溪流、藏式与穆斯林风格的民居、舒缓的草甸台地、金碧辉煌

▲ 红石崖顶，历尽艰辛的大伙，正在向远处眺望，体会无限风光在险峰。

的寺庙、峻峭的山峰与葱郁的密林赶集一样汇聚在了这片蓝天白云之下。

郎木后面的天葬台，会成为很多人去郎木的冲动之一。我们这支队伍，则将其作为自由选择，听到绿豆在微信里的声音，有些人赶紧往山上跑去，不过孩子们似乎比大人更有兴趣。

早在出发前，豆豆告诉芽芽："宝贝，爸爸妈妈要带你去西藏了哦。"

芽芽仰着小脸问："西藏在哪啊，有什么好玩的？"

"西藏在中国的西部，有开满鲜花的大草原，有很多雪山和寺庙，有著名的布达拉宫啊"，豆豆回答道。

"啊，草原、雪山我都看过了，草原上有很多牛粪、马粪的，臭臭的，石头哥哥最怕牛粪了。"芽芽一边说，一边用小手在鼻子那扇着，好像真的闻到牛粪味。因为她总是记得去新疆伊犁草原时，小伙伴都怕牛粪的事。

那时几个小朋友总想与石头玩，石头又被大伙称为道兄，一路沉默寡言，难得一笑。原来，看到草原上无处不在的牛粪，酷酷的道兄紧张极了，宁愿待在车上也不愿意下去。即便好不容易被小蔷拉到草原上，也紧张地站在那里一动不动，生怕一迈腿就踩到牛粪堆。

妹妹们总是称呼道兄为小哥哥，有时也被调皮的薏米喊作老哥哥，于是几个小妹妹就跟着一起喊。

绿豆告诉小朋友们，其实，草原本来就是动物们的地盘。相对工业污染或人类制造的有毒物质，牛粪马粪其实根本不可怕。因为至少它们不会要我们的命，不会让我们在不知不觉中中毒，而且是大自然中花花草草们的肥料，会让花草更加茁壮漂亮。有时即便我们觉得它很脏，觉得这是地狱，但它与天堂也就是一线之隔，天堂和地狱，本来就没有明显的界限。

为了激起芽芽的兴趣，豆豆重新起了个话题："宝贝，还可以看天葬哦。"

"天葬是什么？"芽芽有些疑惑。

"天葬是藏族百姓独有的一种处理死人的方式啊，就是人死后，让鸟来吃，把他们的灵魂带进天堂。"

"啊，那就是鸟吃人了，我要去看鸟吃人啰！"不明就里的小芽芽，在那开始期待，豆豆则一脸黑线在那挂着。

此刻听说能看到鸟吃人，芽芽更急迫。

绿豆下到坡底，遇到大队人马开始上山，于是复又跟随芝麻、薏米上山。

宽阔辽远的大地，天空蓝得透彻，白云白得纯净，阳光明媚动人，空气带着青草和泥土的味道。真让人心旷神怡，美女们开始卖萌了，造型，写真，抓拍，不亦乐乎。

日头逐渐升起来，照得人睁不开眼，脸晒得发疼，大伙决定下山回客栈。

一边走，一边欣赏着美丽的风景。放眼望去，郎木寺天高云淡，宁静祥和；各种野花争奇斗艳，竞相绽放；从大峡谷流出的河水，冰凉清澈，湍急激越，从郎木镇里横穿而过；红石崖在朝阳下金光闪耀，威武矗立，如同一座屏障；成群的牛羊在宽阔的草场上啃食徜徉，壮硕的藏獒忠诚地充当着牧民的帮手，神气地在畜群中来回走动。

▼ 红石崖下的牧场里，羊群像云朵一样游弋。

下午，小 Y 说要去爬红石崖，结果后面跟了一大帮要去爬红石崖的人。薏米、小旋风、芽芽、熊大、熊二也跟在一群大人身后兴奋地尾随着。

因为不知道爬山的具体线路，只能边走边问。

于是一大群人，一边望着山，一边在镇子和草原之间来回折腾，最后还得穿过一家人的牧场。

四五只牧羊犬狂吠，声音一只比一只凶狠高亢，只只都拼命想挣脱绳子扑向大伙。牧场边上，还有几只想混进犬群的流浪狗，也一声不吭趴在草坡上。大伙一边要提防绳子拴着的牧羊犬挣脱绳子，一边又担心流浪狗的偷袭，还担心我们横穿的羊群里，会不会潜伏着牧羊犬，我们走着走着，就突然蹿出一只大狗来，每个人都小心翼翼又战战兢兢。

为了安全，几个大男人赶紧调整了行进的位置，分别担负队伍前、中、后的安全防范。小 Y 与奔驰哥在前，河西、峰子、IT 哥居中，绿豆殿后，每人负责一段范围内的防范。

好不容易穿过牧场，大伙长舒一口气。

不想爬山，几个小朋友可比大人厉害多了，一直高歌猛进，虽然山高路陡，碎石遍地，可孩子们一点都不在乎，撒着欢争着往山头上蹿。

山坡上，不时有一抹猩红与洁白，从绿色的草丛里跳将出来，格外抢眼。越是往上，猩红与洁白的颜色越多。

抬头望去，整个山坡，似打翻了的调色盘，猩红绚烂，白色刺眼，越来越放纵，最后倾覆在整片山坡上。

这些妖艳的花，大多是狼毒花。它们白得那么雅致娇柔，红得如此热烈赤诚，在绿草之间，格外醒目，甚是好看，只是这些草，对羊群牛群，却无法食用；将目光向更高处延展，赭红的石壁高高矗立，蓝色的天空风云变幻，大团大团的云朵来来往往。

在阳光的抚摸下，天宇之下，远山横亘起伏，线条是那么柔美，色块是那样饱满，无论你怎样取景，眼前的景观都是完美的、重彩的油画，每一帧画面都不忍错过。

用时不多，就到半山。正好有阳光照射在整个红石崖上，天空的湛蓝与满山牧草的浓绿，更衬托出山崖红色的凝重，斑斓的色彩，构成一幅巨大唯美的画面。

爬在第一梯队的熊二，大概口渴了，青藤代为传达给第三梯队的熊二他老妈，说熊二要喝水，结果一句"让他下来喝"，让本来气喘吁吁的队伍更加上气不接下气。这老妈真够绝的，别人好不容易爬到前面，你喊别人下来喝，喝完还得上去，你什么意思啊！

熊二经过连续几天的高原蹂躏，脸上已经开始掉皮，加上太阳与紫外线的折磨，外观已经很像当地的藏族小朋友了。

此时，正在陡峭而石子遍地、随时可能摔倒的山路上，与薏米争抢第一。

快到山顶，一团巨大的乌云从山那边飘过来，雨点开始飘落，大伙赶紧爬过陡峭的山崖，挤在红石崖悬崖下的崖缝里避雨。

IT哥一手点着一支烟，冷静沉着地看着熊大熊二俩，摇摇晃晃从陡峭的山脊翻过去，周围的人都捏着一把汗，几个当老爸的赶紧冲过去扶住熊二，生怕他脚下不稳，一咕噜就直接到山底。

作为领队的绿豆，有点急眼了，生怕孩子们出现闪失，直接抢白了IT哥一句："IT哥，孩子不光要放，有时还得养啊！"

好在，脾气好的IT哥没有计较，憨憨一笑。

在崖底等了半天，没见雨落下来，绿豆不得不几次从崖底爬上山顶去查看。最终，雨就在对面的河谷里下，那团黑黑的雨云，一直没飘过来。于是招呼大伙赶紧登顶，山顶密密麻麻的花，让大伙开心不已。

美景让小伙伴们劲头也越来越足，飞快就到了山顶，大家都不禁欢呼起来。

五颜六色的花，在山顶静悄悄地自由绽放着，这些花儿肆无忌惮地吮吸着大自然的甘露，在风中摇曳……时而像调皮的顽童，时而又像知性美丽的女子……这时的我们仿佛置身于画中，变成了画中的主角，大伙就在这些花花草草里放肆，或站或卧，或打滚或雀跃。

不经意间，发现一轮彩虹，高挂头顶，引得小朋友们欢呼雀跃。

不知道薏米与芽芽，在这彩虹下，有没有想起，去年在新疆时，被大伙称为淡定哥的道兄。从乌鲁木齐，到赛里木湖，再到喀拉峻，与其他小朋友欢呼雀跃形成鲜明对比的是，道兄没有一丝激动，一副冷眼旁观的样子，不愿拍照甚至不愿下车。

这种与其他小伙伴兴高采烈相比，根本不在状态的神情，让作为妈妈的小蔷，时时被愤怒、失望袭击，认为道兄没有好奇心，没有求知欲，对外界麻木、不合群。

事后才知道，原来是草原上遍地的牛粪马粪更让他紧锁双眉。

直到雨过天晴，一道彩虹横亘在喀拉峻大草原上空，淡定哥再也无法淡定，不停念叨："妈妈，妈妈，我看到真正的彩虹了！！"

一边拉着小蔷就走，说要走到彩虹的尽头，看看那里是不是有宝藏。

从小就在动画片里、书本中、美术课上频繁接触彩虹的孩子们，总是将彩虹与美好的事务联系在一起，但在现实生活中，尤其是环境恶劣得难以想象的都市，彩虹早已成了童话。

如今能亲眼见到传说中的彩虹，难怪道兄也不再淡定。

或许，每个孩子的心里，都有一个彩虹般的梦想。

山下镇子里，禾苗带着蓝天空，跟着凤凰和台钓他们，一起去看肉身菩萨。

郎木的街道上鸡鸣狗叫，尘起尘落，人来人往，熙熙攘攘。蓝天空与禾苗晃晃悠悠往寺里走，一路上的小喇嘛们，都偷偷打量着大伙。

禾苗问："他们在干什么？"

"在这里学习呀！跟你们的学校是一样的。"蓝天空回答道。

"那他们的爸爸妈妈呢？"

"他们有些很小就自己一个人出来的，在这独自生活了，自己照顾自己。"

看到一个很小的小喇嘛，抱着很重的一大本书，禾苗惊叹："他们读这么厚的书！"

蓝天空说："他们不像你们学语文、数学、英语这些主课。他们比你们学得多得多，学藏文化、修行佛法，有英语、翻译、历算、工巧、医学、戏剧和诗学，不仅仅是课本知识，还有很多生存技能的学习。比起他们，你们真是幸福得太多了。"

禾苗不语，静静地看着，路边一个比他矮小的小喇嘛，举着一个很大的西瓜，怀里还揣着一本书。

禾苗就在那里呆呆看着，不知道在想些什么。

走过许多弯弯曲曲的窄道，在气喘吁吁中，蓝天空终于见到了传说中的肉身菩萨，仿佛一位刚刚睡去的高僧。肉身菩萨是五世格尔底活佛的肉身灵体，五世活佛出生于 1681 年，于 1775 年圆寂，"文革"期间其灵体曾被运到若尔盖县城，被几个信徒发现后偷偷埋在县城的达龙沟山上，1981 年，再挖出来时肌肉还有弹性且无丝毫损坏，于是又被信徒请回格尔底寺。

禾苗被寺里的高僧带着转了七圈。

腿脚不便的蓝天空，独自在昏暗的走道里，只能凭着直觉往前走，一路磕磕绊绊。她一边走一边想：如果此时，禾苗爸爸在的话，他一定会牵着我的手吧，不至于走得这么艰难。这过道就像人生，有的时候，必须得自己走一走，即便暗黑无望，但只要坚持一小会，再坚持一小会，就会看到，那点亮心灯的明亮。

那一刻，蓝天空将所有的感谢，深深凝结胸前；那一刻，郎木的佛，为她点亮了那一盏心灯；那一刻，她感恩陪伴在身边的亲人；那一刻，她泪水充盈。

只是另一边的妞妞，中午就有点萎靡不振，下午更是突然发起了高烧。

大伙都有点突然，也有点茫然，更有点紧张，事先毫无征兆，在高原上要是因感冒而引起发烧可不是个好兆头，要是继续恶化，那可会成为大事。高原感冒很容易引发脑水肿与肺水肿，从而在短时间内危及生命。

虽然芝麻与 YAOYAO 在第一时间判定可能是扁桃体发炎了，但所有人还是不敢掉以轻心，嘱咐赶紧想办法降温，同时尽量确诊病因。

这 YAOYAO 刚脱离高反的困境，妞妞又出状况了，麻烦事不断啊。拿出体温表量了一下，天，39.8℃，这下把麦田给吓坏了，一个劲地在旁边念叨："怎么办，怎么办，这可是在高原啊！"

　　好在 YAOYAO 自己是学医的，相对麦田要冷静一些，再次仔细察看了一下妞妞的喉咙，有点红，应该是扁桃体稍稍有点肿大，没有咳嗽，没有流鼻涕，应该不是感冒引起。于是赶紧给妞妞喂了点退烧药，然后嘱咐麦田去买了些消炎与抗病毒的药品回来。

▲ 准备上晚课的小阿卡们，盘腿坐在威严的佛堂前。

此刻，也只能要求妞妞尽量多喝热开水。

此时的妞妞，大概明白了如果继续生病，就再也无法去西藏了。于是非常配合，YAOYAO 要她干什么就干什么，还一个劲地问 YAOYAO："妈妈，我是不是不能去西藏了？"

因为在出发前，所有的人都跟孩子说过，想要去西藏，要想跟上大伙，就要多吃饭菜，不能挑食，不能感冒，如果感冒了，就绝对不能去西藏了，

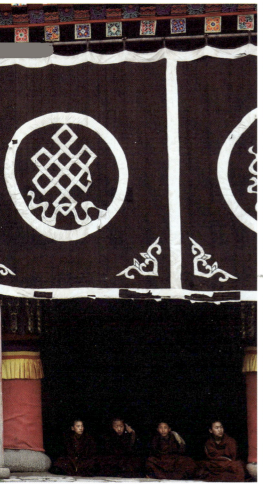

▲ 正在偷偷吃零食的小阿卡们。

▲ 热情的喇嘛，主动拉着薏米，要一起合影。

所以此刻的妞妞非常紧张。YAOYAO 只好安慰妞妞说："只要你乖乖听话，好好配合治疗，烧退了就可以继续和大家一起去了。"

下午四点多钟，因为退烧药的作用，体温降了下来，妞妞非常高兴，跟 YAOYAO 说："妈妈，我已经好了，一点事也没有了。"

爬山的一群人，从山顶俯瞰郎木，方才惊觉她的另一番美。也唯有此时，她才做回那个婉约有致的女子，韵味十足。又像一块开琢的璞玉，经过岁月细细打磨，逐渐变得圆熟、剔透。

只是风雨欲来，天色黯淡，大伙不得不抓紧下山，下山比起上山，轻松多了，途中遇到几个把营地扎在半坡，正徒步登顶的人，个个给小朋友们跷起大拇指。于是小朋友们更是一溜小跑就下到了山脚。

成群的羊开始归圈，为了抄近道，大伙再次心惊胆战穿过羊群，小心翼翼钻过铁丝网，赶紧逃之夭夭。

下得山来，青藤告诉小李子与千哥："今天你们没上去，亏了，上面好漂亮。"

千哥回答："我们才没亏，我们玩了一下午手机游戏！"

这谁的收获更多，真还是无法评说。

那边的熊大，也在手机游戏与昏昏欲睡之间折腾，IT 哥开始与熊大聊天："我们出来旅游，主要是为了什么？"

熊大："玩。"

IT 哥："那你玩了什么？这边，环境恶劣，不像我们大城市里，有那么多好玩的，玩手机，在家里也可以玩，为什么我们要跑到这里来玩？你觉得有什么好玩的？"

熊大沉默不语。

IT 哥继续说道："旅游，就是带着你们，在没有经历过的地方，看看不同的人，体验不同的生活方式，不同的建筑，你看外面的那个，是不是挺特别？每个民族，从穿着，到饮食，到建筑，都会有自己的特色，你要学会去观察，去感受，这是光看电视、电影，玩游戏无法学到的。"

此后的熊大，开始用相机，用心记录下旅途中很多与众不同的东西。

等待吃晚饭的间隙，熊二四处张望，然后从座位下来，径直走到了饭馆老板面前："我的画画呢，我的画画呢？"

老板一时丈二和尚摸不着头脑，很纳闷地愣在原地，不知这孩子在说什么。幸亏熊二的爸爸妈妈过来解围，指着满墙壁的贴纸涂鸦对老板说："昨天，你们不是拿了一支笔，一张纸让他们写点画点东西，以便贴在你们墙上吗？他现在是在问他画的东西在哪里，为什么墙上没看到，所以问你呢。"

那老板一听，终于缓过神来，赶紧回答："在这儿呢，还没有贴上去，我们马上就去贴。"

于是老板赶紧从柜台里找出熊大熊二兄弟俩画的画，贴在了墙上，贴好后，老板特意拉着熊二说："看，帮你们贴上去，还贴在最高处，所有的人都能看到。"

这画上，其实就是画的两只狗熊头，旁边还写了两个大大的名字：熊大，熊二。

熊二看看高高在上的画，心满意足回到座位上，开始大口吃自己的蛋炒饭。

傍晚，为了证明自己确实好了，可以去西藏了，妞妞特意跑出去找笑笑与小旋风他们玩了一会儿，大伙看到妞妞情况好转，都略微松了口气。

晚上，大伙带着一身的辛劳与收获回到房间，"熊孩子"的妈妈帮熊大熊二洗好澡后，让他们躺在床上，本以为这一天够累的，他们会很快睡着。

谁知，好半天却发现熊二根本没睡，一个人躺在床上流眼泪。

IT 哥摸着他的头问："怎么了，熊二？"

熊二流着眼泪说："爸爸，是不是我长高了，长大了，你们就要老了，就要上天堂了，是不是呀？我不想你们死，你们离开我！"

听到熊二这样一说，IT 哥一下子忽然不知所措。

在去天葬台前，IT 哥告诉熊大熊二兄弟俩："天葬，是藏族人老了，去世后的一种丧葬方式，在那个地方，由天葬师，将人切成一小块一小块，然后让秃鹫吃了，带上天，以便让灵魂得以上天堂。"

当时的 IT 哥，只是把这当作知识，以讲解的方式讲给他们听，并没有想得太多，而且主要是说给年龄稍大的熊大听，按照以往的经验，说过的事，都像风一样飘散了，这次却没有想到熊二给听进去了。

难怪去天葬台时，他只是远远在山坡上望着，并没有跟 IT 哥与熊大去，再看他当时在天葬台附近的花海里的照片，也全是一副很不开心的样子。当时大人还以为是他没有吃早饭，饿了的缘故，没想到那时他就在思考生与死的问题了。

于是，IT 哥轻轻地抱着熊二："是的，人都会老，都会死，不过，那是几十年后的事，那时你也真正地长大了，能独立生活，爸妈不会这么快死，离开你们的，知道吗？"

熊二含着泪水，点点头，在爸爸的怀里，慢慢睡着了。

只是妞妞这边，才到晚上，体温又出人意料升了上来。

于是 YAOYAO 就和麦田商量着要不要带妞妞去打点吊针，以便尽快恢复，因为妞妞毕竟是第一次上高原，还要跟上大部队一起去西藏。商量来商量去，考虑到妞妞体质一直比较好，平时很少打针，也很少感冒，麦田坚持喂了药以后，用物理降温法处理，再观察观察。

到了晚上十一点，妞妞的体温快接近 40℃，为了保险起见，不得不选择去医院就诊。夜里的郎木瞎灯灭火，好在住的地方离医院不远。麦田背着妞妞，YAOYAO 拿着手电筒，终于找到了郎木卫生院。

一到医院，医生看了一下说："扁桃体发炎。"

然后大笔一挥，给开了一组地塞米松，然后又开了一组消炎与抗病毒的药，YAOYAO 一看懵了，心想："没有这么滥用激素的吧！"

然后跟医生商量说，是不是可以不用地塞米松，没想到那医生把笔直接递过来，很不耐烦地说："要不你自己开吧！"

不过最后在 YAOYAO 的坚持下，地塞米松还是给取消了。

医生说："这药有点痛，得忍着点。"

平时，妞妞喜欢在麦田面前撒娇，何况在这种时候。

妞妞说："我要爸爸抱。"

因为消炎药有点胀痛，刚开始妞妞有点哼哼唧唧，YAOYAO说："如果这点疼都受不了，那就别去西藏了。"

妞妞一听，立马住了口："哎，刚刚还有点疼，怎么现在不疼了呢！"

虽然妞妞没有哼，但却用力地掐自己的大腿、扯自己的头发。麦田问她在干嘛呢，妞妞小声回答说："疼呗。"

好在有爸爸麦田与妈妈YAOAYAO的精心呵护，这边在打针，那边还有大伙一起帮忙。

有大伙的帮助，有前方美景的诱惑，妞妞也格外懂事，积极配合治疗，打针也安安静静，只盼望好起来，能马上跟随大部队继续前进，一起去西藏。

凌晨三点，妞妞的体温再次出现反复，还开始做噩梦，出现幻觉，说胡话，一会说他们选班长好恶心的，一会又说手指头怎么变得这么细这么长，一会又说墙壁怎么在动。麦田与YAOYAO只好不断让妞妞喝开水，一边用毛巾给她降温，折腾了好半天，才慢慢睡着。

大伙经过紧急商量，提出了两套方案。

一套是麦田与台钓两家的二号车，暂留在郎木做一天休整，并对妞妞的扁桃体炎进行治疗，其余三车都放弃向南去九曲黄河第一湾的想法，直接取道阿万仓，先行探路，穿玛曲到久治，如果妞妞情况好转，则大伙在年保玉则等待他们会合，如果妞妞情况未好转，则二号车高原梦，就将终止于此，从郎木直接取道甘南到兰州，然后回家。第二套方案则是妞妞跟随大部队一起，到玛曲或久治休整，再视身体情况决定后续活动。

YAOYAO和麦田商量后，决定留在郎木休整，等妞妞情况稳定再跟大部队会合。而这一夜，所有的大人几乎都没怎么睡，都希望妞妞快点好起来，如果妞妞的高原之旅，就此终止，这将不仅仅是她的遗憾。

第二天一早，除二号车外的其余三车，取道玛曲，准备进入青海。

妞妞的情况已有所好转，但安全起见，决定还是按计划停留一天，继续治疗观察。其实大伙都看得出，妞妞很不甘心留下来，不断地问YAOYAO："妈妈，还能不能去西藏？"

当听说要完全好了才能去，并要求她认真配合治疗时，妞妞懂事地点点头。此后每次打针，妞妞安静了很多，没怎么闹情绪。对她来说，刚刚认识的小伙伴们，已经前往年保玉则了，现在要做的事情就是快快好起来，赶上他们，跟他们会合。

上午十点多钟，YAOYAO又带妞妞去打了一次针，这次去和回来，都是妞妞自己走的，去的时候，YAOYAO问妞妞："需不需要妈妈背？"

妞妞对YAOYAO说："不用了，我已经好了，自己能走，我这么高了，妈妈背会很累的，而且妈妈昨天都没有睡好，我怕妈妈高反呢，等我打完针你就回去好好睡一觉吧，我和笑笑玩就行了。"

那一刻，YAOYAO觉得，这孩子真的很贴心，或许这就是旅行的意义，在困境中，孩子往往都很坚强，一些不经意间表达和流露出来的感情很真挚，让爸爸妈妈能感觉到孩子真的在一天天长大，一天天懂事。在路上，他们会更真切地感觉到父母的付出，便慢慢学会了回报与感恩。

看到大部队离开，麦田此时的心境，犹如当年红军长征时，被迫留在当地老乡家的伤病人员一样，失落、郁闷、沮丧。

好在，还有台钓一家陪着，还有前方不断传来的问候、路况反馈、绝色美景。

妞妞终于有惊无险慢慢恢复了，很快又变得活蹦乱跳，而懂事的笑笑则一直陪着妞妞玩儿，准备第二天一起去追赶大部队。

▲ 薏米给自己头上戴了一朵花，还非要给石头哥来一朵。

101

第 **3** 章

渐入佳境道别离

夏天的年保玉则，曾经是绿豆脑海里最美的草原之一，也是绿豆与芝麻所见过的最美野生花海，如今它是否依然美丽，仙女湖与妖女湖是否依然清澈湛蓝，让大家一直怀念。

◀ 这里，毫无疑问／是众神的家园／我们不过是／无意中闯入的孩子／把家临时安在了神的花园里／期待 与神耳语。

3.1

年保玉则，
长江黄河分水岭的风雨徒步

郎木到玛曲阿万仓的路，此前所有的资料与地图上，都没有显示，所以大伙都做好了走烂路或绕道的思想准备。

不想这边新修了一条路，虽然尚未完工，但也不算难走，而一路的风光，依然绮丽，雨季的高原，也是最美的季节，随处可见大片大片盛开的野花，高原湿地，海子随处可见，无数的水鸟游弋在水面上。

翻过一座4000多米的垭口，就进入了玛曲地界，由于地势平坦，黄河在此淤积回旋，在大草原上形成大片沼泽与湿地，肥沃的草原，养育了无数的牛羊，从而也使玛曲成为中国著名的牦牛之乡。

河曲的南面，就是四川那边的九曲黄河第一湾。

平坦开阔的大地上，时不时隆起一个个小山包，上天用神奇之手，在大地上漫不经心划过，留下一道一道舒缓而优雅的曲线。站在垭口，极目远望，山河苍莽辽阔，大河寂静无声；远天下，一抹山的影子，浅浅抹在蓝色天宇下；草原上，一个一个起伏的山包，像棋盘上的棋子东一颗西一颗扣在大地上；泛着天光的黄河，似乎是走累了，刻意要在这片草原上逗留歇息，于是从天际线上开始折叠成来回环绕的曲线。

在海拔4000多米的垭口嬉戏玩闹了半天，没有一个人出现不适，这也让绿豆与芝麻略微松了口气。

▲ 年保玉则的花海。

　　从玛曲草原继续向阿万仓前行，很快就到了黄河边上的小镇阿万仓。小镇仅有几家餐馆，却无米饭炒菜可吃，大多数餐馆里，卫生实在不敢恭维，拿相声里的那句台词：人刚推门进去，会被苍蝇轰的一声给挤出来。

　　好不容易找了家面馆，卖的是从未听说过的炮仗面，囫囵吃完，也没搞明白这面哪里像炮仗。

　　一路的草原风光，看得人昏昏欲睡，出阿万仓不久，临近黄河，过新修的黄河大桥，就是青海地界，这条正在兴建的公路，不久或许就将成为沟通几省的旅游大道，交通发达了，经济也会飞速发展，对大自然的破坏，也必定更甚。

　　到达久治县城，找宾馆，找饭馆，补充食物，做着进年保玉则的准备。

　　久治县城很小，但相比几年前，也有不小的变化，尤其是宾馆价格，变化更大，带卫生间的标间，接近四百元，不带卫生间稍微干净点的，也差不多到了两百元。

只是阴沉沉的天空，偶尔几滴小雨点，让大伙为徒步年保玉则担心不已，都在祈祷，这雨要下，就赶紧下，要么赶紧晴。

然而从年保玉则方向飘来的乌云，却越来越多，严严实实挤在一起，把天空堵得如同墨团一般。

安顿下来后，大伙聚在一起讨论第二天进年保玉则的行程，小朋友也凑在旁边围观。

"禾苗，酸奶拿好，不要掉了。"蓝天空提醒站在人群边的禾苗。

"好的，知道了。"禾苗一边吃一边回答。

话音刚落，啪的一声，离禾苗最近的峰子、豆豆、芽芽和薏米身上都长了酸奶。

禾苗很无辜地站在那里一动不动，呆呆地看着大伙。

只是后来在车上，禾苗又再次将这个情节演绎了一遍。

"禾苗，你这次酸奶要拿好了，别再洒了！"

"好的，知道了。"

不到一分钟，一杯酸奶，全部倾倒在蓝天空身上。

这下蓝天空发怒了，禾苗很少看到妈妈发怒，觉得这可不是好事，后果估计很严重，赶紧悄悄面壁去了。

夏天的年保玉则，曾经是绿豆脑海里最美的草原之一，也是绿豆与芝麻所见过的最美野生花海，如今它是否依然美丽，仙女湖与妖女湖是否依然清澈湛蓝，让大家一直怀念。

一早出发，沿着新修的大路，很快就进了大山。

队伍计划从海拔4000米的景区门口，深入到雪山脚下。小叶、千哥、小李子三个大点的男子汉，直接决定或被决定跟着大人去徒步。

因为担心几个小的走不动，加上有的小朋友特别想骑马，所以去所谓的马队联系马匹，不知道年保玉则的马匹归属何方管理，总结起来就是一片混乱。本来一匹马说好驮三个包，结果这个用手掂一下那个用手掂一下，说只能驮两个了，好吧，两个就两个吧；结果又来一句，孩子不管大小，都必须要单独骑一匹马，说是安全着想，几个小孩直接就不干了，也是，四岁、五岁的孩子，你让他单独骑一匹马，非得要和大人分开，还说是安全着想，谁信？

这下孩子们也不干了，于是在等待和折腾一个多小时后，孩子们都同仇敌忾直接放弃了骑马，选择了跟随大人一起徒步。

▲ 一匹马，从花海中飘过／马蹄轻轻／不曾回响／却踏碎一地娇艳的花香——年保玉则妖女湖的花海。

薏米曾经骑过好几次马，最近的一次，是去年新疆之行。记得从西喀拉峻草原下来，薏米嚷嚷要骑马飞奔。于是在绿豆的带领下，找来一匹马，开始马夫还牵着绳子，怕两人摔下来，后来渐渐就跟不上速度了，只好放手而去。绿豆就带着薏米，纵马飞奔，当马跑过小嵩那匹马身边时，不知道是久了没见伙伴还是起了比赛之心，两匹马开始较起了劲，在草原上撒腿狂奔开来，引得马夫在后面狂奔追赶，一边追一边气喘吁吁大喊拉缰绳。不过薏米

▼ 蕙米与芽芽在花海里嬉戏。

倒是得意地边笑边喊："好过瘾啊，马儿真厉害，使劲跑吧。"

此刻，她虽然向往马背驰骋飞奔的感觉，但却立场坚定，毫不犹豫，转身跟爸爸妈妈走了。

最开心的莫过于芽芽，因为去年在新疆夏特河谷，她与豆豆在马背上度过了将近一天的时光。

夏特河谷，是中国境内天山最西端冰川下的一条河谷，当地牧民只负责租，不负责牵，自己骑到河谷尽头的冰川下，再骑回来，不愿意骑也得把马拉回来。所以那次骑行，给芽芽留下了难以磨灭的记忆，回来走到半道，死活不愿意待在马上。

大伙都喜欢逗她，此后很长一段时间里，只要有人问她要不要骑马时，芽芽总是毫不犹豫回答："不骑，屁股疼疼！"

此时，她巴不得不骑马，反正走不动还有爸爸妈妈。

禾苗正在与蓝天空商量着。

禾苗一直在犹豫："骑马会屁股疼，走路会很累！"

考虑了很久，他做出了自己的决定："妈妈，我自己走进去，可是骑马的钱要给我的。"

于是剩下腿脚不便的蓝天空，独自一人骑着马，跟随驮背包的马队进山。

只是如此一来，队伍拖得够长的，先头部队已经出发一个小时了，后续的才开始出发。

年保玉则，是青海果洛草原的一座神山，平均海拔4800米，最低海拔为3568米，最高海拔为5369米，是长江黄河流域的重要分水岭，其西面与南面为长江水系，东面和北面则属黄河水系。

年保玉则的神秘，莫过于变幻莫测的天气，即便是现在这个南方酷热难耐的季节，也能在这里领略到春夏秋冬四季变迁。常常夜里满天星斗凉爽无比，凌晨却大雪纷纷寒气逼人，等到清晨一轮红日从东方冉冉升起，不到片刻整个山谷浓雾弥漫云蒸霞蔚，日出一小时后金色的阳光洒满大地碧空如洗，再过两小时又浓云密布，顷刻间会下起倾盆大雨；等到正午时分，云开雾散烈日炎炎，让人才回到了盛夏的酷暑季节；可在午后不久，却突然狂风四起，雷鸣电闪，冰雹从天而降；待到傍晚时分，夕阳西下，整个山谷方恢复宁静，主峰往往也会在这个时刻揭开神秘的面纱，婀娜多姿地站在世人面前。

刚进大门的仙女湖边上，以前漫天遍野的花，基本消失得无影无踪，很多地方连草都给踩没了，露出光秃秃的泥土。

湖边的经幡，不知是煨桑的信徒不小心还是有游客图热闹，一把火没注意，给烧了起来，火趁风势，很快就烧了个干干净净。

凉爽的湖边，凉风习习，高原裸鲤游弋在浅水边，雪山倒映在湖水中，孩子们一边走，一边嬉戏玩耍。

按青藤的话来说，前半个小时的脚步是欢快而轻盈的，每个人都恨不得哼着小曲来显示内心的轻松惬意。然而这种轻松惬意的时光太短暂了，在灌木丛里长时间枯燥无味地穿行，脚开始变得无力发软，柔美的阳光瞬间变脸

▼ 雪山与鲜花紧紧拥抱着/仙女湖与妖女湖/睁开碧绿的眼眸/将高原的七月/凝视成无法模仿的色彩。

成烈日肆意的暴晒，恨不得吸干所有的水分，走在第一梯队的千哥和小李子开始叽叽歪歪，边走边回望寻找那些骑马的小伙伴身影，边走边歇息，嘴里还不停念叨："好累啊，走不动了！"

因为小李子特别想骑马，在青藤的威逼利诱下，才不得已跟在大人身后走路。其实小李子压根不知道，后面的小伙伴一个都没骑成马。唯有小叶一个人因为在孩子里年龄最大，再苦再累也要忍着，默默坚持前行。

灌木丛越来越深，有时完全淹没在其中，没有路，只有稀泥、水洼，那种闷，那种热，让所有人苦不堪言，远远地看过去，湖的那一边还是远远的，小李子开始抱怨不让他骑马进山的妈妈。

这阴晴不定的天，虽说不时艳阳高照，可这雨说下来，它也就下来了。年保玉则的天，进妖女湖的路，芝麻与绿豆可是领教过的。虽说现在步行道，改在了湖的右边，路程短了不少，也不用再涉水过冰河，难度也小了很多，但只要一下雨，这灌木丛、水坑、沼泽可不是好玩的，于是一路催促大伙赶紧加快前进速度。

小旋风与禾苗，两个小孩跟在清醒后面，根本没有任何着急的感觉，磨磨蹭蹭地在后头跟着，急得清醒不停地回头催他俩：

▲ 灌木丛中的穿越道路/人一钻进去/就消失得无影无踪/蕙米正在奋力前进。

"快点，不要落下！"

因为清醒担心，万一这两娃要是走丢在山里就完蛋了：迷路、饿死、渴死、冷死？

总之，清醒心里一直是怕怕的。

沿途随处可见的白色垃圾，成堆成片，让人心痛不已，不知道该去诅咒谁，薏米和几个孩子，却忍不住边走边嘀咕乱扔垃圾的是坏蛋。

高原的天气，说变就变，雨说下就下，害怕什么真的就来什么。路程还不到一半，天空开始飘起几颗小雨点，很快就变成了瓢泼大雨。这半道上，躲无处躲，藏无处藏，本想待在原处暂避风雨，不想雨却越来越大，四周一片白雨茫茫，根本无消停的迹象。什么雨衣、雨伞，在上是一人多高的灌木丛、下是沼泽与水坑的泥泞山道上，根本没用。开始还担心鞋子进水，后来是担心鞋子进泥，再后来是担心人陷进沼泽，每个人基本从上到下，都淌着水。

一个个走得气喘如牛，整个队伍，从一出发，就分成了三个梯队。

第一梯队里一直哼哼唧唧的小李子，此刻倒安静了，可能觉得再哼也没用，不大步向前是无法到达彼岸的，此时倒像个男子汉似的，与千哥两个一个劲儿地往前冲，当起了开路先锋。

其他梯队的孩子们，则一个个埋着头，紧紧跟在大人身后，遇水过水，遇树丛直接钻，遇到沼泽就连滚带爬，遇到泥泞与陡坡则半蹲滑溜。

几个半大不小的，都在第二梯队集中了：禾苗、小旋风、薏米、熊大、熊二，又密又高的灌木丛，一旦进去，只闻其声，不见其人，而稍微远点，则声音都被雨声、灌木扫过衣服的声音、沉重的喘气声掩盖了。禾苗、小旋风几个，跟在大人中间默默走着，对冰凉的雨滴落在身上，不知道是麻木了还是习惯了，无动于衷，什么烂泥、树枝、乱石，都视而不见，只顾走路。

熊大则离开了大人，独自在林子里蹿来蹿去，而且动不动和大伙走散，让大伙格外担心，生怕他迷路、摔伤、掉进湖里，所以不断招呼他跟着大人，不断提醒 IT 哥注意看着他。

salna 看到前面的河西他们，也就在几米开外，可是怎么也赶不上。而熊大不知道什么时候，又脱离了夫妻两人的视线，一问，也不在河西他们的队伍中。两人大声呼喊着熊大的名字，没有任何回音，这下两人慌了，路的边上就是仙女湖，深不见底。

一个孩子，脱离了大人照看，现在不知所踪，万一出了什么意外，都没人知晓。

当时两人真的恐慌了，IT 哥赶紧先行往前追赶，边追边喊着熊大的名字；salna 只好一个人带着熊二在后面走，而泥沼太深的地方，还必须扛着熊二才能过去。雨水四处流淌，salna 的眼镜上到处是水，眼前一片模糊了；一不小心，又走到岔道上去了，两个人根本穿不过这密密的灌木丛，只得又折回去；还没回过神来，又不小心走进了沼泽里，一脚下去，鞋子完全淹没在泥潭里，鞋子与裤子全湿了。

好在，熊二一直顽强地独自在泥泞里走着。

熊大与大伙走散了，看到这么大的雨，干脆找了个大石头，钻到下面躲雨去了。直到听到 IT 哥呼叫他的声音，才钻出来会合。

满地泥泞，灌木带着雨水不时地打到脸上，生疼，孩子们在雨水里一折腾，个个都累了，步伐明显慢了下来。清醒越走越焦急，因为在灌木丛中穿行，稍微慢一点就看不到其他人去了哪里。而河西因为血压偏高，此刻也只顾得上自己了，所以一路上他也不敢多说话，只留下嘴巴来喘气。清醒也累得不行了，但此刻她最担心的是掉队，所以不时回头对着小旋风与禾苗喊："你们快点咯！"

禾苗却依旧一副不急不忙的样子，默默地跟在后面。大家都保持沉默，因为雨声很大，说也听不到，而且每个人也累得没力气说话了。但看到不急不忙的禾苗，清醒生怕他落下走丢，只得不断招呼："禾苗，过来，我拖着你的登山杖这头，你拿着那头，免得你丢了。"

不料平时大大咧咧的禾苗，此刻却行事谨慎。看不清楚的地方，诸如泥坑水坑，他不会轻易冒险，宁愿绕着走，也不愿直接跨过去，心急的清醒又忍不住继续催他。

平时牛气冲天的小旋风，这下也蔫了，没精打采走着，清醒不断提醒他要把雨衣穿好，不然会全部被树枝刮烂，结果他充耳不闻，气得清醒只好找河西告状。

因为和芝麻走散了，绿豆与薏米只有一件雨衣，两个人，几个相机和镜头，都要保护好，只好扛着薏米，背着相机包走，薏米倒是不断要求自己下来走，不被许可，只好不断提醒绿豆注意树枝，注意水坑之类。

最小的芽芽则和爸爸峰子、妈妈豆豆在最后收队，在泥水里顽强挣扎。

骑马跟随驮背包的马队到营地的蓝天空，此刻在大雨里更显孤单，一个人孤零零蹲在草原上，撑着一把伞顶着瓢泼大雨，无助地看着散落一地的背包。

每个路过的人，都很同情地，深深地望她几眼，不明白这个人，怎么孤零零一个人待在雨中，守着一大堆背包。

此时的蓝天空，想起与禾苗分别时，因为太匆忙，忘记给孩子吃的，也忘记给孩子雨衣，没有爸爸妈妈在身边，不知道这孩子此刻怎么样了。

▲ 忽雨忽晴的高原/将每个人都折磨得筋疲力尽/最小的芽芽与爸爸妈妈/风雨间隙中/等待体力恢复/以便继续前进。

大李哥大概是嫌青藤给自己准备的鞋套太可爱（湖蓝色女士鞋套），坚决不肯换上。在湖边的灌木丛里，像一只灵活的青蛙似的跳来跳去，对老婆的嘱咐充耳不闻，青藤跟在后面看着，心里直冒火。

随着千哥和小李哥兴奋地大叫"我们出来了"，第一梯队的人，得以率先脱离苦海，到了湖的那一边。

累，大家这时早已忘了，如释重负恨不得高呼万岁，胜利的喜悦爬上了几张脏兮兮的脸，青藤当然不会错过这等场面，顾不得雨还在继续哗哗下，艰难地掏出手机留下最美的"大长今"瞬间。

那会，所有的人都在为孩子们的坚强、勇敢和坚持感动着。绿豆则一直在想：如果没有这样的徒步，孩子们会不会无论在何时何地都一边磨蹭一边喊累；如果没有这场雨，他们会不会一边走一边耍赖一边哭鼻子；如果不是每个人都累得不成人样，他们会不会缠着大人，寻求爸爸妈妈的保护和帮助，如果……

人生其实没有那么多如果，走到哪里，就只能面对哪里的现实。

当时孩子们唯一的选择，就是走，或者不走，走就有舒适的营地和帐篷，不走就只能露宿野外；走就有热腾腾的饭菜，不走则只有难以下咽的干粮；走就有大队人马保障安全，不走则置身荒野无人陪伴。即便是风雨，是泥泞，是高过人头的灌木丛，是摔跤和跌倒，也只能面对，无法逃避，也没有其他选择。

第二梯队的人走到湖边，雨也将停，天开始放晴，看看一个个泥泞湿透，看看雨后将晴的天空，绿豆冒出一句："如果没有这场雨，你们是不是以为我说这路很难走，是

▲ 每一朵花，都是一个精灵／年保玉则／被精灵涂抹得／美伦
美幻又无法言说。

故意吓唬你们的？"

一群人半晌默默无语，然后悠悠地回答："没有这场雨，也无法知道孩子们原来这么厉害，这么坚强和勇敢！"

主峰上的冰川在眼前高耸，整个峡谷中，以山谷冰川与悬冰川为主，冰雪融化后，在雪峰周围的山谷中汇成大大小小数十个湖泊，雪山镜湖辉映，绿草茵茵繁花如梦，牛羊和马群散落山谷，宛如人神共守的净土。嶙峋的峰林倒映在碧蓝的湖水中，仙女湖与妖女湖之间的草地上，铺天盖地的野花肆意地怒放，蓝色、黄色、粉色、红色、紫色、白色，贴着地面的、一尺多高迎风舞动的、单枝亭亭玉立的、一丛丛如点点繁星的，花朵小的如米粒，大的如半个手掌，单瓣的、簇团的、椭圆的、不规则的，一齐在视野里舞蹈，像一块从云天里飘落的锦缎，铺在天宇之下，绣在大地之上，缀在山川之间，华美得令人窒息。

只是这群被大雨淋成落汤鸡的人，因为衣服被淋湿，只能抓来什么干的就往身上套，似乎要与那花斗艳一般。

装扮得最新潮的要数清醒：头上是蓝色的魔术头巾、身上是绿色的冲锋衣、下面是河西的米黄沙滩短裤、外加粉色的塑料鞋套，一副活脱脱女版洪七公；而salna也当仁不让，没有干的袜子脚太冷，只好套了个塑料袋在光脚上，外面再加一双凉鞋，然后穿着一条秋裤在营地里窜来窜去，一边忙着晒袜子、晒鞋子、晒裤子，嘴里还一边像转经的藏族老奶奶般絮叨着："妈妈的这么大的雨，姑奶奶的裤子全都让你们给淋湿了……"

蓝天空则紧紧抱住了禾苗小小的身躯。爸爸不在，妈妈不能陪伴，禾苗在叔叔阿姨的带领下，在大雨滂沱中，在泥里水里前行，默默地坚持着，一声不吭地走到了终点。蓝天空感觉眼睛有些湿润："原来，我的孩子在不经意间已经长大了！"

这或许在很多窝在窗明几净舒适大房子里的人看来，觉得对禾苗有点残忍，但是，这不是人生必经的成长么？

虽然被大雨淋了个透湿，大多数人狼狈不堪，但年保玉则的雨，来也匆

▲ 牛粪堆里发现一朵蘑菇/几个孩子想捡又怕脏/只好
求助刚结识的喇嘛/去采摘那朵牛粪里的蘑菇。

匆去也匆匆。没有雨的年保玉则，满眼的花，静静的群山，碧绿的湖水，让
人的心沉静下来。

此后待在湖边的草地上，悠闲成了生活的常态，赏花、晒太阳、吹风、
看土拨鼠、喂鱼，看风起云涌，看日出日落。那一刻，与天地同在，与时光
相遇；那一刻，感受现世安静，岁月静好；那一刻，静静与自己面对，聆听
自然与内心的交流。这是自然的美好，这是自然的馈赠，虽然与几年前相比，
这里的环境已经变化太多，但因为同行的人，可能这景象抑或因为人会变得
更美好，景不仅是景，景也仅是景，但是总会有不一样，总会有特别之处，
那么我们就安心享受，感受这美好。

"薏米，你喜欢听故事呀？"蓝天空看着在石头上蹦来蹦去的孩子们。

薏米咧开嘴，不停地点着头。

　　蓝天空问："你喜欢听什么故事呀？"

　　薏米低着脑袋在想。

　　"你去过西安么？"

　　薏米赶紧回答："去过去过！"

　　"你知道有烽火台么？"蓝天空继续问。

　　大概是还没清楚状况，薏米瞪着大眼睛，深深地看着蓝天空。

　　"好吧好吧，给你讲一个周幽王烽火戏诸侯的故事：古时候，有一个超级大美女，叫褒姒，她怎么漂亮呢？像天仙一样美丽，大眼睛、鹅蛋脸，可是这个褒姒很不爱笑……"

　　一会，有小朋友大概觉得这故事不好听，问道："薏米你回去不？"

　　"不回不回！"薏米头也不转眼睛也不眨继续等待蓝天空的故事。

　　"薏米，你冷不冷？"绿豆走过来问道。

　　薏米生怕打断她听故事，赶紧回答："不冷不冷，我要听故事！"

　　又过了一阵，小李子他们准备回帐篷玩游戏了，起身，问薏米回不回，薏米回答："不回，故事还没听完。"

　　后面芽芽也来了，两个小姑娘一起听蓝天空讲故事。

　　因为怕孩子们在外面待太久冻着，后面的故事让蓝天空草草地结束了，薏米却还意犹未尽。

　　在花海里扎好营，如同在天神的花园里安了个家，雨后的雪山下，云蒸霞蔚，云雾缠绕在山头，山倒映在水里，水拥抱着漫天霞光，鱼在霞光里嬉戏，湖边的草地上，鲜花如锦。记得埃德加·斯诺曾经说过："日出之

前的一个小时出发，在朦胧的朝雾中骑马前进，徒步爬山，爬得你四肢筋疲力尽，在日落时分到达一个从未见过的河谷，不知道晚上在什么样的房间铺床睡觉，别的什么也不指望，只想安安稳稳地睡上这好不容易才挣得的一觉。这些都是最简单最原始的需要，但满足这些需要后所得到的兴奋和激动，却是那些常年居住在城里，只和大马路打交道的人永远感受不到的。"

何况我们，根本没有马骑，只能靠自己的双脚，走到这里。

吃罢晚饭，孩子们在草地上嬉戏，一会追逐打闹，一会玩萝卜蹲游戏，一会玩石头剪子布，嬉笑打闹声，把湖里的鱼都吸引了过来，摇头摆尾在营

▼ 年保玉则的夜空／星星如同宝石缀满苍穹／银河清晰可见。

地边的溪里看热闹，大人此时都成了可有可无的闲人，只有在旁边围观的份，不过密密麻麻的星星，璀璨的银河与亮着灯的帐篷，却构成了大地上最美的风景。

从进年保玉则开始，禾苗一直说想给爸爸打个电话，不知道是想对爸爸说一说自己的精彩表现，还是想爸爸了。

可是山里根本没有信号。夜半，禾苗叽叽咕咕说起了梦话："我要回家，我要睡我的床，我要回西安，我想爸爸了！"

第二天，惦记着土拨鼠的孩子们，一大早就陆续钻出帐篷，只是云雾茫茫，大地变了模样，雪山与峡谷都没了踪影，只剩下平平的草地与平平的湖泊，立体的空间变成了平面的世界，让人以为又换了地方。

无数土拨鼠早就在草地忙碌，它们在草地上搜寻着食物，咀嚼着草根，或一只独行，或三五成群，有的趴在石头旁，有的直立着身子望着走动的人，有的干脆相互扭打在一起，每

▲ 土拨鼠在草地上奔来跳去/对众人的围观已经失去了兴趣。

每有人靠近，就有一只会发出尖锐的警报声，所有的土拨鼠都飞快藏进了洞里。

薏米悄悄趴在土拨鼠洞口，期望能近距离接触土拨鼠，可土拨鼠就是不出来，待她转移到另一个洞口，这边的土拨鼠就冒出了脑袋，等她赶过来，这边的缩了回去，那边的又冒了出来，于是薏米在草地上飞来飞去，一个一个土拨鼠洞口来回奔跑，一边跑一边喊："土拨鼠，你快出来，陪我玩啊！"

那情形，与新疆之行，在夏特河谷里，与芽芽、道兄、甜甜一起追逐土拨鼠毫无两样。

记得到达夏特河谷，已是傍晚，选择好营地，扎好营，大人开始做晚饭。一边晚餐，一边享受着夕阳透过云层，投射到雪山、投射到帐篷那令人心醉的一刻。四个小朋友特别想和土拨鼠玩，可这些家伙一见到人，纷纷躲进洞里不肯露脸。孩子们没办法，只好捡了根棍子，轮流到营地边上，去掏土拨鼠的洞，准备逼迫土拨鼠出来，可那洞实在太大太深，况且土拨鼠向来都有好几个进出的洞口，孩子们怎么可能掏到土拨鼠呢。于是几个孩子干脆把自己喜欢吃的水果、零食、棒棒糖纷纷放在洞口，然后站在那里大喊："土拨鼠，快来吃东西，我们分好东西给你吃！"

此时在洞口蹲了半天的薏米，看看土拨鼠还是不愿意出来，跑回营地去了。不一会，她又跑了回来，不知从哪里听来了新方法，蹑手蹑脚又转到了土拨鼠洞口，一只手捏住鼻子，一边屏住呼吸。

绿豆："你这是干吗呢，干吗要捏住鼻子？"

薏米竖起手指，轻轻嘘了一声："小李子说捏住鼻子，土拨鼠就闻不到我的气味了，它就不知道我躲在洞口，会出来玩了。"

绿豆："呃……"

孩子，那你应该去捏住土拨鼠的鼻子，而不是捏住自己的鼻子。

几个喇嘛看到薏米与芽芽在花海里玩，都忍不住跑过去和她俩说话，逗她俩玩，结果她俩拉着一个喇嘛，说有个好奇怪的东西要喇嘛去看。

原来是一堆牛粪里，长出了一朵蘑菇，两个小女孩想去采，又觉得牛粪脏，不敢伸手，只好拉着喇嘛过去。

薏米："你见过这是什么吗？"

喇嘛："蘑菇啊。"

薏米："那你敢摘吗？"

喇嘛一伸手把蘑菇采了下来，递过去，薏米和芽芽谁也不伸手接，伸长脖子观察了好半天。芽芽终于说话了："你吃过蘑菇吗？"

喇嘛："吃过啊。"

薏米："啊！你吃过牛粪里的蘑菇啊？！"

然后扭头与芽芽笑作一团。

两人被喇嘛围在中间，与喇嘛聊开了天，什么天葬啊、喇嘛啊、文成公主啊、灰太狼啊，都成了共同的话题，后来两人不知从哪捡来一个空易拉罐，在里面装上小石子，然后让喇嘛猜是什么，一会把罐子放到喇嘛的头上，一会假装拿着罐子请喇嘛喝汽水，喇嘛的同伴也忍不住将镜头对准了两个可爱的孩子。

高原的太阳，总是火辣辣的，怕孩子们会被晒伤，大伙把大李哥家的外帐用登山杖撑了起来，在外帐的阴影里铺上了地布，让孩子们坐在帐篷下游戏。

只是不到片刻，临时庇护所下，只剩下最小的芽芽一个人了。

原来孩子们都在花海里玩捉迷藏去了。

小旋风负责找，正在那捂着自己的眼睛数数。千哥与小李子直接躺在花海里，一边看天上的云，一边吹风，一边摸摸周围的花草，希望它们能遮住自己；薏米则别出心裁，直接藏在了一堆臭气熏天的牛粪堆后面，因为她觉得每一个找的人，都不会想到，那么臭的牛粪堆后面会有人，肯定也不会去那里找；熊大熊二两个不知道躲哪块大石头背后去了。

禾苗没有加入游戏，撑着一把伞，站在大石头上眺望，几个孩子在后面嬉笑："禾苗，你以为你是许仙啊！"

在小Y的带领下，清醒、奔驰几个大人，去妖女湖尽头看雪山冰川去了。

▼ 几个喇嘛，坐在仙女湖边，世界是如此安静，此刻，我们都不用去思考人生。

▲ 冰川上，犬牙交错的角峰，虎视眈眈凝视着，我们这些平凡的众生。

剩下的人，在湖边的石头上吹风，晒太阳。

几支负重的徒步队伍从大伙身边走过，准备踩着河里的乱石过河。

领队非常自信，边走边和队友聊天，说三四年前自己来过，只要走"之"形就可以过。

然后深一脚浅一脚地过去了。

跟在后面的队员都是一脸景仰，"嗯，嗯"连声答应着，紧随其后。

"啪"，掉下去一个，一身水被拉上来。

然后，"啪"一声，又掉进水里一个，又一身水被拉起来。

……

实在看不下去了。

▲ 几个男子汉，正在刺骨的河水里，搬来石块，义务为大伙搭建徒步过河的道路。

绿豆、峰子、大李哥、河西几个人，想起自己也是趟着刺骨河水，才得以过河的。于是脱了鞋子，跳进河里，决定修一条便路。在冰冷刺骨的水里，四个人通力合作，搬来大大小小的石头，苦干了两个小时，终于搭建好了一条可以徒步过河的路，大伙戏称是不是要收过路过桥费。

河西很得意地欣赏着刚修好的涉水石头路，冲着河边来了一嗓子："背美女过河了，不要钱。"

河对岸的小美女，花容失色，转身逃了。

只是另一边，放到野外的孩子，哪有片刻消停，估计是捉迷藏玩腻了，居然趁大人忙着修路没留神的功夫，在小李子的带领下，所有的孩子在花海中的大石头上玩开了滑滑梯游戏。

127

等被发现时，已经有四个孩子的裤子破了，每人屁股上多了几只无辜的眼睛。

而千哥则与熊大在旁边一边聊天，一边看热闹。

在千哥眼里，熊大很帅气，属于外冷内热，但只要让他感到你的诚挚，又很容易和他打成一片。熊大是千哥见过的小男生中最会扮酷最帅气的一个：头戴礼帽，手拿一根绅士拐杖，其侧漏的帅气让所有的小男生自惭形秽。

此时熊大又在千哥等小伙伴面前标榜吹嘘："我有四个女朋友，一年级一个，二年级一个，三年级一个，四年级一个。"

千哥等人被熊大唬得是一愣一愣的，然后忍不住好奇地问："这四个是同一个人吗？"：

熊大坦然回答："是的。"

切，千哥顿时黑线。

正热闹的时候，二号车上的露营装备，也由马帮先行驮了进来，听说妞妞和笑笑马上要来会合了，所有的孩子都忍不住欢呼起来。

在都市的人海中，几乎所有的人，都被所谓的"竞争"，追逐得如同丧家犬般的狂奔。从一出生那一刻开始，在不能输在起跑线的蛊惑下，就被驱赶着狂奔。在这个狂奔的年代里，在这种狂奔的混乱中，每个人都被扭曲成只能得、不能失，只能取、不能舍，只能成、不能败，只能进、不能停，只能强、不能弱的怪相。只有这样的原野，这样的童年，这样的毫无目的，这样的没有功利，这样的旅行，这样的自我，所有的人，才能让自己的心，与身体，得到片刻歇息。

只是，天下没有不散的宴席，那边三号车上的人正在赶来会合，这边河西却因为工作上突发急事，不得不抱憾提前离队。

一匹弱小的马，驮起河西寂寞的身躯，小旋风不知道是玩得正酣忘乎所以了，或者是别的原因，总之没有出现在与河西告别的身影里。

河西骑在马上，抬起头，不舍地环顾了一圈年保玉则的山，年保玉则的水，年保玉则的花，喊了声："儿子，我走了啊！"

结果，没有任何回应，落寞的河西掉转马头，失落而去。

等清醒回到营地，河西已经离开了，看着小旋风，看着帐篷，显得有点茫然。小旋风估计玩累了，开始慢腾腾朝帐篷走过来，清醒就问他："爸爸走了？"

小旋风："嗯。"

清醒不失时机地赶紧逗小旋风说"以后你要照顾我了，包要自己背哈"。

小旋风："为什么？"

▼ 大雾弥漫，山峰在云雾里时隐时现，熟悉的年保玉则，幻化成另外一个世界。

"你说呢？这么多东西，我一个人怎么背得动？"清醒反问道。

"哦"，小旋风懒洋洋地回了声。

清醒不得不再次强调："爸爸在的时候多好，他一个人顶我们两个人，现在就我们两个咯。"

小旋风的神色顿时黯淡了下来。

清醒心想："这小子难道还会想念一个人了？他可是谁都不放在心上的。"

于是继续说："以后你要听话点，我可自己都照顾不了自己来哈。你跟爸爸道别了吗？"

小旋风没有再回答，突然就哭起来了，清醒顿时手足无措，毕竟，这孩子很少哭过，尤其是在外人面前。同时，清醒对自己的这种煽风点火的小恶作剧有些窃喜，终于戳到了小旋风的痛处，起码让清醒知道了这小子心里还有他爸爸。

小旋风独自钻进了帐篷，开始在帐篷里没完没了地哭开了，清醒怕他哭久了，万一高反了，不舒服了咋办？想想这个家伙可是全家人给她的嘱托啊，这惹不起，怠慢不得。正当她无计可施时，奔驰哥来了。奔驰哥不愧是盖世老爸，几番劝说，小旋风终于慢慢停止了哭泣。

或许，此时，小旋风才确定，爸爸这个护荫，真的不在身边了。进藏的路，还那么遥远而漫长，而他只能靠自己，才能走到西藏。这哭泣，或许，是在表达自己在与父亲离别时的疏忽；或许，是用来倾诉他迟来的情感；或许，是在宣泄他对明天未知的担忧与怯意。

送走河西，大伙七手八脚帮台钓与麦田两家将帐篷搭了起来，以便他们一到营地就有个安稳的小窝。

因为妞妞发烧，二号车上的人推迟一天进年保玉则。一路上，YAOYAO一直在纠结：是徒步还是骑马，是骑马还是徒步。因为妞妞刚经历过高烧，YAOYAO自己也刚刚从高反中缓过神来，凤凰却一个劲地在旁边鼓励大家说："怕什么，出来就是要让孩子们锻炼的。"

YAOYAO还在担忧，担心会不会与前队一样，半途遭遇暴雨，凤凰抬头看了看，很坚定地说："四方大吉！"

在凤凰的一番鼓吹下，几个人终于下定决心徒步，或许是中午的太阳太过炙热，或许是先头部队留下的阴影还在，一路上走得十分辛苦，疲惫不堪，但又不能表露出来，因为无论如何必须给孩子们做表率。而麦田的心也一直悬着，妞妞身体虽然基本康复，但能否顺利徒步至终点，真还是个未知数。

倒是妞妞学着 YAOYAO 的样子，拄着登山杖，在密密匝匝的灌木林里大步穿行，基本不要大人去照顾；一开始笑笑跟在凤凰后面慢慢走，边走边嚷嚷着累，后来干脆跑到前面，跟妞妞两人一块去给大人开路，这下倒是劲头十足，还不时嫌弃大人走慢了。

为了抄近路，两个孩子一直选择直路走，笑笑可不管前面是什么样的路，一大步就上去了，即便是泥坑，也照过不误，于是没多久，笑笑就掉进了沼泽沟里，灌了满满的两鞋臭泥巴，不过她像没事一样，碰到大泥坑，照样直接跨过去。妞妞可小心多了，看到大泥坑，则选择了绕着走，绕过泥坑，再回到主道。

几个大人，遇到从里面出去的驴友，几乎每遇必问，问的几乎又是同一个问题："还有多远？"

而通常得到的答复则是："早着呢，还要几小时！"

即便每次气喘吁吁，两个孩子也只是稍事停顿。然后就听到她们两个互相打气："快走！快走！等下会淋雨！"

每当一个人走不动的时候，另一个人就说："这个路上不能睡的！就是天黑了，也要走到营地去，还不如现在走快点！"

或者干脆自我安慰："没有办法啦，只能向前走咯！"

经过四小时的艰苦跋涉，两家人终于走出灌木林，远远地可以看到湖边花花绿绿的帐篷了！大家的心情一下子开朗起来，斗志重新燃起，胜利就在眼前，脚步变得更轻了。

正当大家筋疲力尽时，前面的花海里似乎传来薏米及芽芽的声音，原来大伙正在花海里拍照呢，绿豆看到麦田与台钓他们，兴奋地招呼大家："到了！

到了！赶快蹚水过河，要下雨了！"

孩子们虽然才短短一天没见，却似乎是久别重逢的老朋友，热情万分，一个个隔着河大声地呼喊："妞妞，笑笑。"

一时之间，呼喊声响彻山谷。

在大伙眼里，年保玉则的美，也跟跋涉年保玉则之艰辛一样，美得让人震撼，美得让人窒息！四周尖峰耸峙，群峰壁立，每条山谷里，都有潺潺溪流，点缀着或大或小蓝宝石、绿宝石一样的湖泊，每个湖泊旁，都是织锦般的茵茵草甸，每一块草甸上，都开满了绚烂的花朵，仿佛无数的锦缎铺满大地。

年保玉则，就是上帝的后花园，年保玉则的每一座山峰，都是神的化身；仙女湖、妖女湖、日孕玛错、玛尔杂错、玛日当错，每一个湖泊都是神的归宿，狼毒花、龙胆花、贝母花、蒲公英、大黄、沙棘、小叶杜鹃，黄的、白的、紫的、蓝的、绿的，每一朵花，都是仙子的魂魄，群峰、湖泊、花朵，都在与众神耳语。所有的语言及描述在这种自然之美面前都显得有些苍白！

所有的人，好像不小心落入仙境。

后队的人刚到营地，帐篷已经搭好了，热腾腾的晚餐准备好了，水壶也被拿走灌了满满的一壶热开水！

刚进帐篷，大雨不期而至。

晚上睡觉的时候，笑笑则在跟凤凰讨论："妈妈，为什么我一个人走在后面的时候觉得很累，后来跟姐姐走在一起的时候就一点也不累了呢？"

凤凰一时不知该怎么回答，她突然想起自己看过的一段文字：父母照顾得再精心，孩子，还是要跟同龄人一起，相互学习，相互竞争，才能迅速长大！没有兄弟姐妹，现在的独生子女，缺少的岂止一点点。

在特定的环境下，每个人都会超越自己，特别是孩子。

在这个独生子女的时代，每个孩子的内心深处，恐怕也是孤独与寂寞的，但是在物质生活丰富的年代，能给独生子女挑战自我的机会，能给他们在同龄人面前展示自我的机会，却实在是少得可怜。

▲▼ 云蒸霞蔚的年保玉则峡谷里，云雾被风驱赶着，如同魔术师的大手，将天地装扮成一幅幅
变幻莫测又气势恢弘的山水画卷。

3.2

从达日到玛卿，
格萨尔王故乡里的一路欢歌

收拾行李，打包，恋恋不舍，但也不得不告别年保玉则。

和暖的阳光，风在耳边轻声絮叨，大伙在大石头上等待马队来驮运背包。熊大正坐在大石头上，与笑笑和妞妞开心地聊天，此前的熊大，可是很少这么热闹地跟她们在一起玩，因为他偷偷告诉 IT 哥："我可不愿意像小旋风那样，厚着脸凑在一起玩。"

此时的小旋风，很是落寞哀怨地坐在千哥旁边，指着熊大的方向说："你看熊大一次泡两个妞……"

千哥一时哭笑不得。

如今的小屁孩，唉！

大家把包收拾妥当，徒步出山。

小 Y 一直在说从前重装徒步的事，所以绿豆理所当然认为，小 Y 徒步速度与耐力都应该不错，想都没想，留他与自己一起断后，蓝天空继续骑马跟随驮背包的马队出山。

剩下的三个人留在湖边等马队，一边处理垃圾，一边把剩下的食物拿来喂鱼，太阳把三个人晒得奄奄一息。

一边躲避太阳，一边想起这片山水里遥远的传说。传说很久以前，这里有个猎人叫朱拉加，一天在山上打猎时，意外地救了化为小白蛇的年保玉则山神的独生儿子，于是猎人与山神成了好朋友。后来年保山神化为白牦牛与恶魔激战，猎人又帮忙射死了恶魔，这让年保玉则十分感激，就将自己的小女儿许配给了朱拉加。多年后猎人有了三个孙子，分别叫昂欠本、阿什羌本、班玛本，于是上、中、下三个果洛部落就成为他们的后裔，而年保玉则山神则成为果洛藏族的共同祖先。

在仙女湖东南，立着一块巨石，上面有一条深深的石痕，直通湖内，传说这就是年保山神小女儿与猎人成婚处。

如今，石块下筑了一个煨桑池，四周经幡飘动，香火不断，而这个煨桑池，就是我们进山时经幡失火的那个地方。

年保玉则的马，很紧俏，等来驮包的马，从十一点多等到快下午三点。

终于，等来了马队。

▼ 雨季的康藏高原，就是花的海洋，黑色的牦牛，漂浮在这片彩色的花海之上。

几个人帮马队把所有包打上马背，蓝天空骑马跟随马队出发，绿豆和小Y也开始徒步出山。生怕山边的乌云又过来凑热闹，两人一路狂奔，一个半小时后，终于出了山，略松了口气，但人走得又饥又渴，走到大门口，马队居然还没到，两人躺在草地上，再次回望，湖的那边。

回到车上，薏米看着又饥又渴的绿豆，赶紧又是递饼干又是递水。

原计划当天要赶往果洛，但因为出年保玉则太晚，决定到达日歇息，即便这样，一路也不时因修路堵堵停停。

上到一个垭口，发现三号中巴车好半天没跟上来，对讲机联系后车，不知道是因为没电还是没信号，联系不上，用手机也因为没信号无法联络。

走走停停地等，从四千多米的垭口下到半坡，才联系上后车，原来中巴车冷却系统的接头脱落，导致冷水无法循环，水温过高，已开锅，正在抓紧自行抢修。

好在刘师傅经验丰富，半小时后传来消息，车已正常上路。

沿途的牦牛却不是吃素的，东一群西一群，懒洋洋在马路上散步。或者从马路这边走到那边，或者成群结队站在马路中间，看到车来，瞪着一双牛眼看着，任凭你怎么摁喇叭，就是不动弹，好似我们打扰了它的悠闲而心怀不满。

大概这牧区深处，以往根本就没有路，牦牛们也自由惯了，谁让人类要侵占自家的牧场呢！

"阿姨，看我的鱼，我要带回深圳去。"在飞驰的车上，熊大对蓝天空摆弄着手里的矿泉水瓶子。

"熊大，这是你徒手从仙女湖抓的小鱼呀？"

矿泉水瓶里，一抹水草，两尾小鱼，自由自在地游着。蓝天空很想告诉他，离开这里，这鱼是活不下去的。

可是熊大那亮晶晶黑葡萄一样的大眼睛里，满满的期待，让蓝天空实在不忍心。

是啊，谁小的时候没有做过这样的事呢。

一路上，熊大总是小心地护着小鱼。

小鱼要呼吸，所以瓶盖是打开的，熊大就那样一直拿在手里，安静地坐着，拿得稳稳地；打着瞌睡，也拿得稳稳地。

邻座的蓝天空实在看不下去了："阿姨帮你拿着，你睡一小会。"

"不！"熊大很坚定地拒绝了。

后来，他慢慢睡着了，可手里的瓶子，依旧拿得稳稳地。

只是后来到了西宁，小鱼终于去了天堂，熊大的眼睛湿湿的。那一刻，让人感受那稚稚的童真，慢慢的成长。

天色黯淡，车队在群山中不停翻越。

狐狸、小鹿等野生动物也不甘寂寞，不时在山坡上来来往往，跑到公路上来给大伙提神。而凤凰则说，真实的情况应该是这样的：在漆黑的高原上，在弯曲的山路上，没有灯光，没有人烟，只有我们两台车在前行。

笑笑指着前方问："妈妈，那前面是不是有人家，好像灯光耶，肯定是帐篷！"

等走近了一看，原来是路上的反光标识。

翻越 N 个垭口，淌过 N 条河，经过 N 遍草原，数了 N 头牛羊，此时时针已经指向晚上八点。而大伙，还是早上八点多吃的老坛酸菜牛肉面加前一天晚上剩下的胡萝卜汤。悲催的是因为连续在山里吃了几顿方便面，大伙闻到那个味道就想吐了。所以，早餐大家基本都没怎么吃，等马队又耗掉半天时间，此刻干粮已经不管用了，肚子开始不停地唱歌，每个人脑子里幻想着辣椒炒肉、丝瓜、豆角……

最后经过短暂商量，二号车与四号车先走，到达日去物色吃的与住的，一号车留下来等三号车。

继续前行的二号车上，妞妞忽然说头晕，笑笑说肚子疼。于是大人开始担心是不是在年保玉则感冒了，在颠簸中，给妞妞喂了一包感冒颗粒，不管用！

于是干脆给每人塞了几粒大白兔奶糖，这下管用了。

▼ 虽然看花已经看得生厌，可喜欢大自然的薏米
与芝麻，仍然乐此不疲地会冲进每一片路过的
花海，摆个造型，留下来过的喜悦。

▲ IT哥的造型最为"惊艳",一出场就笑翻众人,坐在街道边,像模像样,引得无数人侧目。

　　最先到达的二号车与四号车,到达日已经是晚上十一点。进县城发现还有一个面馆开着门,一问,只有面条,没有米粉,更没有米饭。

　　凤凰发了狠:"反正已经湿了脚,不如下河洗个澡。已经饿到这个时候了,就是把县城翻过来,我也要找家吃饭的店!"

　　没有办法,一向被凤凰视为挑夫兼职司机的台钓,只得沿着街往前开着车,边走边打听。最后,问了无数的路人,终于在一个背街处找到一家川菜馆。

老板正准备打烊，众人以迅雷不及掩耳之势冲了进去，吓了老板一跳。

一看一下进来十多个人，老板有些为难，后一听说后面还有十多个，而且要吃米饭！要吃肉！要吃青菜！

老板足足愣了几分钟，缓过神来赶紧煮饭，又立马打发一准备下班的小伙计，叮嘱他赶紧到外面四处收罗做菜的原材料。

很快后面两台车也会合了，米饭一熟，先给小朋友们上了一份西红柿炒蛋、一份青菜。这个时候，没有一个孩子愿意说话，也没人挑食，每个人装了一大碗饭，大口吃菜，埋头苦干！

"天空，天空，你让禾苗和你坐一起么，你看，一路禾苗都在另一桌吃，从来没跟你一起吃过饭！"Salina替禾苗打抱不平。

其实，和小伙伴在一桌，孩子们吃得更开心，因为大人那一桌的话题，孩子们根本没有兴趣。

刚吃完，一个个又从霜打的茄子变成了孙猴子，玩游戏，斗嘴……

吃完饭，又经过翻地皮式的寻找，终于在凌晨一点凑够了这么多人凑合的睡觉房间。当然，奔驰哥希望的能冲冲凉的要求，是肯定无法满足！

第二天，不到八点，就听到敲门声。

凤凰开门一看，是禾苗，他小声地问："凤凰阿姨，我可以跟笑笑一起去吃早餐不？"

原来，是蓝天空特意要求禾苗多跟小朋友交往。而且他跟小朋友一起吃饭，吃得又快又干净。

在凤凰眼里，禾苗这个小男孩，特有意思。比较安静，性格很坚韧，能吃苦，懂事，也很有礼貌。他比笑笑大半岁，比妞妞小半岁，才见面的时候会跟两小妞说"I love you"。

大伙一起来到楼下早餐店，熊大、熊二、小旋风的食物都已经上桌了；薏米、芽芽还在那边等。高原的饭菜，都是高压锅煮，熟得特别慢，这群小家伙们，一边相互招呼着，一边这个碗里的挑一点，试试味道，那个碗里的夹一筷子，一下子整个店里就热闹起来了。

果洛，是藏族传唱史诗《格萨尔》中主人公格萨尔出生与征战之地，而在达日，也留下了众多与格萨尔密切相关的重要历史风物遗迹。

格萨尔王，传说是莲花生大师的化身，出生于公元 9 世纪左右，在草原上赛马称王，之后迎娶了嘉洛之女、美貌出众的珠姆为妃。格萨尔一生戎马，扬善抑恶，弘扬佛法，传播文化，是藏族人民引以为自豪的旷世英雄，在康藏高原上一直被广为传唱。

达日县查朗寺附近的格萨尔狮龙宫殿，就是为纪念格萨尔王在黄河流域的第一领地而兴建。查郎寺附近的一个村落，所有人都一直坚定地相信，自

◀ 随风舞动的经幡，长长的转经长廊，康藏高原，一个神的国度，神佛与众生，与大自然的一草一木，相互陪伴，从未老去。

◀ 路边随处可见的寺
庙，精美而华丽，那
些传说与故事，在一
盏盏酥油灯里，伴随
不熄的火苗，照亮尘
世里黯淡的内心。

己就是格萨尔王时，岭国贵族的后裔。

　　而我们接下来将要到达的阿尼玛卿、玛多等，无一不与格萨尔王有着千
丝万缕的关系。

　　在这之前，绿豆曾在当地见到有老人将羊腿骨用羊毛线缠绕，插在装青
稞的牛皮口袋之间。

　　在藏区，当地人在吃肉时，喜欢把羊腿骨砸碎，将骨髓吃得干干净净，
这一奇怪的现象，引得绿豆大惑不解。细究之下，才知道果洛人在吃羊肉时，

◄ 草原上／层层叠叠的经幡／与草原的花一同／绽放　凋谢／待到来年／重又在藏族同胞充满期待的眼神里／落地生根／再次盛开／一起去丰饶整个世界。

一定会把羊前腿骨留下来。老人们说："我今天虽然没有马，但是这个（指那段羊腿骨），留给格萨尔当拴马桩。"

　　据说这一习俗，来源于《格萨尔王传》中的霍岭大战。当年格萨尔幻化，去北方霍国营救珠姆时，途中曾住在一个铁匠家中，他吃过肉后，就把一段羊腿骨用羊毛缠好，插进青稞袋子之间，以示他准备用这个来拴自己的马。

　　匆匆告别达日，继续前进，前往大武。

　　乌云一直笼罩着大武，看样子又是暴雨的节奏，让绿豆忧心忡忡，一直在那担心，这样的天气能否进到阿尼玛卿。

囫囵吞枣对付了好几天，这下终于来到了一个像样的城镇。很腐败地在街上找到个成都饭店，大吃大喝了两餐，饭菜的味道，真的不错，价格也比较实惠。

▲ 雨季的康藏高原，就是一个天然的大花园，只要有
雨水的滋润，处处都是绚丽的花海。

吃完饭，向老板咨询哪里有比较合适的宾馆，老板推荐说，有一家新开的宾馆，干净又舒适。

小Y循着老板指引的方向去看宾馆，等待的间隙，大伙集体坐在街边等待消息。

大伙闲得无聊，又开始拿黝黑的IT哥开涮。坐在街头屋檐下，直接被众人整成了进藏变黑的标杆，熊二的帽子成了道具，大伙口袋里的零钱成了引子，大李哥口袋里的香烟也掏了出来，不知道是谁从宾馆带来的一次性拖鞋也奉献了，把 IT 哥打扮成了乞讨的行为表演艺术家形象。

孩子们也纷纷上来打趣，一时满大街笑成一团，所有的行人都停下脚来看着这群行为古怪的人。

IT 哥一点也不生气，娱乐自己，也娱乐大伙。

其实，大伙一直叫绿豆为帮主，皆因为这一群人都时常戏称自己是丐帮之人，行走天下，不逐名利，逍遥于大自然，是美景的乞讨者，是大地的流浪人。

大多数人，都很愿意牺牲当下，去换取未知的等待；牺牲今生的幸福，去购买后世的安逸。

高天与远地，悠悠人生路；踟蹰向何方，转瞬即长暮。人生太过短暂飘忽，来不及就走到了尽头。

不是我们老得太快，而是我们明白得太迟。

在带着暖气的酒店里，几个小朋友依旧在玩一个名字叫"阿拉伯的公主"的游戏，小旋风也要求加进来。于是游戏顿时变成了"公主、王子一顿乱跪"，一堆孩子笑得到处打滚，好不容易将他们安抚下来，让他们休息一下，结果有的又拿起手机互相在微信里乱喊乱拍，顿时又笑成一团。

芽芽拿着一袋饼干，一边啃一边舔手指头，正吃得津津有味。

薏米："芽芽，分给我一点饼干好么？"

芽芽一边递给薏米半块饼干，一边把饼干袋往身后藏："好，不过，你要慢慢吃哦，不然一下就吃完了，我也没了！"

然后神秘地附在薏米耳朵边，小声地说："姐姐，你千万不要把饼干分给他哦！"

说完用手指了指熊二。

薏米很疑惑："为什么啊？"

芽芽："你没看见他好脏么？"

经过一个多礼拜高原洗礼的熊二，变黑了，满脸被晒得开始掉皮，有时太冷被冻得还挂一根鼻涕，爱美的芽芽总是躲着熊二。

薏米趁芽芽不注意，一转身把手里的饼干悄悄递给熊二。

"芽芽，我的饼干吃完了，能再分我一块么。"

芽芽嘴里含着饼干："你怎么吃那么快呀，我说过要慢慢吃的哦！"

熊二拿着饼干，悄悄溜开了。

几个年龄差距并不大的孩子，每次玩游戏时，也总是嫌弃熊二太小，毫不留情将他拒绝在外。熊二很委屈地在那儿大喊："为什么受伤的总是我！"

好在熊二跟谁都是自来熟，一会就跑别处玩去了。

这会又不知道跑哪看热闹去了，salna 扯着嗓子到处喊："熊二，熊二，跑哪里去了。"

蓝天空说："没事，看我的！"

然后喊了声："熊二，有巧克力。"

熊二马上就出现了。

隔一阵，salna 又扯着嗓子到处喊："熊二，熊二，怎又不见了。"

小李子接过话头："熊二，有游戏。"

于是熊二立马又出现了。

然后眨巴着亮晶晶的眼睛问："真的吗？"

那可怜巴巴的目光，任谁都不忍拒绝，用小李子的话形容就是"萌萌哒"。

而禾苗总是跟在小李子与千哥身后，一安顿下来，就难得见到人影。

因为他们每次都会先去大厅，问 WiFi 账号密码，三个人共同玩一个游戏。很多时候，看到的，总是挤到一起的三个脑袋。

有时想想，孩子的快乐其实就这么简单。我们以为是一次远足，也许对于他们来说就是一次酣畅淋漓的游戏时间；我们以为是一次相聚，也许对于他们来说就是一次无所事事的自由轻松；我们以为是一顿大餐，也许对于他们来说就是一群小孩子无拘无束的玩耍。

而孩子们，相互给予对方潜移默化的影响更甚，当这个群体里某种力量占据绝对时，另一部分很自然就会跟随改变，或者妥协。

我们这个群体，正能量绝对远高过负能量。比如，吃苦、担当、包容、分享等，会将孩子们残存的那一点点自私、娇气、冷漠赶得远远的。要么被同化，要么被排斥，孩子们在这个正能量的群体里，可不想被排斥在外。

从下午到晚上，绿豆一直在联系进山的车，结果一直未能落实，要么是车不在，要么是要价过高，不过倒是断断续续得到许多零碎的信息。

晚上十二点，绿豆召集几个主驾一起商议。

根据自己得来的综合信息以及以往进山的情况，绿豆分析了几条理由，认为我们的四台车，应该可以适应路况，都可以进山。和大伙商量能否调整最初的包车进山方案，使用我们自己的车进山，中巴车跟随我们一起行动，如果能通过，中巴车直穿花石峡，而不是留在大武等待队员返回再取道贵德至西宁。

这样既节约了时间，又减轻队友来回坐车重复走烂路的颠簸之苦，还能减少费用支出，更可以让半程的队友取道青海湖，欣赏到青海湖的美景。

虽然这样的决定略微有点小风险，那就是万一中巴到半途无法前行，三辆小车则必须重复往返，担负接中巴车上队友的重任，但峰子、奔驰哥等几个开车的大老爷们，毫不迟疑地同意了调整方案。

▲ 从未被人类驯化的野生多刺绿绒蒿。

3.3

格萨尔寄魂的阿尼玛卿，
孩子们的超级冰淇淋

好几年前，绿豆与芝麻曾到过阿尼玛卿，想在雪山下露营，想目睹神圣的日照金山，未能如愿。那次一起去的队友老杨，后来一直安慰绿豆，说有机会，一定陪绿豆再去，一定去露营，绿豆笑笑，觉得那是很奢侈的梦想。

2014，马年，是神山冈仁波齐的本命年，全世界的人，不管是信徒还是旅游者，蜂拥而至。于是，严管，很多人，与冈仁波齐失之交臂。

其实，马年也是阿尼玛卿的本命年，转山的人也同样众多，不同的是，游客寥寥，大多是信徒。

因为很多人，根本不知道阿尼玛卿，其威名不逊冈仁波齐，它也是四大神山之一。

而就在几年前，绿豆第一次计划来这里时，几乎找不到任何有关它的旅行资料、线路与有用的游记。

然而，今天再次走近神山，走到神山脚下，令绿豆痛心而无言。

一条横贯高原的公路，正在紧锣密鼓地修建，那些蓝雪莲，那些野生动物，那些雪线上的珍稀花草，那青青的牧场，那绵延的冰川，正在慢慢走远，消失。

从县城到神山脚下，到处都是大工地，一片狼藉，将高原的肌肤撕扯得支离破碎。

不变的，只有信徒们，依然坚韧地匍匐在泥泞中叩拜的身影。

▲ 雪山前的营地。

　　阿尼玛卿雪山，是雪域高原上的一座著名雪山。"阿尼"在安多藏语里意为爷爷、祖先，并含有美丽幸福或博大、无畏之意，"玛卿"意思是黄河源头最大的山，被藏族人民尊称为"黄河流经的大雪山爷爷"。

　　阿尼玛卿脚下的冰川融水，是黄河源头最主要的水源之一，占到了大约百分之九十。其主峰玛卿岗日海拔 6282 米，与西藏阿里冈仁波齐、云南梅里雪山、青海玉树尕朵觉沃并称为藏区的"四大神山"。

　　阿尼玛卿在藏文佛教经典中，被誉为活佛座前的最高侍者，被藏族人民奉为开天辟地的九大造化神之一。每年，都有大批西藏、四川、甘肃、云南及青海信徒不远千里，叩着长头来朝拜神山，他们在这里祭祀山神，顶礼膜拜，而今年更甚。

　　进山的路，开始是认识的，熟悉的。绿豆一边留意周边的景色一边指路，不过渐渐变得陌生，印象全无。那条正在修建的高等级公路，挖开了大地和山川，一切都变了模样，神山留在绿豆脑海中的一切，都不复存在。

泥泞的路，路上不断堵车，不时有车倾覆或翻倒在路边。

一号车行驶在前，二号车跟在后面，经常幸灾乐祸："前面的车又磕底盘了！又跳起来了！肯定又撞头了……"

而四号车上的清醒，则更有气势地说："反正台钓他们二号车走的路，

▲ 金色的晨曦，洒在阿尼玛卿山尖，神圣的日照金山，呈现在大伙面前。

我们都不跟，我们要开辟新道路！"

　　这路，其实就那么宽，你走与不走，坑都在那里。所以每辆车，其实都好不到哪去。

　　这路，颠得人发晕，晃得人发昏。

　　"妈妈……"小李子轻轻呼唤着。

▲ 雪线上曾经的蓝雪莲。

▼ 雪线附近的珍稀植物。

"嗯。"青藤回答。

"妈妈……"小李子继续。

"嗯!"青藤再次回答。

"妈妈……"呼唤继续。

"嗯?"

……

"你咋了，想找打？"青藤回了句，中断了小李子的继续呼唤。

三号车上的人，都憋住笑。

临近雪山乡的峡谷，却比以往更加难走，因为修路破坏了陡峭的山体，原本就脆弱的峡谷更加不堪，不时就被泥石流与塌方给阻断。工程队为了保证自家标段的施工进度，不得不分段包干式驻守，每段数台挖掘机与推土机随时在河谷里待命，一塌就挖，一堵就疏，否则整个交通就完全瘫痪。而且这个时候恰逢转山高峰期，大量的信徒与车队在峡谷里流动，如果不立即疏散，人员伤亡则无法避免。

走走堵堵，停停走走，下午四点，路程过半。

离雪山乡最近的一段峡谷，被高耸的山，挤压得快喘不过气来，咆哮的河水在沟谷里肆虐，强行撕开大地，才扯出那么一条缝隙。

所谓的路，其实就是镶嵌在河道与山崖之间那一丝更细的缝，不过因为修路与雨季造成的滑坡与塌方，路已经没法通行。

一台推土机一台挖掘机正在紧张忙碌，巨大的石块被推土机挤下河道，一眨眼就不见了踪影；其实施工的机械设备与车辆，也需要在狭窄的空间来回前进、倒车，施工人员个个艺高胆大，在方寸空间里操纵着笨重的机械设备腾挪转移，速度极快，每每看到快撞山或掉进河的分秒之间，又稳稳刹车停住，看得小朋友们一个个张大了嘴巴，只剩下了惊叹。

山崖上的高山卷柏，已所剩无几，不多的几棵，歪歪扭扭站在山坡上，也可能随时因塌方而彻底消失。

抢修通行后，赶紧出了这让人不敢多停留的峡谷。经过一座窄窄的老桥，

▶ 河谷里的塌方，
正在紧急抢修。

在两条河交汇处，有块高高的坡地，沿着道路两旁修了一些房子，这就是袖珍的雪山乡。

此时它也正在大兴土木，不但寺庙规模大了好多倍，人气也旺了许多。寺庙外，居然有了好几家餐馆；公路边，还有一个简陋但气势惊人的厕所。厕所面对峡谷，凌空江上，悬挂在陡峭的滔滔河水之上，排泄物好几分钟才直落江面，被涛声与激浪湮没。

大伙决定在此解决迟到的午餐。

等待饭菜间隙，有人去寺庙闲逛。寺庙外，照样有不少信徒在转山拜庙。

雨水与泥巴，使信徒们的衣服已经看不出本来的色彩，但每个人都毫无例外地口里念诵着经文，满脸虔诚，一丝不苟地磕着长头，泥里、水里、石头上，就这么执着地拜下去。

这一路走来，也看见了不少磕长头的信徒，但似乎很少有如此的场景能撼动人心。伏地叩拜而磨出灰黑色厚厚茧子的鼻尖与额头，见证了那雪雨风霜与汗水鲜血泥土纠葛在一起的身躯与脚步，谁都无法不被那坚毅的眼神与灵魂深处飘来的六字真言折服。

和大多数人一样，我们也许只是把它当作一道风景，而且是一道沉重的风景！要怎么样的信仰，才能让人如此虔诚？

笑笑在路边看了好久，仰头问凤凰："妈妈，什么是信仰？"

凤凰很无奈，心里念叨着："语文老师原谅我吧，我真的不知道怎么跟一个八岁的孩子交流信仰的问题！"

笑笑有时候很逗，据说经常会冒出一些深沉的问题，比如，在她六岁多的时候，一次出去玩，在车上，她很严肃地说："爷爷，我来跟你谈谈人生吧！"

还不许大人打岔，认真的讨论了半个小时，让一车人笑喷了。

此刻凤凰却不能不认真对待她的问题，搜肠刮肚，组织词语，最后只能说："信仰就是人们相信一件美好的事情，而且只要努力，只要真诚地相信，最后这个愿望就会实现！"

没想到笑笑继续接着问："那为什么我们没有信仰？"

是啊，面对这一切，几乎所有的外来者，都毫无例外的既震撼又纠结，心中生出的，更多是悲悯与心痛。但更多的人，在纠结尘埃中信徒们的受苦受难，纠结于高高在上的神佛不近人情，纠结于信徒们陷于迷信而被虚妄麻醉的可悲，而很容易忘却自己，毫无畏惧也无信仰，穷尽毕生追求物欲的可笑。

只有当我们，用近乎朝圣的旅行方式，走过，或许才会逐渐释怀吧。

幸好路边还有座经楼，中断了这个深奥的话题，于是凤凰赶紧带着笑笑去转经。

进门后才发现正在拍电视节目，跟年轻的喇嘛交谈，原来是青海卫视在拍关于阿尼玛卿的纪录片。而这个喇嘛居然还是附近几座寺庙的活佛。

活佛听说大伙要去阿尼玛卿，在出发时还找到大伙正在吃饭的饭店，让大伙跟他一起去雪山。无奈我们的菜才上桌，只好遗憾地谢绝了他的好意。

但也让笑笑着实高兴了一下："活佛邀请我们啦！"

传说阿尼玛卿山神，居住在一座极其富丽堂皇的白玉琼楼宝殿中。朝拜的信徒说只要围山瞻拜一圈，就可以消灾免祸终生。而黄河，也仿佛有信徒转山般的虔诚，从三江源头缓缓而来，在与阿尼玛卿深情相拥后，一个大拐弯折向东南流去，主峰玛卿岗日正好融进了黄河的怀里，被黄河紧紧拥抱。

155

▶ 雪山下寺庙前
的刻经人。

　　早在传说中的格萨尔王时代，阿尼玛卿就是当地著名的神山，岭国与霍国经常为争夺神山的祭奉权而发生战争。史诗传唱中，岭国人发现神山顶部那终年不化的积雪居然融化了，而且出现不少星星斑斑的黑点，预感到有什么不祥发生。后来就发生了霍国发动军队，争夺神山祭奉权而致双方伤亡惨重的不幸。

　　即便在今天，当地的老人若发现顶部积雪出现黑点，也一样认为不吉祥，一定要念经祈祷。

　　只是如今，从雪山乡前往神山脚下的路，更艰难，到达山脚，已近黄昏，神山顶峰笼罩在一片乌云中。

　　绿豆怀念中的青青牧场，早已不见踪影，到处都是施工倾倒的渣土，四

周一片尘土漫天，幸好高原多雨雪，空气不至浑浊。

虽是盛夏，山坡上却依然残留着刚刚下过两天，尚未来得及融化的雪。

四处搜寻，却没有找到一块较为舒适的营地。

不得已，只得选择在公路边找到的一块稍微平坦的废渣场作为临时营地。

这边小朋友们一起帮忙收拾营地，把地上大小不一的石子全部捡走，以免晚上睡觉太硌人；那边女同胞相互配合赶紧安营扎帐；男同胞则忙着将车排在一排，挡在公路一侧，以免夜间有哪个冒失的过路司机，将车冲进营地。在车的外围，大伙又搬来大石块排了一圈，以防有开夜车的司机万一打瞌睡，能给车辆减速，即便这样的烂路与高原，很少有人开夜车。

只是这高原上，搬石头可是个力气活，虽然大伙在高原上已经适应了，但几块石头下来，一个个也累得吭哧吭哧。

雪山下，即便是盛夏，天一暗下来就开始风雪交加。扎好营，大人们赶紧忙着埋锅做饭，小朋友们则忙着自己找乐子去了。

营地旁边，全是冰川融化后的石头，豆豆担心芽芽不小心绊着这些石头摔倒，就让她自己待在帐篷里听故事，可一听到哥哥姐姐们在帐篷外咋呼，又哪里待得住呢，一直竖着耳朵听着外面的动静。

小旋风在废渣堆边晃来晃去，突然就在那兴奋地大叫："哇，这里金光闪闪的，这块石头上有金子啊！快来啊，我发现金矿啦！"

满脸兴奋的小旋风，正面对一堆黑乎乎的石头，那是刚从施工隧道里挖出来的石头，估计含有少量的铜等矿物，在头灯的照射下，金光闪闪。虽然大人都摇头说不是金矿石，但小旋风却不肯罢休，坚持认定这是雪山精灵带给他的金矿石，而且很纯很纯。

这下，所有的小朋友都拥了上来，看罢小旋风手里的"金矿石"，都纷纷去石堆里寻找。

芽芽也兴奋地大叫："妈妈，我也要看，快快给我穿鞋。"然后也跟着哥哥姐姐进入寻金之路，嘴里不停地叫嚷着："找到了一个，又找到一个！"

倒是薏米，很冷静地站在那里，望着一堆小伙伴在乱石堆里忙碌，嘴里嘀咕："不可能是金矿石吧，要是金矿石，早被别人捡走了，怎么会轮到我们呢？"

不过她依旧经受不住诱惑，走过去找了一块，拿回来找芝麻验证，当得到不是金矿石的回答后，随手把石头抛进冰川融水里，然后来了一句"幼稚"，钻进帐篷躲避风雪去了。

同样冷静的禾苗、笑笑与薏米，待在帐篷里，看着另外几个在石堆里忙碌的小伙伴，说："这是废物，根本不值钱。"

正在乱石堆里兴高采烈的几个小伙伴给听到了，集体反驳："明明很值钱，还说不值钱，这些金光闪闪的东西，肯定是黄金！"

等大人们做完饭，回到帐篷，豆豆见自家的帐篷边放了好多石头，芽芽还跟在几个哥哥姐姐后面在石堆里忙着找金矿石。赶快把芽芽拽回来，在灯光下一看，气不打一处来，一身衣服，要多脏有多脏，全是灰与泥，而且有几个地方都快磨破了，小脸小手被冻得冰冰的，豆豆没好气地问芽芽："冷不冷啊？"

"不冷，妈妈我找了好多金子啊。"芽芽兴奋地一边说，一边用小手搬起一块石头给豆豆看。

"那你衣服全脏了，而且快破了，怎么办啊？"

"妈妈，没关系，我不是捡了很多金子吗，哥哥说很值钱的，我们买新衣服就行了。"芽芽依然很开心。

豆豆又好气又好笑。临到睡觉时，芽芽却非要把那些石头搬进帐篷里，说她要抱着金子睡觉，如果放在外面，金子就会被别人偷走的。

好在峰子还是有办法，几番说道，弄了块最小的放进帐篷，芽芽终才罢休。

而小旋风，则在背包里塞了好多纯纯的"金矿石"，后来在路上谁也不能动他装石头的背包，因为他偶尔会念叨他爸爸提前离开了，没有来这个地方，所以要带回去给河西瞧瞧。

据说，他后来把这些沉重的"金矿石"带回深圳，作为生日礼物送给了河西。不知道，他是不是在用这种方式，替自己在年保玉则的行为表达愧疚；

或者，用这方式，来弥补河西提前离队的遗憾。

盛夏的夜里，雪山下，帐篷外风雪依然。

一大早拉开帐篷，发现帐篷给冻得硬邦邦的，地面的几坑水洼，也全结成了冰，天空渐渐苏醒，由黑变白，继而开始发蓝。晨风挟着冰川的余威，凉飕飕的，清寒凛冽直逼心肺。

奔驰哥总是最积极地跟随绿豆去看最绚烂的风景，绿豆刚钻出帐篷，他也探出了脑袋。两个人爬到营地后面的山腰，顶着刺骨的风，等待东边的日出。

▲ 踏上冰川，每个人都无法抑制内心的兴奋，疯狂吧，趁着我们还年轻。

当第一缕阳光投射在雪山顶峰，雪山由白色变成粉红，又从粉红逐渐变成了金黄，从金黄又变成了刺眼的洁白，这就是神圣的日照金山。在那么一小会儿，它就完成了华丽的蜕变，然后又恢复平静，清晨的阿尼玛卿，是那么安详，那么亲切，仿佛触手可及。

早在 1926 年，洛克也曾从扎尕那沿郎木西行，从雪山脚下开始攀登阿尼玛卿，在到达 4900 米时，他因天气原因不得不下撤。在下撤时，他通过目测，估计所处位置距顶峰大约还有 3600 米，后来他还著书说阿尼玛卿主峰有 8500 米，应该比珠穆朗玛峰还要高。而 1949 年另有一个美国人，测量阿尼玛卿海拔高度，居然夸张地得出主峰达到 9041 米，是世界最高峰。这期间不断有一些勘查队来此，结果都无功而返。直至 1960 年北京地质学院十一人登上玛卿岗日峰，阿尼玛卿才逐渐被人认知。

IT 哥总是与众不同，他一个人爬到了山的另一侧，引得麦田也跟着爬了上去，一边欣赏着日出为雪山构筑的波澜壮阔舞台，一边轻轻感叹。

孩子们也陆续从帐篷里探出脑袋，凝望着壮美的神山，发出惊喜的赞美。

感谢神山阿尼玛卿对所有人的眷顾，千辛万苦来到这里，让每个人没有留下遗憾。

几个转山朝拜的信徒，好奇地围着大伙的营地东瞧西看，大方的队友们，纷纷塞给他们不少吃的东西。

静默不语的雪山，震撼了所有人的心灵，山下朝拜的信徒，更让人心生敬意，心中有信仰的人，是值得让人尊敬的。那一路转山的人，是让人钦佩的，人世间的种种，到底什么是幸福，到底谁又是幸福的人：泥泞中毫不犹豫俯身下拜的人？大雨滂沱中携家带口砥砺前行的人？朝拜途中天真烂漫的小喇嘛们？还是我们这些跋山涉水的人？

合掌俯身，感谢让一切都变成现实的人。

吃过早餐，集体集合，准备上冰川。

带孩子们去领略冰川的魅力，这是队伍最初的计划。但冰裂缝、冰窟窿、冰洞、冰桥、冰檐，许多从来未经历过的危险，不仅仅对孩子们，即便是对

▲ 手脚并用向上攀爬的千哥与小李子。

很多大人来说，都是从未接触过的危险。所以出发时，绿豆不得不再次严肃而认真地给大家讲述注意事项，要求大伙结组行进，必须确保每个孩子身边有一个大人，以防万一。

与孩子一起去旅行，无疑旅行的压力会大大增加，但快乐与享受也会同时增加。与孩子一起去旅行，可以让我们获得更多的笑声，或者是眼泪，但通过孩子的眼睛，我们却可以用一种完全不同的视角去观察这个世界。

对于什么是冰川，对于冰川的年龄，对于冰川的凶险，对于神山的神奇，孩子们或许根本不懂。他们懂得的，就是在炎炎夏日，居然会有冰雪永远不融化；他们或许理解不了，冰川的融水，为什么会是滔滔黄河的源头，他们或许理解不了，高原上的植物，为什么那么稀有，为什么会那么脆弱，但他们明白，远在千里之外的黄河，是浑浊的，黄河之水，也在渐渐枯萎。

要到达冰川，需要越过一面巨大的终碛垄，在海拔接近 5000 米的高原上，攀爬陡峭而满是碎石的山坡，十分吃力。望着脚下碎石满坡的巨型大山，薏米一边爬，一边问绿豆："这不是一座山吗，你怎么说它是什么终碛垄呢？"

▲ 雪山下的河谷里，马儿正在草原上自由驰骋。

绿豆告诉薏米："这终碛垄，其实就是以前冰川的尾巴，是它的终点，这冰川呢，可不是你看到的普通冰，它是一条河，一条冰河，是在流动的，它流动的时候，就会把一些石块什么的一起带过来。"

薏米抢着说："那我知道了，等冰都化了，石头就留下来了，成了这座山。"

但她似乎越发奇怪："我怎么看不到冰川在流动呢？你怎么知道它在流动啊？"

气喘吁吁爬上陡坡，冰川一览无余铺展在眼前，大伙迫不及待朝冰川进发，为了抢在前面，孩子们根本不听大人招呼，连滚带爬冲下山坡，扑向冰川，急得爸爸妈妈们大喊大叫，严厉呵斥，一个个才乖乖归队。

冰川末端，相比几年前，已经退缩了上千米，末端的冰层覆盖在尘土下，张开一张张大嘴，随时准备吞噬一切落入冰缝的物体。刚开始孩子们以为脚下是坚实的大地，当看到尘土掩盖下，冰层那一条条巨大的裂缝时，才明白脚下的危险，一个个开始小心翼翼，安静地跟在大人身后，慢慢向冰川上前进。

上了冰川，在一片开阔地带，大伙开始尽情舒展自己。

孩子们忙着在冰川上玩溜冰、搬冰块、抓冰雪、做冰淇淋蛋糕，一个个在冰川上把手冻得通红，然后不断大喊大叫。这一刻的孩子们，眼睛里，是一个童话精灵的世界。

藏族人民称阿尼玛卿为"博卡瓦间贡"，即开天辟地九大造化神之一，在藏族人民信仰的二十一座神雪山中，排行第四，被称为斯巴侨贝拉格，专掌安多地区的山河浮沉和沧桑之变，是藏族人民的救护者。传说阿尼玛卿山神是山神沃德的第四个儿子，沃德为了拯救藏区百姓，使他们解脱灾难，能过上安居乐业的日子，派第四子到安多消灭妖魔，降伏猛兽，惩办坏人，使百姓过上幸福祥和的日子，后来在与其父沃德相会时，修建的九层白玉琼楼变成了阿尼玛卿山。

《格萨尔》史诗称阿尼玛卿山神是"战神大王"，说他是格萨尔魂灵所在的神山。所以在青海藏区，经常可以看到阿尼玛卿山神的画像，白盔、白甲、白袍，胯下白马，手执银枪，在当地藏族百姓心中他武艺超群，降魔济贫，拥有无穷的智慧。

冰川上的许多神奇，都让孩子们着迷。

几面冰壁合围的中间，形成了一个巨大的冰洞，深不见底，蓝莹莹的冰川冰在冰洞里显得格外神秘，四周冰壁融化的雪水一起流入冰洞，发出巨大的轰隆声。薏米在芝麻的保护下，伸出头看了看，赶紧缩回脑袋："好恐怖呀，要是掉下去，肯定没命了，上不来下不去，肯定会冻成僵尸。"

几个孩子捡来石块，往冰洞里丢。

芽芽捡起一块石头，却直接朝 IT 哥扔了过去。

IT 哥很黑，黑得让此行最小的小朋友芽芽，都忍无可忍。这会，小芽芽实在憋不住心中怒火，捡起地上的石块就朝 IT 哥砸过去。

有人问这个萌萌哒的漂亮小姑娘为什么砸人？

芽芽很生气地回答："他长得太黑了，吓人！"

什么逻辑？黑就该挨石头？不能出来吓人？哈哈，看来长得太黑也是一种错，出来吓人就更不对！

　　IT哥哭笑不得，看来下辈子一定要投胎做白人，这辈子就只有黑到老了。

　　跟在绿豆身后的薏米，看到绿豆往冰壁上爬，也非要跟上去，绿豆指着一面巨大的冰壁问薏米："你看到这冰有什么不一样的吗？"

　　薏米摇摇头："还是冰啊。"

　　在绿豆的提醒下，薏米终于发现了不一样的地方："哦，我看到了，冰是一层一层的，像奶油蛋糕。"

　　绿豆告诉薏米，这就是冰川的年龄，一层就是一岁，头年下雪第二年都没融化完的，就会被来年的新雪覆盖，如此往复，就形成了一层又一层的冰，冰不断挤压，就形成了冰川冰，高处的冰川冰太多了，受不了新的冰雪挤压，不断往下移动，就形成了冰川。

　　薏米有些兴奋："原来冰川的年龄，和大树是一样的哦！"

　　在扎尕那病怏怏的小李子，此刻却在冰川上上蹿下跳，被大伙理解为"低反"，高处不"反"低处"反"，到高海拔的地方活力十足。

　　千哥因为一直戴着那顶五角星的太阳帽，此刻又成了几个小女生折磨的对象，硬说千哥是"日本鬼子"；小李子与千哥是好基友，出来打抱不平，结果又被小女生取了个绰号"小李俊一郎"。

　　两个男生开始逗妞妞与笑笑，妞妞一看嘴巴功夫不如两个男生，要动手打人，于是妞妞就被男生们叫作"暴力女"，笑笑的名字成了"蘑菇头"。

　　一听到千哥他们喊"暴力女"，薏米可不干了，皱着小鼻子说："哼，你再说暴力女我就打你，你不能再说暴力女了。"

　　过一阵，看到正津津有味吃着东西的薏米，芝麻问她在吃什么好东西，薏米怪笑着摇头，说什么也没有吃。

　　过了一阵，又忍不住问芝麻："妈妈，冰淇淋是不是冰做的啊？"

　　芝麻："是啊。"

　　薏米："可是这冰怎么没味道呢，一点也不像冰淇淋？"

　　孩子，这冰淇淋可够大的！

　　从阿尼玛卿出山，赶往花石峡，队伍即将分离，三号车上的熊大熊二一家、小李子一家、千哥和他妈妈罗罗、禾苗和他妈妈蓝天空，因为时间不够，要北上青海湖，然后从西宁回家。

一、二、四号车，则继续向西藏前进。

整个队伍，一下冰川后，就开始弥漫着一丝淡淡的伤感。尤其是小朋友们，对即将分别的小伙伴，流露出不舍与惜别，总是恋恋不舍纠缠在一起。

这些旅途中结识的、风雨同行的伙伴，不管是大人还是孩子，都会在每个人的记忆深处，长久停留。如同薏米和芽芽，会时常念叨一起去新疆的石头和甜甜，小啬与英子，光影与小玲。

新疆之行的第一天，路过乌苏，大伙寻着一个叫高老庄的农家乐。这高老庄的饭菜实在好吃，大概得了八戒的真传，众人齐呼打包，于是另加了一份馍和剩下的菜，继续上路。大伙在车上享受光影与小玲带来的南方水果荔枝，吃得正欢，不知谁不识时务来了句荔枝吃多了上火，小玲很及时地补充了句“和里面的馍一起吃清火”。

那边小啬一边吐荔枝核一边问：“馍在哪里，我要清火，中午打包的馍在哪里！”

众人一愣后开始狂笑，英子当即将QQ群里大伙授予她的“二姐”光荣称号转赠给了小啬。

说起这“二姐”称号，大有来历，因为英子曾经在某天早上上班，到处找车钥匙，全家人都跟着找，这难道睡上一夜觉，钥匙就失踪了不成。

折腾半天，终于找到了。就在马路边，头天晚上停在那过夜的车上，还没拔下来。

而小啬得这个“二姐”，也算实至名归。早上从乌鲁木齐出发时，绿豆一再叮嘱大家收拾好东西，结果刚出宾馆大门，小啬就开始大叫自己的身份证丢了，然后四处搜寻，一边敲着脑袋回忆，甚至要打电话回宾馆问前台有捡到没。折腾半天，终于发现这些证件就在自己口袋里！

大人中有“二姐”，孩子们在选“二妹”。薏米与几个小朋友在为谁是二妹一直争论，薏米说自己是大妹，芽芽是三妹，不明就里的甜甜，稀里糊涂一直被喊成"二妹"。

只是后来到昭苏时,英子的举动也引来薏米的效仿:"英子阿姨很好玩,刚出宾馆一边走一边说,怪了,我手机掉宾馆了……!"

然后学着英子的模样,双手一摊:"结果很搞笑的发现,手上就拿着自己的手机"。

花石峡口,车队正式分开,一南一北,孩子们纷纷趴在车窗上,一边喊着再见,一边拼命挥动着手,眼神里,是那么不舍。

千哥写道:千缕感情融纸上,多想永如此朝行。

在孩子们心里,旅行,才刚刚开始;他们多么渴望,这样的旅行,可以一直继续。

▼ 一阵雨雪后,神山慷慨露出了神秘的面容。

第 **4** 章

放逐在唐蕃古道

对大自然的一花一草，一叶一木，一点一滴，她都无限向往，从来也不会感到疲倦和劳累。

也许正如著名极地探险家弗里特约夫·南森说的那样："人类灵魂的拯救，并不来自于喧嚣的文明中心，而来自于孤独寂寞之处。"

◀ 宁静辽阔的大地上，夕阳映照着天空，一顶帐篷，静静伫立，风轻轻拂过草丛，这一刻，世界就是我们的。

4.1

天上的玛多，
湖泊遍布的三江源

继续西行的队伍，很快到达玛多。

玛多是黄河源头的第一个县城，平均海拔在 4200 米以上。

海拔不低，城市却很小，估计街东头放个屁，西头立马能闻见臭气，南边一足球飞来，准能把北边的窗玻璃打碎；以至于小朋友们见到城边的桥上

 三江源。

居然写着"黄河大桥"几个字时，很是惊奇地问："这条沟，难道也叫黄河么？"

恩，这个，是幼年黄河！

玛多的旅馆，基本没有独立卫生间，也没有洗澡的地方，以至于从雪山下来的大伙，满城去找澡堂。说是满城，其实开车十分钟就能转一圈，旅馆的老板很惊奇地问："澡堂是啥？"

开车冲到一个看起来还干净的小饭馆门口，探头一望，有两张桌子，摆满了好多好吃的，估计是等客人来。问老板有饭吃么，老板答："你们没有预订，没有位置！"

"等前面的吃了再来行吗？"

"没有预订，没菜了。"

晕，这是什么饭馆？

结果找了好几家，都一样。大概是这地方太小，在饭馆吃饭的人也不多，老板从不多准备的，还告诉我们，早餐也要预订，不然没得吃！

不知道是因为高寒，还是别的原因，玛多的饮食超级辣。以至于不能吃辣的奔驰哥与小 Y，一边夹菜，一边在开水里涮，然后才能勉强放进嘴里。

第二天，大伙干脆跑去国道与县城交会的地方找饭吃，吃完赶紧往黄河源头出发。

原以为是雨季，进三江源头的道极其难走。

一出县城，才发现，道路是出奇的好走。

大概，这主要归功于路上设了个门票站。原来，这里也已经圈起三江源头的偌大一片山河，开始收起了门票。

大规模的旅游开发，即将开始。

只是，暂时鲜见游客。

一路蓝天白云，绵延在苍茫辽阔的大地上，低得似乎伸手就能够着，渐渐有水泊不断出现。

继续前进，开始有三三两两的野生动物闯入眼帘。

藏羚羊、野驴、狐狸，还有许多的鹰，或盘旋天空，或停留在路边的牌了上，好奇地望着大伙。

走近湖泊，成群的水鸟、斑头雁在湖边的沙地上嬉戏。看到有人靠近，它们并不惊奇，直到离它们几米距离时，才不慌不忙迈进水里，游到湖中。

小朋友们这下有忙的了，一会儿大叫看这里看这里，一会儿大喊看那边看那边。每每到湖边，总忘不了要扔几块石头下去，看看溅起的水花；看到水鸟，总忘不了要飞跑着去追赶一番，哪里还有高原的概念。

在荒原里这么一通优哉游哉地走，终于到达牛头碑下的鄂陵湖。

爬上山坡，湖静静地铺展在眼前。

天空与湖水，蓝得有些失真。

这里是黄河源头最大的两个湖泊之一，站在山顶远眺，脚下是一片大草原，草原后面是广阔的湖面，湖水呈蓝色、浅蓝色、深蓝色、碧蓝色……波光粼粼、层层叠叠向远方伸展，再远处天的尽头，是连绵的雪山。

薏米有些疑惑："爸爸，你确定这不是大海么？"

山坡高处，立了一个黑色的黄河源纪念碑，牛头造型，人称牛头碑。牛头碑下有个工作人员在维护纪念碑。

"小朋友，你们从哪里过来的？"

"湖南"，笑笑回答。

"这里有什么好看的，不是湖，就是草原，都没有什么人。"

"我们那人很多，一点都不好看，就是过来看湖和草原的！"

是啊，除了西部，哪里还有这么广袤无垠的原野，哪里还有自由生长的大地，哪里还有孩子们恣意放逐的空间，可以这么无拘无束、自由自在地亲近大地，亲近蓝天，亲近不被圈养的野生动物，亲近自由的花草与空气。

嬉戏够了，大伙开始下山。

绿豆准备徒步从山坡上走下去，可以一边欣赏风景，一边拍照，薏米坚定地跟随绿豆，要一起徒步下山。

对薏米在野外的适应能力，绿豆一点也不担心。两人一起朝山下走去，薏米还飞一般在山坡上疯跑。

▼ 山坡上，一块鼓形碑文，引起了薏米的兴趣，在
碑文前琢磨了半天。

▼ 湖边寺庙旁，古朴的塔林与紫色的花，给寂静的
三江源头平添了几分人间烟火气息。

　　山坡上，如高塔一般巨大的圆形经幡，被风刮得呼呼啦啦作响，两人不免要钻进去探头探脑研究一番；鼓形纪念碑刻上的篆文，两人也要凑上去研读一番；白色的云团挡住太阳，将巨大的身影投射在大地上，两人也忍不住要评论一番；就连颜色深浅不一的大湖，也被两人拿来与大海做了一番对比。

　　这边走边看，边走边聊，似乎一点也不觉得累，也不觉得乏味，在野外的薏米，总是有问不完的为什么，总是充满了好奇。

　　对大自然的一花一草，一叶一木，一点一滴，她都无限向往，从来也不会感到疲倦和劳累。

　　也许正如著名极地探险家弗里特约夫·南森说的那样："人类灵魂的拯救，并不来自于喧嚣的文明中心，而来自于孤独寂寞之处。"

　　下到坡底，两块中空的饼干，成了薏米新的玩具，拿来套在了眼睛上，当作眼镜。

　　继续朝无人区挺进。

　　卫星地图上，显示我们离另一个湖很近很近，可我们却无路可循。因为我们身边，就有一个蓝色的湖泊，蓝得有点假，成群的水鸟在岸边休憩，直到我们走到身边，才不慌不忙起身，大摇大摆迈进水里，悠然划破水面，游向远处。

▲ 薏米的新玩具。

　　将车朝着荒原深处开去，半个多小时以后，地平线上的山，依然在地平线上。

　　荒原上的溪流，拉出无数的蜘蛛网，没有路标，没有指示牌，没有人烟，没有毡房。四处张望，想找个人问问路，目之所及，大地苍莽，只有风轻轻摇动荒原上的花草，只有看厌了的藏羚羊在朝我们张望，而那些踱着方步的野驴，对我们不屑一顾，瞧也不瞧我们一眼，只有那些好奇的土拨鼠直立着身子，站在自己别墅的门口吱吱向我们打着招呼。

越走，心越发慌，孤独的星球，似乎整个世界都是我们的，整个世界也只剩下了我们。

薏米有些疑惑："这里难道是月球吗，怎么连一个人都没有？"

车队驶过荒原，从草甸爬上一个山坡，原本以为山的那面，就是扎凌湖，结果上到山顶，除了坡下的小湖泊，一片辽阔而无边的荒原一直延伸到天边，荒原上布满河流。

又在荒原上四处探寻，几番寻找无果，一切现代化的工具，在这里也如同一块石头。试了试路边湖泊里的水，微咸，但能使用，干脆就地安营扎寨，将营地直接搭建在了湖边的草地上。

孩子们在营地玩着游戏，间或跑到草坡上去追土拨鼠，或者跑到坡下去追赶游弋到湖边的水鸟；大人有的去转湖，有的开始准备晚餐。

▼ 正在瞭望的土拨鼠。

餐前的点心，是凤凰和 YAOYAO 烙的鸡蛋煎饼，配上黄瓜丝等小菜，对着大湖，无法言说。

探路的一队，台钓打头，绿豆、峰子一起结伴，沿着湖岸一路转下去，小叶、小旋风也跟着，准备去寻找传说中松赞干布迎娶文成公主的地方。

只是所谓的小湖，一旦走起来，才知道，真大；湖边的参照物，真远。走了好半天，一个湖湾都还没转完，小叶与小旋风先后放弃，掉头向营地而去。绿豆边走边拍着山坡上的花花草草，或者匍匐在山洼里，等待拍摄从山头翻过来的藏羚羊之类的野生动物。

远远的，突然听到荒原上有摩托车突突的声响传来，绿豆极目远眺，一辆摩托车从天际而来，到了营地边却半天没了动静。

这个地方骑摩托车来的人，想必一定是附近的原住民，担心语言沟通不畅引起误会，加上营地男同伴只有奔驰哥、麦田与小 Y，绿豆赶紧掉头往营地走去。

气喘吁吁走到营地，原来是个藏族小伙，骑着个摩托车，挂满大大小小的塑料桶。交谈是在牛头不对马嘴之间进行的，直到最后，也没搞明白他是去买汽油还是灌水。

这个长发飘飘的小伙子正在草原上骑着摩托，突然发现草原多了几顶帐篷，有几分吃惊，也有几分惊喜，大概好久没看到外人的缘故，对大伙摊煎饼，也充满无穷的兴趣，一连吃了好几个才不舍离开。

这次露营，是这次旅行的最后一次露营。很多人喜欢问绿豆与芝麻，住帐篷与住宾馆客栈，哪个更舒服，以及住帐篷是否安全？

在绿豆与芝麻看来，住帐篷、住客栈、住宾馆，要说哪个舒服，其实根本没有可比性。因为这都是根据目的地的环境来决定的，不是一概而论非要住什么地方，也并非为了单纯的省钱而背着帐篷到处跑。

当我们面对幽蓝的湖泊、馥郁的森林、鲜花簇拥的草原、冰雪皑皑的雪山时，把帐篷扎在这些美景中间，就像把自己的家安在了那里。拉开帐篷的门，坐在帐篷里煮着咖啡喝着茶聊着天，一边晒着太阳一边享受着那种大气

▲ 湖泊里，成群的斑头雁正在嬉戏游弋。

磅礴的景色，呼吸着清新的空气，自由而又无拘无束，想必世上最奢华的五星级酒店，也不一定有这样的享受。

当然，这住帐篷，也不一定是人人都能适应的！

记得一年前的新疆之行，峰子刚接触帐篷不久，甜甜尚未适应帐篷。

第一夜，露营在赛里木湖畔。

赛里木湖，当地人称三台海子，因清代在湖的东岸设有鄂勒著依图博木军台（此地为三台）而得名，也是大西洋暖湿气流最后能到达的地方，因而被称作大西洋的最后一滴眼泪。中国的高山大湖，大多与故事、传说连在一起，赛里木湖也不例外。传说很久以前，当地是一片布满鲜花的草原，草原上一位叫切丹的姑娘，与一个叫雪得克的蒙古族男子彼此相爱，可凶恶的魔鬼因贪婪切丹姑娘的美色将其抓入魔宫，后切丹想法逃出魔宫，却被追赶着跳入一个深潭，雪得克拼救不成遂一起跳入潭中，从此潭水越来越深，潭也越来越大，就成了后来的赛里木湖。古代曾有文人用"四山吞浩淼，一碧拭空明"来描绘其美丽景色。

拿英子的话来说，第一眼的赛里木湖，并没有给大伙什么惊喜。寒冷，

无花，大雨，灰色的赛里木湖像极了大伙长途跋涉的脸。满怀期望的光影，看到那即将下雨的天气和戈壁上的"赛里木湖风景区"几个大字，那一阵阵的失望，恨不得把接下来的十二天旅行，全部用来在家里的床上写大字。

大伙在湖边的牧场上扎营，烤羊肉、煮手抓羊肉。薏米大概过了用餐的生物钟，不好好吃饭，被绿豆严重批评加惩罚一通。

夜半，甜甜不肯睡帐篷而声嘶力竭的哭声，让很多人开始担心是不是食物中毒或急性疾病导致不适。甜甜的歇斯底里，让英子头痛欲裂，但她明白，除了自己，没人能够使上劲对付甜甜，只得强打精神，抱着甜甜熬过半夜等待天亮。在她心里，以为接下来必定会是更加灰暗的一天，熬过最黑暗后，甜甜睡得很安静。

甜甜刚出生的时候，跟着英子住在爷爷奶奶家。那是一个很偏僻的山村，住户不超过五十户，中年人青年人都外地打工去了，村子里留下不超过三十名老年人。因为是小山凹里，出门每一步都是泥地。

有时，环境会培养出两种截然不同的性格。比如这坡与阶梯，没有养成甜甜的豪放，却培养成了天生谨慎的性格。从学步到这次出行，都没有因为走路摔过跤，也没有因为好奇心摸危险的东西受过伤，更没有爬凳子爬桌子爬高处摔倒过，因为她总是生活在小心翼翼中。小心翼翼到英子看不过眼，因为英子是一个天生好动的人，做事从来不瞻前顾后，不讲规矩，粗枝大叶到甜甜看不过眼。

所以，四岁半的甜甜很多时候，都是英子的监督者。

而英子，似乎就是拐带甜甜学"坏"的那个老巫婆。

这次新疆之行，也不例外，英子总是想在高处历练下甜甜，而甜甜，总是不肯轻易被拐带。

果子沟口，看着薏米从高高的石头上跳下来，很心动的英子拉了甜甜站上去。

甜甜："妈妈，这地方太高了，我不要站这儿了！"

英子："乖，妈妈陪你一起，你靠着点妈妈，妈妈传递给你能量你就变身最勇敢小魔仙了！"

甜甜开心地喊："小魔仙变身！"

只是，这帐篷的夜晚，这陌生的野外生活，一时让甜甜无法平复。

一头牛或者马，总是围着帐篷转来转去，还不时打着响鼻。第一次睡在野外，第一次住进帐篷的峰子，总是担心它会踩垮自己的帐篷，一夜不敢入睡，被折磨得有点抓狂。

天开始透露曙光，露出微亮，幽蓝的湖水才显露出赛里木的神秘美丽，满草原的花海开始散发芬芳。阳光撕开云层，跳将出来，洒落在大地上；牧场上的牛羊开始流动起来，星星点点的花，黄的、红的、紫的，撒在原野上；雪山从云雾中挣脱出来，耸立在半空之上，发出耀眼的银光，横亘在幽蓝的赛里木湖上空。

那一刻，帐篷之外的世界，美得像天堂！

所有的人，都目瞪口呆。

这些，又岂是住在豪华的大宾馆中，所能亲眼见到的。

其实无论是房子还是帐篷，基本功能无非是遮风避雨，是为了让我们更好地领略帐篷或房子之外的风景。说到底，它也不过是个壳，我们真正需要的，无非是让它们带给大家更幸福的生活，而并非是用它们去代替某种生活，也不是为了去标榜某种生活。

帐篷，其实就是一个流动的家。

带着帐篷走天涯，不仅仅可以让我们融入大自然，更多的，是让我们体验一种别样的生活与旅行方式；背着帐篷走天下，其实不过是在推崇一种更为简朴的生活方式，以一种更为朴素的方式去行走和感知世界、认知他人、认识自己，是人类自身的一种精神回归。

临时家园的外面，小旋风在一旁喊："姑姑，我屁屁痒。"

清醒问："怎么了？"

"不知道，就是痒"，小旋风回答道。

小旋风屁股周围红了一圈，不是上火就是发炎了。清醒有些犯难，这也没有药，怎么办呢？后来就找 YAOYAO 要了一些医用棉、纱布，在湖边给他洗了洗，然后用纱布扇风，来个自然风干。

笑笑、妞妞在旁边远远地看见了，然后开始笑："小旋风让姑姑洗屁屁。"

清醒怕小旋风不好意思，连忙打圆场："小女生不可以偷看哦。"

笑笑跟妞妞就"咯咯"笑着，走远了，这才解了小旋风的围。

因为小旋风没穿鞋子去湖边，清醒只得又将他背回帐篷，海拔太高，这体重仿佛增加了一倍，一到帐篷，清醒早已气喘吁吁。

太阳下山了，洗好的衣服还在湖边没有拿回来，清醒感觉来回一趟太累了，只好对小旋风说："姑姑要做饭了，你帮忙把湖边的衣服收回来，姑姑背你累了。"

通常情况下，小旋风都是耍赖不帮忙的，但是这次，等清醒做饭回头看的时候，衣服不但全部拿回来了，还整整齐齐晾好在帐篷外面，也不知道他哪里弄来的绳子。

吃过晚餐，暮色渐起，峰子与台钓依然未回营地，这地方要想找个人，实在是太难。万里荒原，手机，没信号；嗓门再大，抖落在原野里，不如一丝风声；漫天繁星，头灯的光亮还不如一粒萤火。

▼ 赛里木花海里的羊群。

他们出发时，太阳还在半空，这会太阳已经下山，天空都布满星星了，怎么还没有看到回来的人影呢。

大伙七嘴八舌地讨论着。

这两人在这荒原上，黑灯瞎火的，会不会碰上了一群牛羊，外加一个美丽的牧羊女；也有可能，正在跟土拨鼠亲切聊天；又担心会不会掉进湖里。有人去一试湖水，倒不是特别冰，说掉下去估计还能游上来，只是千万别游错方向了，不然水葬了；又有人说会不会遇到狼群，正在与狼共舞，那不是直接天葬了么。

笑笑在旁一听，着急了："爸爸不会真的给狼叼走了吧？"

薏米在旁边说："他们不会和小飞龙一样吧！"

小飞龙与大伙走失，是在一年前的喀拉峻大草原上。

喀拉峻，汉语意为"黑色莽原"，位于新疆天山腹地，它既不属于南疆，也不属于北疆。

喀拉峻，曾经是乌孙古国的夏宫，当我们穿过特克斯河谷，几番周折，才最终在朋友的帮助下，得以将车开进喀拉峻。喀拉峻大草原，是典型的新疆草原，雪山之下，是原始森林，森林脚下，是草原，草原之间，点缀着森林，因为喀拉峻刚处于开发前期，配套尚不完善。进了草原深处的一个集散中心，大伙分头去寻找住宿吃饭的地方，集散中心附近的毡房，均被告知人多房少肉已经没了。

绿豆素有探路的爱好与习惯，每到僧多粥少门难进的地方，总是有缘跟当地人走走聊聊，找到捷径。

于是与开车的张师傅一起，跟随一哈萨克小伙坐摩托车去很远的地方寻找吃饭露营的地方，这哈萨克小伙家的毡房还没搭建好，是当天从山下刚转场到山上。不过他家牧场，在草原的顶部，视野开阔，放眼四望，四面雪山环抱，绿草如茵，如一个空中大花园，难怪乌孙古国的夏宫，会选在这里。不过我们到的时候，刚好处在两个繁花期的空当里，黄色的蒲公英花已经开过，变成了白色的蒲公英伞朵；紫色的花才星星点点钻出草丛，显得那么寂

▼ 喀拉峻的早晨，天山从云雾中苏醒，牛羊与马儿沐浴在晨光中。

寥落寞。

起初薏米看到蒲公英伞，都要跑上去摘下来吹一番，后来铺天盖地的伞朵，让她再无兴趣；而道兄、甜甜与芽芽几个，开始看到草原上无数自由奔跑的马群羊群，都会兴奋地大喊。

后来却只剩下芽芽一个在那不时大喊："马马，你好！羊羊，你好！"

刚到哈萨克老乡的牧场，天空就渐渐沥沥下起了小雨，在雨中扎帐篷对新手来说可不是件愉快的事，得赶快抓紧时间才好。于是商量一番后，绿豆留下帮老乡搭建毡房准备晚饭，以便大伙到达营地后，能尽快吃上晚饭，而张师傅则随哈萨克小伙骑摩托车返回集散中心，去接应大部队。

刚把老乡的厨房帮忙搭好，大部队也已经上来会合。

大伙赶紧扯开一个外帐作为挡雨天幕，开始轮流扎帐。

英子担心帐篷漏水，或者是怕冷，总之特别想住老乡家的毡房，就和小朋友一起去毡房里避雨去了。只是那顶刚搭建好的毡房，估计是一个冬天没晒过，加上羊牛马的味道，没过几分钟，几个小朋友赶紧逃之夭夭，宁愿待在车上也不愿进毡房，薏米一边使劲扇着鼻子一边说："好大的味道，连饭也有毡房的味道！"

待到帐篷搭建得差不多，大伙总觉得哪里不对劲。

突然间发现，小飞龙不在，大伙赶紧到处寻找，未果。

就这样，小飞龙被丢了半天才被发现，罪过！

草原实在是太大，手机信号时断时续，小飞龙的手机也快没电了，找个人实在是太不容易。

好不容易联系上小飞龙，不过她自己也说不清楚自己在哪儿。哈萨克老乡家的男主人与小飞龙旁边的当地人通话后，说知道那地方，带我们去接。只是车没开多远，就因下雨打滑差点在草原上陷车，不得不原路返回。

于是峰子又与绿豆准备坐老乡家的摩托车一起去，老乡说下雨后，最多只能带一个人，不然很危险，说他一个人去接就行了。

小飞龙终于被找了回来，待遇如同乌孙国王摆驾夏宫，不但所有人集体接驾，连平时从不哄人的绿豆，也找着话题逗她乐。特别是峰子，自责了 N 次，因为他总是自愿与绿豆一起，为团队的所有事情操劳。

第二天，峰子还自费在老乡家预订了三公斤的手抓羊肉以及百来串羊肉串，当给小飞龙赔礼，吃得大家见到羊肉就躲。

所有小朋友也集体过来安慰小飞龙，毕竟，小飞龙是此行的儿童团团长，儿童没丢，把自己给丢了。

豆豆赶紧扯着芽芽过去："快给小飞龙说对不起。"

芽芽："为什么呀？"

豆豆："因为是我们把她给弄丢的。"

芽芽很委屈："不是我搞丢的！"

据小飞龙事后回忆：车停在集散中心时，看到绿豆与张师傅去找吃饭住宿的地方，她就去草原上方便，回来发现车已经启动，于是狂追猛喊却无一人听到。情急之下喊上一个骑摩托车的哈萨克帅哥，说追上前面那辆车，只是上了一个坡，前方路漫漫，车却没了踪影，于是她就一直顺着草原上的路追了下去，最后自己也不知道自己在哪儿了。

其实，大伙就在坡上的草原里，四周平坦开阔，稍微留意下就能看到，

▼ 喀拉峻草原上，自由自在的马群。

估计当时小飞龙太心急，根本没注意。

绿豆告诉薏米："在野外与队伍走散，最好的办法就是留在原地，找个安全的地方栖身，尽可能想法联系上队伍，等待救援。如果贸然四处寻找，很可能谁也找不到谁，而且很容易因为慌乱遭遇意外危险。"

第二天，从我们扎营的坡上边走边玩下去，也就十几分钟步行时间，就到了丢失小飞龙的地方。

大伙集体回忆，张师傅返回后，大家清点人数，只想着绿豆与张师傅离开了两人，没想起张师傅又返回车上。而清点人数时问有没有人不在，小朋友集体大声回答没有。

此后，每次上车出发都要清点人数，一问还有谁没来，所有小朋友看也不看，几乎都会异口同声回答"小飞龙"。

小飞龙归队后，在等待晚饭的时候，雨突然停了。

天空开始放晴，湛蓝的天空闪现，大团大团洁白的云朵飘过，无数的马群在大地上飞奔，羊群在草原上游荡，雪山从云层里跳将出来，有人大喊彩虹，定睛看去，一轮彩虹清晰地悬挂在草原之上。

彩虹那边，是横亘绵延的天山，顶部白雪皑皑，从银色的雪峰向下，是黛色的针叶林，针叶林向下，是碧绿的草原，高低起伏的山峦，如同铺上一层绿色的毛绒地毯，地毯上，不时点缀着一片一片的墨绿森林，以及星星点点白色的毡房。夕阳的余晖，温暖着大地，一头牛犊，在毡房边的围栏中，哞哞地呼唤着。薏米与芽芽两个，轻轻地抚摸着小牛的背，对小牛喃喃自语："我们都是好朋友，我们跟你一起玩！"

夜里，密密麻麻的星星，布满整个天空；苍茫的天山草原上，几盏浅浅的头灯，让绿的帐篷更绿，红的帐篷更红，映射出一片温暖的光芒。

次日一早，绿豆第一个钻出帐篷。营地对面，洁白的哈达云，在天山的腰上长长地围了一圈，天空风云变幻，在阳光挣脱云层洒落大地那一刻，整个喀拉峻，如一卷磅礴的山水画卷，尽情描绘着大自然的绮丽与瑰丽。

第二天，大伙纵马在喀拉峻深处。

越走，风景越美，绵延的草原没有尽头，大朵的云团恣意游走，前方不远处是耀眼的雪山，底下散落着成片的针叶林，偶尔划过上空的雄鹰，更增加了苍茫雄浑的美，让人一时不知身在何处。

此时的道兄忽然长舒一口气，说："唉，终于可以好好欣赏风景了！"

在小蒿的细问之下，才知草原上的牛粪马粪，给了他无比大的困扰。

"妈妈你看，那边是雪山，上边好多白云，你说那里是不是神仙住的地方？"

其实，道兄并不是外表显现的那般淡漠。在他的心里，这里的羊肉串与水果，实在太有诱惑力了。因为羊肉串是自己烤的，不用说肯定很香，而水果比杭州所有的水果都甜。他还告诉妈妈小蒿，自己二年级的课文里，就有写到新疆，写到新疆的葡萄沟，说课文里讲只要九月去，到处都是葡萄，而且主人会请大伙吃个够，说到这里，道兄的眼里，充满无限憧憬。

▼ 羊群如同溪流一样从喀拉峻流过。

在妈妈的眼里，绝美的风景、别样的风土人情，在道兄看来似乎与他在家里任何一个平常的一天毫无区别，因为他总是无动于衷。

小嵩总是认为冷漠的道兄，错过了一切，浪费了一段美好的旅行时光，什么收获也没有。

其实，在道兄的记忆里，他什么都没错过：在草地上打滚、用棒棒糖去喂土拨鼠、骑马走进原始森林、睡在草原上的帐篷里听风吹过、与薏米甜甜一起嬉戏、听芽芽吃饭不乖被豆豆教训，以及念念不忘的彩虹。

大伙在天山的怀抱里，逗留了好几天，才恋恋不舍，拔营，告别喀拉峻。告别喀拉峻的浮云、草地、雪山、森林、马群，这一别，一时，或者一世。

回望天山，我们的帐篷已经不在，只有牧民的毡房依然还在那里。或许，在很遥远的年代，我们都有一个游侠的梦想，或者剑客的归属，与这天山一起终老。

▼ 一场暴雨后，一轮彩虹挂在喀拉峻的天空。

很多时候，绿豆与芝麻都在想，如果能变成天山上的一株树，或者一根草，静静地站在那里，站在那里倾听风的声音；或者，成为一匹马，一只羊，自由地在这里驰骋，或者徜徉；或者，成为清贫而自由的牧人，放牧牛羊，或者放牧自己的身体，抑或灵魂。

那一定是件美好的事情。

所以，当峰子等人沉醉在喀拉峻的花草中时，绿豆与芝麻，说起了年保玉则，说起了青藏高原东部，那片无与伦比的花海，让大伙无比神往，在大伙的心头，种下了另一片壮观而美丽的风景。

从而，有了这次雨季的高原之旅。

远远地看到，很远的地方，貌似有灯光闪烁了几下，拿捏不准是峰子与台钓两个，还是之前在营地出现过的那个藏族小伙子，或者是划过天际的流星。

绿豆赶紧用车的大灯闪了三下，等待回应，结果半天没

▲ 薏米与甜甜在草原上走模特步玩。

▲ 眺望喀拉峻。

▲ 小飞龙在喀拉峻草原上，想要美丽，所以不怕冻人。

再见到灯光，又继续等待了一阵，绿豆决定与奔驰哥开车前去看看。大伙玩笑着，说不定是台钓他们与狼搏斗后，此刻正拖着被狼撕咬过的残躯往回爬，等待我们去救援呢！

车在荒原上蹦来跳去，看似平坦的草甸，因为动物、雨水和土拨鼠的共同作用，到处坑坑洼洼。扭来扭去，好一阵才绕过山坡，远远的，灯光里，看到两个人站在前方，正是台钓与峰子。

上了车，峰子一路讲述着探路的过程。

从湖这边看过去，只一两个弯就能到湖的转角，结果湖的边上，有无数看不到的弯。转完一个，又有一个，也不知道走了多远，反正走到太阳下山，星星升起，最后一片夜色苍茫，也没能走到看似不远的湖转角之处。

无奈只得掉头往回走，走了两个多小时后，两人都累得够呛。终于看到营地的灯光了，但仍是那么的遥远。

▲ 虽然是捡来的一把花，也不影响光影与小玲的浪漫。只是，我们从来不会乱摘乱采。

　　台钓的体力比峰子好点，走在峰子前头几步，两人就这样不弃不离地坚持着，只是草坡上的晚风吹过来，凉凉的，让人有点尿急的感觉。

　　一边走，台钓一边问峰子："今晚好像没听到狼叫？"

　　在这之前，在这次旅行的不同地方，大伙真的听到过好几次狼叫。

　　隔了一阵，走在前头的台钓突然回过头来说道："峰哥，我们一根登山杖，对付两头狼应该没问题吧"？

　　"应该没问题"，峰子随口应道。

　　只是尿意更浓了！

　　营地的三次闪烁信号灯光，让两个人真有点激动，立马用头灯回了三长两短的信号，并画了大大的一个圈。不过，估计是灯光亮度不够，或者距离太远，营地那边却一直没了反应。

　　失望的两人，不得不挣扎着继续上路。

　　过了一阵子，台钓又回过头问："峰哥，你还行吗？"

　　峰子心想："兄弟，这会，我不行也得行的，放弃也没法，反正你也不

▼ 一大早，帐篷边的哈萨克老人，骑着马，去查看放牧在草原上的羊群。

192

可能把我背回去。"

峰子的右脚跟腱炎有些年头了，好在去年在新疆夏塔古道发现自己还是很有潜力，这次又有了红石崖铺垫，所以尚能坚持。

两人一边走，一边有气无力讨论着要是没人发现他们，没人去接他们，还要走多久才能到营地的话题。

回到营地，一帮人赶紧递凳子，递水，递饭菜。

荒原里没有人烟，却散落着许多干牛粪，于是绿豆派小朋友去捡牛粪，准备来个夜间的牛粪篝火晚会。

夜间生火，既可以烤火，也可以吓阻那些企图利用夜色掩护，悄悄靠近我们的野生动物。

几个小朋友怕脏，相互推搡了半天，在清醒的带领下，终于鼓起勇气，捡了几袋子干牛粪。只是这干牛粪虽然能提供热能，却不会燃起明火，烟还特别大，高原上的风又是东西南北来回转向，结果一帮人都被熏得满身说不清楚的烟味，或者牛粪味，这下好了，估计肉食动物也不喜欢这味道了。

那边凤凰又开始了一天的聊天时间，她问笑笑到这里来有什么感受。

笑笑不假思索地回答："看到了最美的星空！"

隔了一会儿，她低低地说："妈妈，我觉得做什么事情都不要过度，比如放牧。"

大概，笑笑想起了沿途，因过度放牧而沙化的草原，一片死寂荒芜。

火堆边的麦田，把每一块牛粪都拿到手里掂量一下，再试试手感，大伙无比嫌弃。

麦田用抑扬顿挫的男中音，用在教室里给学生上课的标准普通话："恩，这个牛粪呢，不臭的啊！牛呢，吃的是草。啊，所以牛粪呢，都是青草的味道，啊，没有臭味的。烧牛粪呢，要用手试试看干了没。这样啊，才能充分燃烧。"

小旋风与妞妞在远离火堆的地方玩，高原的夜晚，天气清冷，怕两个小家伙感冒，YAOYAO去叫他们俩过来烤火，谁知道他俩竟冒出一句雷人的话："我们在谈心呢，别来打扰。"

大伙顿时无语。

清醒从车上拿来小马扎，奔驰哥则把他的陈年普洱拿了出来，大伙围着火堆，品着普洱，信马由缰的话题，开心的，伤感的，国内的，国外的；红红的牛粪火堆、璀璨的星空、苍茫的大地、寂静的湖泊，大伙就像一群相识多年的老朋友，无话不聊。

其实，很多人，相互之间，不过是第一次见面，而且才相识短短十几天。也许只有大自然，只有这样的荒原与旷野，才能让大家坦坦荡荡，胸无城府，毫不顾忌，自然而随性。

这样的情景，一年前，在新疆恰西的森林里，两年前，在云南罗平的油菜花海里，若干年前，在其他地方，也演绎过。虽然喝茶的人不同，茶的味道却一样，每个人的心境却一样。

都说茶如人生，或苦或甜、或浓或淡，都要去细细品味，雅俗皆有。在恰西的深夜里，顶着同样密密麻麻的繁星，听着虫鸣鸟叫与牛在森林中的哼哼，一盏清茶，淡淡的一丝香甜，柔柔的一缕心音，暖暖的一份真情。那份幽香，那份清醇，那份淡雅，与在都市的茶楼里品茶，是如此的不同，却又如此心静、心安、心清。

记得恰西那个夜晚，大伙品完茶，刚钻进帐篷不久，就听到雨点淅淅沥沥地打在帐篷上，发出滴滴答答的声音。

小飞龙与英子，在那说有雨声相伴入睡，也是件美妙的享受。

后来听到绿豆与峰子出帐查看，说她们的帐篷处于地势低洼区域，如果雨大可能被淹。于是两人开始担心起来，怕在熟睡中被冲走，虽然很困，却不敢入睡，听着雨点打在帐篷上的声音越来越急，越发焦虑。

最后，实在撑不住了，沉沉地睡去，等睁开眼睛时，天已大亮，雨早已停住。正在庆幸没被雨水冲走，帐篷也没进水，衣物也没湿掉，绿豆一句话，让两个人气不打一处来。

绿豆道："怎么可能会被冲走呢，我们的营地，从来没有被水冲刷过的痕迹，也不在河道边，更没有在坡下。我昨晚只是说你们的帐篷，刚好扎在牧民以前拉毡房时挖的排水沟上，如果雨大了，水会往你们那个方向来，帐篷下会积水！"

黄河源头，漫天繁星闪烁着缀满天穹，浩瀚的银河璀璨绚烂，浩淼的大湖映射着不眠的夜空。

此刻，小叶在那边忙着跟小Y学习拍星空，笑笑、妞妞、小旋风、薏米几个一起钻进了帐篷，在里面又玩开了游戏。

睡觉时，不甘心的YAOYAO，问妞妞："你们谈了些什么心啊？"

妞妞鄙视地对YAOYAO说："妈妈，我们谈的什么心，怎么能告诉你啊！"

清醒则被峰子台钓的探险故事给吓坏了，将帐篷移过来移过去，说是怕狼。最后，放在了大伙中间，她还是不放心，口里念念有词："小旋风，你那么小，咱们两个，要是来了狼，怎么办呢？怎么办呢？"

八月初，祖国大地的南方，到处一片酷热，这里的早晚，却还需要穿上冲锋衣。

探路不过瘾的台钓，第二天早上六点就爬起来。一个人沿着湖边散步，看那些清澈透底的湖水中，不知名的鱼儿在水草丛中穿梭游戏。

▼ 三江源的黄昏，湖水与长天一色。

突然，从头顶传来战机轰鸣的声音，吓得他紧握登山杖，扭头四下张望，心说不会就看了下水中的鱼，就派战机来轰炸自己吧。

定神一看，原来是两只巨大的鹰，正上下相伴，伸展着巨大的翅膀，从自己头顶急速滑翔俯冲下来，在面前的湖面上一掠而过。

台钓心脏怦怦直跳，好半天才缓过神来，有些气愤："兄弟，你们出来晨练，也不应这么调戏人吧！"

大伙都睡到自然醒，很少有人去关心时间，反正在这里，时间也没有意义。等所有人都钻出帐篷，视线内依然一片空寂。

小旋风和清醒则一脸不知道是错愕还是惊喜的表情，述说昨晚真有动物撞击他们的帐篷。

时间尚早，绿豆和峰子、奔驰再次驱车，去寻找传说中的大湖。当年松赞干布迎娶文成公主的迎亲滩，在这莽莽荒原上，更是无迹可寻。或许，身边的每一个草滩，都有成为传说中心的可能。

湖汊里，无数或白或黑或灰的水鸟，大的小的或站或卧，有的在湖边休息，有的在水面嬉戏，或者从空中俯冲下去抓鱼。原谅我们贫乏的动物知识，只认识斑头雁、天鹅，还有一种黑黑的貌似野生鸬鹚。

看到人走近，所有的鸟，才不慌不忙起身，不情愿地挪进湖水里。

几个土拨鼠家族，正在山坡上惬意地晒着太阳。

看到车辆靠近，都直立起身子，发出尖锐的呼叫警报，于是周边所有的土拨鼠，都站立起来，打量着我们。

奔驰哥来了一句正宗广东普通话："类好！"

土拨鼠一动不动望着他，估计没去过广东，听不懂。

峰子又来了一句"哈喽"。

土拨鼠把头转来转去，估计在琢磨这是啥意思。

人与土拨鼠，就这样相互对峙。

好一阵，土拨鼠大概感觉这群人实在无聊，也无敌意。这样的对峙，无疑是在浪费它们的时间和精力，除了一只继续警戒外，其余的都趴在石头上晒开了太阳，懒得理会大伙。

走过草甸，绕过湖汊，翻过山梁，下了长坡，有蓝色水面隐约，有狐狸飞快地蹿向山坡。

湖，终于出现。湖边散落着被狼啃噬过的动物头、骨架，天空蓝得炫目，湖水蓝得发黑。

徒步穿过一片水洼地，爬上土坡，大湖扑面而来，巨大的浪一层一层，拍打着湖岸，发出沉闷的声响，湖也望不到边，水也看不到底，这哪是湖，分明是海！

站在湖边，惊涛拍岸，却似乎一片宁静。

回望，一台孤独的车，几根被狼啃噬而散落的骨头，这里是三江的源头，是松赞干布迎娶文成公主的地方，是英雄格萨尔的故土，是珠姆父亲嘉洛的寄魂湖。

回到营地，给大伙描绘大湖的景象，所有的人都充满了深深的向往，都渴望继续待在这安静的地方。只是因为这里离城镇太过遥远，食物不多，给养不够，附近又无人烟，只得无奈撤离。

这里，是天上的玛多，是中国的水塔；这里，是三江的源头，是中国的血管。

▼ 湖边的两个身影，成了两道剪影，为苍茫辽阔的大地，增添了一分灵动。

4.2

白纳沟前新玉树，
涅槃重生的百户部落

这么多天，一直在长江与黄河的分水岭之间来回穿梭，翻巴颜喀拉山，终于彻底告别了黄河水系。

过通天河，路边的山崖上刻着"晒经台"几个字。

听说是《西游记》里唐僧取经路过的地方，孩子们兴奋极了，在河边跑来跑去，芽芽与薏米一人还抱起一块刻满经文的石头，说这个是不是就是唐僧晒的经书啊。然后几个孩子你一嘴我一嘴，一会儿问孙悟空在哪儿，一会儿问大龟在哪儿，一会儿问唐僧在哪儿，问得大人一个个沮丧不已，早知道应该不说这什么《西游记》。

沿河谷前行，很快到达结古镇，从万里荒原重新进到都市，大伙如同重回人间。

新建的玉树，显得格外小清新。只有路边一栋残破的房子，留下来做了纪念遗址，才能看到地震给这个小城带来的创伤。

上天总是关照热爱生活的人，总是眷顾喜欢旅行的人。在扎尕那碰到男人节，一进玉树又刚巧遇到赛马节。

这也是玉树大地震之后的第一次赛马节，至地震以来，中间已经停赛了好几年。

小小的玉树城，挤满了整个康藏地区及周边赶来的赛马人，以及无数看

▲ 通天河。

热闹的围观者。

在饭馆老板的指点下，第二天一早，大伙就赶往巴塘河边的赛马场。赛马场上，早已人山人海，毕竟，这也算是康巴汉子一次难得的展示马背技艺的好时机。

在康巴藏区有句谚语："印度国王是通过宗教仪式选的，岭国国王是通过赛马选的。"这些格萨尔的后代，这些岭国臣民的后裔，每个人的血脉里，都澎湃着格萨尔赛马称王的激情。

其实这"玉树"一词，直到近代才频繁出现在地图上，意为"遗址"。

在清朝时期，玉树土司不过是囊谦千户属下的一个百户部落，但由于其驻牧之地，处于青海通往西藏的必经之路，为往来的朝廷官员所熟知。久而久之，官场上只知道玉树，却忽略了囊谦才是这一地区众多部族的头领和总称的事实。

及至后来，竟以"玉树"之称替换囊谦，而囊谦则成为一个局部的名称。

时至今日，在当地牧民口中，仍保持一个习惯说法："族系二十五，头领囊谦王。"

◀ 马背上驰骋的康
巴孩子。

◀ 玉树的康巴
赛马节。

因为这里，曾经是霍尔部落分离出来的二十五个部族的领地。

"囊谦"意为"内大相"，是吐蕃时期的官职名称。传说囊谦王的先祖，是从四川康定折多山一带迁入玉树南部的，据说其祖先中有人曾担任过内地某王朝的内大臣，为纪念祖先的荣耀，遂以"囊谦"作为部落名称，此后逐步扩大势力范围。

囊谦部落的面积之大，为玉树地区众部落之首位。第一世囊谦土司王与勒巴尕布，在今天的香达镇西面兴建了根蚌寺，这是整个玉树地区最早的寺院。清雍正二年（1724 年），云南提督郝玉麟奉命在察木多（今昌都）招抚囊谦部时，将玉树地区的三十五个部落集合在一起，委任第十八代囊谦王多杰才旺为各部落的总头人。后朝廷又授予多杰才旺千户长称号，下辖玉树等百户部落，千百户制度也一直保留至 1958 年才被废除。

玉树赛马场，是已经废弃的军马场，也是曾经的机场停机坪。坝子里挤满了人，无数标准的康巴汉子与美女。赛手们也散落在赛场上，有的在草场上遛马，有的正在给马梳洗，有的正在交头接耳讨论战术，有的若有所思晒着太阳。

一位开着警车巡视的警察，应该是当地警局的领导，看我们清一色的服装，大概认为我们是哪个媒体的，主动让我们去赛场中间拍摄。大伙也兴冲冲跑去赛场中间，拍了一阵，发现还不如外围角度好，于是又跑了出去。

这看赛马，对大多数人来说，其实就是看热闹。马背上的赛手，五花八门，老的少的，有的还是八九岁的孩子，有的身着民族服装，有的留着马尾长辫；马也被各自的主人打扮得五彩缤纷，有的把鬃毛扎成一根朝天的麻花鞭，有的把马尾编织得奇形怪状。

一声枪响，比赛开始，所有的马争先恐后。一时之间，赛场上尘土飞扬，马儿飞鸟般从我们面前掠过，不一会儿就急驰到了赛场的另一端。

远远看去，那些马儿好似在云雾中飞翔。

一圈下来，这一组比赛的马儿早已分化成几个梯队。一匹黑色的骏马与它年轻的主人一直冲刺在前，另外几匹异常矫健的马儿组成了第二梯队，其余的则远远被抛在了后面。两圈之后，比赛队伍首尾相接，不仔细看或刚赶来的人，根本不知道这些赛马谁在前谁在后。

围观的人群纷纷为这些选手鼓劲助威，掌声、口哨声、加油声、呼喊声，一时之间响彻草原。

比赛进行到中间，有的马儿体力不支，渐渐掉队，在主人的催促下又奋起直追；也有的赛手直接掉落马背，马儿裹挟在一群争先恐后的马群里，浑然不觉继续狂奔。

每个马背上的赛手，都恨不得把自己的身体提起来，好为马儿减轻重量。相对于第一名，即便第二名差之毫厘，也常常被人们忽略不计，相对于获胜选手得到的丰厚奖品，人们更看重的，是第一名的荣耀。在早年的草原赛马会上，最后一名也会有"奖品"——据说是一串马粪，马的主人也被众人戏称为"捡马粪的"。

赛场边上，盛装的藏族美女，被奔驰哥等一帮人包围了起来。蜜蜡、玛瑙、琥珀、天珠，全身披挂得满满当当，看得这帮人个个眼冒绿光，恨不得赶紧打劫一番，把那满身的宝石据为己有。

高原的紫外线实在太厉害，加上坝子里也没一棵树，找不到地方可藏，晒得人发蒙。

打道回府，决定先回城里吃饭睡觉，下午再接着来看骑牦牛大赛。

据说这骑牦牛大赛非常精彩，其精彩之处当然不是牦牛跑得快，而是看点与笑点十足。这些看似笨拙憨厚的牦牛，平常都生活在高山上的牧场里，懒散惯了，既没经过什么训练，也很少见到黑压压的人群，当然更没进过城逛过街见过什么大场面，初来乍到，怯场肯定是难免的，这一怯场，必定喜欢躲躲闪闪，压根就不往那赛道上去。于是乎，有的旁门斜走，有的踌躇不前，有的原地转圈，有的干脆掉头往草原深处去了，还有的不耐烦直接把主人给抛下牛背。

吃过午饭，小叶又满城找邮局盖邮戳去了，小叶随身带着一个小本子，走到哪里，就去找邮局盖一邮戳。从出发开始就一路盖下来的邮戳，已经密

▲ 海拔4800多米的巴颜喀拉山口, 薏米正与风刮起的经幡比高低。

▲ 薏米在装模做样教大家认藏族文字。

▲ 与藏族老奶奶坐在一起的芽芽。

密麻麻挤满了一大本, 他在用他的方式, 来纪念自己的旅行, 纪念自己走过的路。

这一路走来, 小叶总是尽心尽责地扮演好副团长的角色, 时刻不忘记照看着比他小的弟弟妹妹们。虽然话语不多, 但考虑事情却非常周到。其实在家里, 他可是奔驰哥唯一的儿子, 所以也是受大家宠爱最多的一个。

而现在, 在路上, 他已经开始改变着角色, 尝试着学会去关照比自己更小的小伙伴们。

下午一觉醒来, 大伙紧赶慢赶, 结果还没到赛场, 发现浩浩荡荡的车队已经在开始撤离。

一问之下得知, 这赛牦牛, 就一花絮, 不用耗费多少时间; 因为太阳过大, 所有的人被晒得快快的, 也没按规定时间进行赛事, 都盼着早点赛完早点收工, 所以就提前开赛了。

没辙, 大伙只好悻悻掉头, 往文成公主庙而去。

文成公主庙, 又称大日如来佛堂, 位于白纳沟中, 始建于唐代。相传, 文成公主与松赞干布在扎陵湖会面之后, 一路向南, 走的线路与我们一样, 翻越巴颜喀拉山, 跨过通天河, 到达白纳沟。

在一千三百多年前，骑马走路的人们，可不如今天这样轻松，能平安顺利翻越高峻苍莽的巴颜喀拉山，渡过激流滚滚的通天河，是非常不容易的事，所以文成公主认为有神佛相助。在这白纳沟里停顿歇息时，就吩咐手下人勒石造像，后各方僧众陆续前来朝拜，认为文成公主是佛的化身，使这里逐渐成为远近闻名的一方圣地。

狭窄险峻的峡谷里，一座小小的寺院坐落其间。庙门旁，一块不大的石碑，用古藏文简略地记载修建文成公主庙的缘由和大体时间，有僧人告知我们，碑文大意是：为了祝愿万民众生，赤迭祖赞父子幸福平安，祝愿佛教昌盛繁荣，依照佛中年时的容貌和体形，依岩壁雕刻佛像，修建此庙。

走进卵石铺地的小院，院左侧是手持钢刀、身披盔甲、体魄雄壮、面目威严的武将；右侧是身着戎装、头戴禅帽的骑虎勇士；影壁上面，有飘飘欲飞的骑鹤仙子。

小院正面，紧靠岩壁是三层高、土筑石砌的藏式平顶建筑。而这，就是这座庙宇唯一的建筑——公主庙堂。庙堂并不大，但站在狭小的天井里仰望，庙堂却显得雄伟高大，颇为壮观。这大概得益于其巧妙的设计与奇特的造型，使整个寺庙别具一格。寺庙顶部的石缝里，一棵老态龙钟的古柏树，挺立在岩崖之上，仿佛是盖在寺庙上的一把巨大华盖。

薏米一进大门，就到处找文成公主塑像，一个劲要去看公主。

推开庙门，进入室内，是三间高敞幽深的殿堂。堂前两根巨大的方柱，直撑庙顶，另两根巨柱，支撑着浮雕佛像下的莲花宝座。初来乍到的大伙，见如此高大的庙宇，仅靠两根方柱支撑，大为惊叹，细看之下，才发觉内有乾坤，原来还有几根方柱，巧妙地嵌在庙堂的墙壁内，不注意根本看不出来。

薏米看到山壁上的巨幅雕塑，一下就安静了下来。一个喇嘛，正用藏语向信众解说，虽然听不懂，可薏米却依然挤在最里面，抬着小小的脑袋，安静地站在喇嘛脚下，听着喇嘛的解说。

与外界传说不同，在玉树本地人的故事里，据说文成公主在白纳沟生下一子,但是孩子出生后不久便去世了,公主非常伤心,便在此地建寺超度亡灵。

不管如何,这白纳沟是文成公主远嫁途中,停留时间最长的地方,却是不争的事实。而且在这里,文成公主还教会了藏族百姓开垦、种植、纺织等等来自中原的先进技术,据说在文成公主庙对面的山上,至今还保存着当年开垦的玉树第一垄田埂。

当时,文成公主还亲笔在佛像右侧的岩石壁上,用汉字书写了十六行《普贤菩萨行愿品》颂词,而古藏文的发明者吞弥桑布扎,则在左侧写了同样内容的藏文。于是后人照公主的做法,在岩崖上凿刻佛像和经文,久而久之,这白纳沟许多岩石与石头上,都被人们刻上佛像与经文,成为当地远近闻名的胜景。

若干年后,大唐帝国的金成公主,亦由此循着文成公主的足迹,再度走上和亲之路,远嫁土蕃。

大殿正上方的岩壁上,浮雕有九尊巨幅佛像。莲花座正中,一尊高约七八米的主佛像栩栩如生,佛像头戴朝冠,两耳佩有垂至两腮的金环,身着唐代盛装,双手自然交叉,垂放腹前,双腿盘坐,佛面五官端正,眉目清秀。

浮雕的佛像,依山就势,安排巧妙;人物造型大方,体态丰满婀娜,室内青烟袅袅,给人一种飘飘欲飞之感。不少人揣度,这主佛,就是根据文成公主的相貌开凿雕塑而成,只是一千多年的时光,数千公里的路途,在关山重重的唐代,文成公主究竟长什么样,今天的我们,谁也无法知晓。

这不由得让大伙想起了历史上,那些曾经特别有名的和亲美女:细君公主、王昭君、解忧公主……

每一个名字背后,都是一个风云变幻的时代,都有一段波澜壮阔的历史,虽然,这些女子的和亲之路,留下了无数伤心与眼泪,却为民族的融合、文化的沟通与交流,留下了一段无法忘却的追忆。

相对于一千多年前的艰难跋涉,我们一路的风餐露宿,又算得了什么?唐蕃古道那端的拉萨,虽然遥远,但我们岂能轻言放弃?

何言自轻? 何言退却?

等到喇嘛讲解完，开始给信众摸顶时，薏米又赶紧溜开，沿着墙壁开始看墙上的壁画去了。

而壁画的内容，描绘的正是当年文成公主进藏路过此地，当地藏族头人与民众隆重欢迎的场景；而壁画中，还有山神砍树清道，龙王现世迎驾的传说。

出了文成公主庙，天色尚早，大伙又奔新寨玛尼堆而去。

新寨玛尼堆，位于嘉那玛尼石经城，俗称嘉那玛尼。据说整个石经城的经石，已达20亿块之多，这些经石大小不一，形状各异，大的如同桌面，小的仅如鸡蛋。宏伟的石经城，一出现在大伙面前，就带给大伙深深的震撼。

嘉那玛尼石经城，始于公元1700年前后，由藏传佛教高僧嘉那道丁桑秋帕永（又名嘉那活佛）创建。据有关史料记载，嘉那活佛是康巴人，曾修行在峨眉山和五台山，后周游并朝拜藏区各圣地。

▼ 石经城。

206

两百多年前的某一天，他来到新寨村时，发现了自然显现六字真经的一块玛尼石，遂以此为缘，住在这里，同僧俗群众一起，刻凿玛尼石度过了一生。

在新中国成立初期，玛尼石堆就已经形成了东西长四百五十米、南北宽一百米、高三米的规模宏大的玛尼石经城，有二十五亿块经石，并建有佛堂及佛塔、大经轮堂等建筑，后因种种原因遭到破坏。玛尼在佛经中解释为观音菩萨六字真经，六字代表解度六道众生、破除六种烦恼、修六般若行、获得六种佛身、生出六种智慧等殊胜功德。

几条流浪狗，懒洋洋躺在石经城前的阳光里，旁若无人地晒着太阳。芽芽与薏米，围着几条狗转来转去。

现在玛尼石堆，几经毁坏，但依然留下了东西长近三百米、南北宽约八十米、高两到三米、有二十多亿块玛尼石的庞大石经城。同时这里还有一座大转经堂、一座佛堂、十个大转经筒、三百多个小转经筒、十几座佛塔。

石经城的佛堂内，还供奉着创建石经城的第一世嘉那活佛塑像和自显玛尼石块。

小朋友们都跟在大人身后，故作虔诚地一起转经。佛像前的酥油灯吸引了笑笑。笑笑要上去点，凤凰笑着问："你有没有虔诚的信仰？"

听凤凰这一说，笑笑气冲冲地说："我去实现我的信仰去！"

走了几步，她又回过头，问凤凰："我可以不要磕长头吧？"

然后一个人转玛尼堆去了。

薏米在一边转一边念着"唵嘛呢呗咪吽"。

在几块巨大的玛尼石前，薏米找来一根小棍子："我现在是老师，你们要跟我读！"

然后指着玛尼石上的藏文"唵嘛呢呗咪吽"乱念一气，回头对芝麻与绿豆说："你们跟着老师一起来读啊，快点！"

其实，那些张牙舞爪的藏文，她压根就不认识哪个字该读"唵"哪个字读"吽"。

第 **5** 章

藏东北的生死路

20世纪60年代前的藏北，盗匪猖獗，偷盗抢劫成为一种风气，尤以丁青、巴青、索县一带为盛。这首《强盗歌》，则成为这片大地的最好注解。

"我虽不是喇嘛和头人，谁的宝座都想去坐坐；我虽不是高飞大鹏鸟，四方高山都想落落脚。我强盗从不去找靠山，双角长枪为我壮了胆；我强盗是没有帮手的，快马快刀是我好伙伴。我强盗从不愿拜头人，高高蓝天是我的主宰；我强盗从不去点香火，太阳月亮是我的神佛……

◀ 藏东北的大地，厚实而凝重，高原的辽阔与山地的雄浑纠缠在一起，为这片大地增添了另一份魅力。摄影：小Y。

5.1

大台地上的《强盗歌》，
泥石流中的生死瞬间

离开玉树，继续向南进发，又重新进入荒原。从玉树到囊谦再到类乌齐，一路高山峡谷，风景自不必言说。

只是大家都有了审美疲劳，貌似江南的山林，媲美扎尕那的高山，清澈的溪流，绿草如茵的牧场，成群的牛羊，无处不在的寺庙，似乎失去了鲜活与灵动。

倒是豆豆买来醒神的酸石榴，着实给大家提了一把神。

麦田跟台钓聊什么时候去云南，正聊得好起劲。突然，对讲机里传来绿豆的声音："大家困不困？这里有石榴吃，可以提神的哈！"

于是每个车上发了半个石榴。二号车上的麦田剥了几粒丢进口里，说："味道不错！"

然后传给 YAOYAO，YAOYAO 也剥了几粒放进嘴里，然后又忙不迭地吐了出来，眉头一下皱得可以夹死蚊子，她把石榴递给笑笑与妞妞，谁知两个孩子坚决不肯上当！

绿豆又在对讲机问大家："同志们，石榴味道怎么样啊？"

小旋风在另一台对讲机里抢着说："酸！好像还有一些咸！"

这时，麦田解释道："这个石榴呢，是比较酸的啊，还是绿豆帮主有先见之明。啊，这个石榴呢，确实是有提神的作用啊。至于小旋风觉得咸呢，

▲ 高原上，不知名的野花随处可见。

是因为小旋风刚才小便，啊，手上留有盐分。所以，啊，就会觉得比较咸一些。"

然后，小旋风所在的四号车，集体沉默了。

从玉树出发，一直到青藏交界，新修好的柏油路，尚未来得及画线，就给我们遇到了，一路平平整整，一路南行。看那山势巍峨雄奇，看那峡谷曲折迂回，好多地方，阳光都无法投身地面，常常令人担心前方无路可寻，于是每个人都在感叹自己人品好，运气好。

二号车上的人，看到这高峻的峡谷，都在热烈地讨论："这地方不错，一夫当关万夫莫开！"

YAOYAO 说："要在这里，当个山大王，也不错，估计难以攻下！"

麦田怪笑回应："啊，不错不错，当个山大王，再抢几个美女当压寨夫人，然后，此山是我开，此树是我栽，人生圆满啊。"

台钓接腔："那我们一人抢一天的来，看谁的运气好！"

看来，每个男人心中，都有一个山大王的梦啊。

历史的风云变幻，藏北大地的本来面目早已模糊不清，但台钓与麦田大概不会想到，脚下这片土地，依旧蔓延着岁月与历史从未枯萎的根。

"母亲姨母告诉我，不要去那高山上；要是不到高山上，哪能明白世界的模样。父亲叔叔告诉我，不能和强盗交往；要是不同强盗交往，怎能得到世间宝藏。"20世纪60年代前的藏北，盗匪猖獗，偷盗抢劫成为一种风气，尤以丁青、巴青、索县一带为盛。这首《强盗歌》，则成为这片大地的最好注解。

那些大盗往往与部落头人素有瓜葛，有权有势，有社会地位，他们是些传奇人物，牧人们对他们充满敬畏，并对本部落的大盗引以为荣，于是藏北长期处于强盗英雄崇拜时代。至今人们仍津津乐道那些著名匪首的事迹，还在传唱《强盗歌》，流露出钦羡神情。

"我虽不是喇嘛和头人，谁的宝座都想去坐坐；我虽不是高飞大鹏鸟，四方高山都想落落脚。我强盗从不去找靠山，双角长枪为我壮了胆；我强盗是没有帮手的，快马快刀是我好伙伴。我强盗从不愿拜头人，高高蓝天是我的主宰；我强盗从不去点香火，太阳月亮是我的神佛……当年我强盗远走他乡，只有单骑单枪独一人；今天我强盗返回故乡，赶回牛羊千千万万只。当年我强盗远走他乡，单骑单枪一人往北行；今天我强盗返回故乡，我主仆总共十八个人……"

每一个游牧民族，都深藏着一颗仗剑天涯的雄心与四海为家的豪情，三十九族的后裔也同样如此，虽然他们皈依了劝人向善的佛教，内心深处却并未归于沉寂。对格萨尔赫赫武功的歌颂传扬，对绿林英雄的赞赏钦羡，有时还能形成一股巨大的情绪漩流，直到找到一道情绪宣泄的出口。

这些以打劫为荣耀的历史，直到20世纪60年代，才逐渐被解放军终止。在绿豆与芝麻看来，这样的故事随时都可能会重新演绎，又或者，这些故事从来就未曾停滞，如此的场景，很容易将我们带进故事。

凤凰与YAOYAO，直直地看着眉飞色舞的两个男人。

两人一看车内气氛不对，连忙说："压寨夫人啊，纯属口误！我们老了，要到这里来隐居，钓钓鱼，爬爬山。你们俩老了，反正会跟着笑笑和姐姐，再就业上岗的，我们俩也有个伴，这个地方，山好水好，适合隐居。"

只是，兄弟们，这崇山峻岭的，它会有鱼么！

一出类乌齐县城，这路果然不同凡响。

弹坑、水洼，速度立马降到了三十迈以下。即便这样，一会颠起来头撞到车顶，一会人给摔个屁股生疼，一会人全部滑到左边，一会又甩到右边。

芝麻与豆豆两个给颠得云里雾里，薏米与芽芽倒是开心，不断尖叫"哇，坐摇摇车咯"、"再来一次吧"。

继续前进，进峡谷，上山、下坡，进入藏东的峡谷与群山之中，速度变成了二十甚至不到十迈。虽然沿途风光依然艳丽，但此时大伙已没了看风景的心情，只想早点赶到目的地安顿歇息。

当天的目的地，是丁青。

丁青，藏语意为"大台地"，古称"琼布"。这里属于藏北草原向横断山脉的过渡地带。传说元朝忽必烈的子孙中，曾有七人从蒙古前往萨迦，途经强雄时迷了路，人困马乏，干粮也吃尽了。正在这时，只见两只猎犬追赶着大小三只鹿，向强曲河边跑来，七人一齐上前，终于猎到了一只鹿。

欢喜之余，就在珠露滩支灶煮肉饱餐了一顿。看到强曲汇入索河的三角地带有一座矮山，刚好就在那儿留有一个豁口，真有点"一夫当关，万夫莫开"的气势。于是七人就商量不再西行，将结沙（首府）定在河对岸的"哈则"，并定名为哈则宗。

从 14 世纪初开始，蒙古人古润乌伦台吉统治了霍尔德地区，成为第一代霍尔王。到明朝时，这里依然属于蒙古王东宫武藏统治，只是最鼎盛时期的六十个部落，有二十五个早被朝廷划分给了青海那边，就是囊谦王所统辖的那些部族的一部分。

余下的三十五个，随着人口的增加分化，又逐渐繁衍成为四十二个部落。东宫武藏死后，他的妻子为获得日渐强大的拉萨政教合一噶厦政权的支持与庇护，将索宗地区的三个部落献给五世达赖喇嘛，从而只剩下三十九个部落。

藏族人习惯把蒙古人称为霍尔，一个部落又被称为一族，于是这片地区就被统称为霍尔三十九族。清代中后期，三十九族统归清朝驻藏大臣直接管辖，分设"千户"、"百户"。辛亥革命后，取消了驻藏大臣，后来藏军打败并赶走了驻守于此的川军，这里又变为西藏噶厦政府统治，而当年随川军进剿西藏叛军的"湘西王"陈渠珍，正是沿我们脚下这条道路进军的。

数百年的征战、厮杀、反抗、血洗，与沉寂岁月相交替，一幕幕历史大剧惊心动魄。这片群山环绕的藏东北大地，往昔遗痕虽已不再；但彪悍与隐忍，依旧隐约翱翔于天际。

正前方，乌云遮天蔽日，想必是暴雨正在袭来。这要是下了雨，路就更折磨人了，而且行路的安全也让人担忧。每个人都在嘀咕，这雨，千万别在这个时候下。

车队开始翻一座山，渐渐进入雨云里。最开始，有淅淅沥沥小雨开始洒落，坡上的水沟里，有泥浆水激流而下，绿豆心里不禁担忧，看样子山顶的雨一定不小。

一边前进，一边看到路边挖开的土坡，随着雨水的冲刷，已经开始一块一块崩塌，绿豆赶紧在对讲里呼叫后面的车辆跟紧，抓紧通过正在塌方的路段。

路被挖得七零八落，基本只容一车通行。靠悬崖一边，倾覆着松软的堆积渣土，已经成泥糊状，谁也不敢靠近，稍不留神就会连车一起坠落山崖；而靠里面一侧，被大大小小的车碾压得如同灌满水泥的战壕，车只能骑在两条高出许多的土肩上走，这一不小心车轮滑进壕沟，就彻底托底搁浅，每辆车都小心翼翼。

屋漏偏逢夜雨，在一陡坡的弯道处，仅一车之宽的山道上，一辆挖掘机翻倒在地，把一段用来会车的斜坡给完全占据了。

路边，只剩下靠悬崖一边的一个临时陡坡，坡度极大，峰子驾驶的是头车，望望从山顶轰隆而来的大货车，不由心头一紧，要是被堵在这里，前不着村后不着店，四周又无人烟，估计就不是几小时的问题。

峰子看了看前面的陡坡，将挡位挂在低速挡，踩紧油门，车低沉地闷哼着，蜗行似的攀爬，终于吊着最后一丝气，上了坡顶；台钓他们的第二辆车一看这费劲的坡，直接下去两个人，将车倒退了几米，一鼓作气也冲上了坡；奔驰哥他们的第三车，也下了几个人，只是快到坡顶，生生给溜了回去。看着前方越来越近的大货车，每个人都急得如同热锅上的蚂蚁，一边在对讲里使劲喊奔驰哥抓紧爬坡，一边开着车赶紧往前走去找会车的地方，结果这一会车，刚提醒大货车下面翻车，请他等下面的车先上来时，大货车已猴急般冲了下去。

那边奔驰哥的车一溜下去，后面一辆小车迫不及待插过来，抢着要冲坡，结果连试两次都不成功，第三次尚未起步，上面的大货车已到坡顶，整个道路堵了个严严实实。

坡下的小车后面，又堵上了大货车，大货车后面又是弯道。这下完蛋，都走不了，僵持一会儿，所有车的司机都下车察看路基情况。集体磋商的结果，是坡上的大货车往后倒，争取给小车让出一个位置，于是大货车轰鸣着嘎吱嘎吱在坡上蠕动。

▼ 群山的怀抱里，青青的绿草，到处是天然的牧场，成群的牦牛徜徉其间。

好不容易，最后一台车归队，这一折腾，耽误了将近三十分钟。

暮色渐起，前方遥遥无望，好不容易翻过垭口，雨倒是已经下过了，只是雨后的路，更加难走。

一路继续下坡，进入一个峡谷，半途还没来得及出峡谷，前方正在施工的挖掘机已经开始作业。而我们很不幸地晚来一步，要等待下一拨放行，这一等，就不知道要等多长时间了。

于是一群人在河谷里，一边担心天边的乌云还不会继续糟蹋这路，一边无奈地望着山坡上，希望挖石掘土的几台挖掘机能快点结束作业，挡在路上的推土机能尽快推平路上的土石，好让我们过去。

饥肠辘辘百无聊赖，大伙开始梦想晚上要点一个什么样的豪华大餐来犒劳自己。

薏米跑到凤凰面前："凤凰阿姨，我要吃肉！我要吃肉！"

凤凰说现在没有肉怎么办？芽芽、笑笑、妞妞、小旋风也跟着叫起来。接着，大家开始讨论，是直接去抓头羊来做烤全羊，还是找头牦牛割点后腿肉炒着吃的话题。

清醒嚷嚷着要将工具搬下车，来个路边野炊。凤凰突然想起出发之前，自己还采购了一些榨菜等熟食，还有一罐子花生米，于是赶紧翻出来，大家分而食之。笑笑发出感叹："这是我吃过最好吃的美食！"

这一路的艰辛，小朋友们个个都表现得非常棒。没有一个叫苦，也没有一个叫累，更没有人抱怨。

这会儿虽然只是一点点零食塞了下牙缝，但又继续开始热闹了，又开始唱啊，笑啊，搞个不停，一个个无比的乐观，很多时候也不知道他们几个凑到一起，叽里咕噜在搞什么。

大人则开始做着白日梦神经病一样，在河边幻想着隔空点菜。有点小炒肉的，有点炖羊肉的，有点烤肉串的，有点大盘鸡的，最后小Y点了两道最大气磅礴无与伦比惨绝人寰雄霸天下前无古人绝无仅有的"名菜"：肉丝炒肉片、肉片包肉丝！

大伙一瞬间就被土豪 Y 彻底打败了，好吧，这两道菜足够了，土豪的菜谱，果然不同凡响！

河谷对岸，隐约有"噢……嗬嗬……"之声在大山深处回荡。

藏东北高山峡谷，沟壑纵横，溜索曾经是这里主要的交通方式，以前经常能见到横跨江面或山谷的溜索，当地人从溜索上来往飞驰于半空里，让外人心惊胆战。如今大交通的改善，已经很难再见到此种情形，唯人声的召唤，依然保留着。

砍柴、赶路、放牧牛羊时，为了恐吓野兽，与外部联系，或仅仅为了听取远方的回声，便高声呼唤。

"噢……嗬嗬……"之声，衬托出大山的巍峨，峡谷的幽深，人类的渺小，这吆喝之声，便成为藏东北深山峡谷里的一首永恒歌谣。

好不容易，等待路面放行，天已近黄昏。

▼ 充足的雨水，将这片土地滋润得格外清新。牧场上，野花四处盛开。

赶紧继续上路前行，愈往前，峡谷愈发高峻狭窄，只留下一丝天空的亮光在高空隐约。估计下午看到的那团乌云，全部堆积在这峡谷上空，毫不留情地将这里蹂躏了一通。此刻的路，变得一塌糊涂，巨大的泥浆坑，深深的壕沟，湿滑泥泞的路面，车轮压在路肩走更困难，经常滑下路肩，不是托底，就是剐蹭保险杠。

很快进入最狭窄一段河谷，如同大地裂开的一丝缝隙。前方，已经能看到大片的天空，出了这峡谷，地势应该就开阔了。

狭窄的河谷里，稀烂的路与张狂的河相互纠缠。

洪流滚滚的湍急河道里，雨后的洪水，血红血红，正在峡谷里咆哮肆虐，一会儿冲在山崖上猛地掉头扑向对面，一会儿冲上路面使劲啃食脆弱的路基；脆弱的地质条件，被挖松的山体，因为雨水的浸泡，开始蠕动。如碗似盆的石头，不时滚落路面，有的滚入壕沟，砸出一片泥浆飞溅；有的直冲河中，激起几米高的水花；有的突兀立在路面上，面目狰狞望着我们的车。

绿豆在副驾位置，紧张地观察着四周情况，峰子小心翼翼驾驶着一号车，在石头与水坑、泥浆与壕沟间绕来绕去。

突然，峰子与绿豆几乎同时发现，右侧整个山体正在下滑。站立的树木开始倾覆，泥土裹挟着石头，速度越来越快，带动的面积越来越大，离路面越来越近，隐约还夹杂着沉闷的声响。

不妙，大面积滑坡与塌方的前奏！

如不赶紧冲出峡谷，要么被埋在泥石堆里，要么被塌方挤进河里。

此刻，峰子已顾不上车了，也顾不上选路了，什么撞保险杠托底剐蹭统统见鬼去吧，只要车还能动，能往前脱离这死亡峡谷，逃命要紧。

绿豆则在对讲里，对后面两台车狂呼："塌方了，跟紧前车，把稳方向，只要保证人员安全，其他都不要管了，冲出峡谷。"

几个小朋友开始还在车上嚷着饿，此刻听到对讲机里的声音，不再念叨。

台钧说："要是堵在这，只要滚一块石头下来，或者车滚进河里，也是死路一条，往前面冲吧！"

路况实在太惊险了，笑笑不停地念："阿弥陀佛……菩萨保佑……"

妞妞道："别念了，影响开车！"

渐渐地，车厢内没有任何声音，所有的孩子都紧紧靠在大人面前，连大气都不敢出，生怕影响驾驶员开车。所有的副驾则不断提醒驾驶员："注意左边，有大石头，注意右边，有大坑……"

薏米却一副无所谓的样子，一会儿这里瞧瞧，一会儿那里看看。

她对芝麻说："反正有爸爸妈妈在一起，这有什么好怕的。"

芝麻问："要是车坏了，走不了怎么办？"

"反正有帐篷啊，走不了就住帐篷啊，等能走的时候再走"，薏米很淡定地回答道："我只是有点担心别人会怪你们。"

芝麻："为什么？"

薏米："因为是你们两个组织的啊，是你们喊大家一起来的！"

所有的车，已经被泥巴糊满，雨刮器噌噌不停摇晃，从前挡风玻璃上为我们撕开一个小孔，得以看到路的走向。车如同飘摇在大海巨浪里的无助小船，翻来覆去，起伏落下。

从反光镜里的一点点碎影里，看到后面的车一会儿漂移，一会儿甩尾；山崖上泥石流动的速度越来越快，声音越来越大，大大小小的石头在路面追赶着我们。

眼前突然开阔，惊魂未定，终于死里逃生冲出峡谷。满耳都是山石撞击地面的闷响与冲进河道激起的水声。

出了峡谷，大概是因为下雨的缘故，天已黑下来，看看时钟，已是晚上八点。从类乌齐到现在，已经走了七个多小时，离目的地丁青，却还有四十多公里。

此刻所有的人都开始沉默无语，孩子们已经昏昏欲睡，也没有一个人，再嚷嚷要吃肉丝炒肉片。

茫茫暗夜，不知尽头在何处。

突然发现前方一片车灯闪烁，让主驾副驾们的心开始轻松起来，以为进

▲ 路边。似曾相识又显得不同的寺庙。

检查站了，靠近城镇了，可以有东西吃了。

好一阵，前面一长溜的车却一直未动。

绿豆下车走过去一问，眩晕，根本没有城镇，只因前方的桥被洪水冲垮了，无法通行。

几台挖掘机正叮哩哐啷忙得不可开交，忙着临时抢修。

这桥，也不知道要修到什么时候。

一停车，小朋友们也都纷纷醒来，问是不是到了，可以去吃饭了。

别说，这在路边一等，一闲下来，又开始感觉到了饥饿。车上能吃的，都被倒腾了出来，但实际，也没多少能吃的了，因为没水，路边的水也是浑浊的，虽然有炉头套锅，却煮不了一口方便面，一杯麦片。

最后一袋榨菜，也被几个人津津有味地分食了。吃完，拿着塑料袋，意犹未尽，不知道是凤凰还是 YAOYAO："哇，这榨菜真好吃！"

一个多小时后，便桥终于搭好，这天已经完全黑了，四周一望，漆黑一片。自己置身何处，除了导航地图里的地名，一无所知；周围是雪山是田野还是草原，一无所知。但从这上山下山，河流一直相随来看，一定还是在大山里走，不过因为看不见，也没了白天看得见的恐惧或害怕了，即便外面正在塌方或滑坡。

虽然一样稀烂的路，一样的坑坑洼洼，一样的泥水横淌，一样的动不动托底剐底盘，一样的蜗牛似的爬啊爬，但都已经麻木了，只盼早点到目的地。

虽然，已经不可能再早了，这已是第二天了。

因为修路，到处是施工便道或通往工地的路，也没个路牌标识，走着走着，就出现岔道，不知道该往哪里走。因为太疲惫，副驾都偷懒，常常不想下车，主驾只好跟着感觉走，结果很多时候要么走到工地，要么走到没路。最后副驾不得不下车，用微弱的手电探路，这走走停停，凌晨一点多，终于看到了丁青县城的点点灯火。

这下，大伙都欣喜若狂，小朋友们也显得格外兴奋。

都道乐极生悲，在离县城还有几公里时，因为实在看不清路况，头车却滑进路边的泥浆里，前进后退都没用，搁浅了。

峰子新买的工兵铲终于派上了用场，被找出来，很狗血地开始挖，不过这石子与泥巴混合成的路肩，被车一压，不是一般的结实；加上天黑，无法看清楚车底具体情况，绿豆虽满身稀泥，折腾得浑身冒汗，却只挖掉脚踏板下那一小块。

得了，这样下去，天亮估计才能挖出来，峰子只得另想办法，翻车倒箱，找钢绳，终于给生拉硬拽拖回路面。

进到县城，凌晨两点，好不容易找到一家旅馆，大部分人倒头便睡。清醒他们，倒是在满街找肉丝炒肉片和肉片包肉丝去了！

笑笑坐在床上数虫子，两个眼皮都快打架了，揉一揉、拍一下脸又继续数。凤凰说："你快睡呀，明天八点要起床！"

她坚定地说："我不睡！我要等爸爸的牛肉面！"

5.2

千人大帐篷的苯教中心，
狗血剧情的丢车钥匙

吸取教训，争取胜利，早早开拔。

第二天早上九点，用手撑开很不情愿的眼皮，自己把自己踢下床。虽然那房间和床铺真的不怎么样。

去街上吃早餐，这丁青不愧是虫草大县，虫草虽然值钱，却都藏富于民，城市倒不怎么样，满大街却都是豪车，街上的人满身的珠宝，看的人眼睛发绿。

不过要是这些好车，在这烂路上，估计能折腾，不过也心疼！

就这么一会儿工夫，奔驰哥就不知在哪里买到一把货真价实的虫草，而且价格比大都市便宜了不少，要知道，这虫草如今的价格可贵比黄金。

或许，这种原产地的特产，才是货真价实的特产吧。这不禁让绿豆想起，一年前在新疆的薰衣草花田边，几个美女去买所谓的纯露。

所谓的薰衣草纯露，其实就是提炼薰衣草精油的蒸馏水之类，大概有美容、护肤之类的功效。

而新疆建设兵团65团、10团，都是薰衣草种植基地，大伙在10团的薰衣草田边兜来兜去，没有想象中的壮观。几个美女因为在65团没买到纯露，一直耿耿于怀，没有看到大规模的薰衣草花海，更加心情不爽，一个个怏怏地耷拉着脑袋。

一老乡好奇地望着这堆在薰衣草田边兜来兜去的人。

▲ 新疆霍城，尚未盛开的紫色薰衣草。

英子不死心，虽不抱什么希望，还是顺口问了句："大姐，您知道附近有加工精油的厂吗？"

"门口那个就是啊"，大姐用手指了指。

几个美女不由狂喜！

"可以带我们去参观下吗？"

"可以，只是今年的草还没到夏季，还没有开工呢。"

失望后的希望，希望后又落入尘埃！

英子只好用叹气来表示自己的失落："看来想买点花水也只能落空了！"

大姐好奇心挺重："花水是什么东西啊？"

她一听就是那个蒸花的蒸馏水，趷趷趷跑进屋里拎出来一壶。十升的壶！可惜没满，用掉了大半。

几个男同胞，远远地看着老乡提出一个白色塑料桶，起初以为是自家酿制的奶酒、米酒之类，一问原来是几个美女想要的加工薰衣草的蒸馏水。

"这个东西你们有用吗？我们用这水拖地，蚊子少，冲冲厕所，防臭，有时候也泡脚，对身体好。"

几个美女一边感叹此家主人用此蒸馏水拖地冲厕所之奢侈，一边花八十元买下这半桶蒸馏水，一个个如同被天上馅饼砸中般兴奋不已。

绿豆则在旁边感叹一群败家女人，八十元买半桶水还便宜？！几个美女不屑地回答这是薰衣草的蒸馏水，有什么作用如何如何，网上要卖多少钱几毫升如何如何。

绿豆则反驳说："做饭蒸包子馒头哪里不是蒸馏水啊！"

令一堆正在兴头上的美女备感扫兴！

看到奔驰哥的虫草，有些人开始蠢蠢欲动，无奈时间紧迫，在大伙的催促下，赶紧出发。

夜里下的小雨，让这个藏地小城，充满了温润的气息。小小的县城之外，藏地风景与江南清秀，一起并存，只是每个人都匆匆一瞥，连拿相机的兴趣都没有，不知道是疲倦还是审美疲劳。

出城不久，上了317国道。

▲ 薰衣草田边的芽芽。

说是国道，其实还不如某些内地的村道。砂石路面，一车道，坑坑洼洼，弯急坡陡。

一辆大货车，翻倒在路边，司机无奈地蹲在旁边发愁。

这出城的一段，虽然坑坑洼洼，但因为尚未施工开挖，比起头天的路，也强了不少。但好景不长，没走多久，稀烂的路，继续开始。河边羊肠小道般的国道，在雨水与河水的相互作用下，已经变成了泥塘，只能容纳一车通过，如遇到会车，只能一方倒退，但即便倒退，也很难找到宽敞会车的地方。

▼ 天山深处的独库公路，有着康藏公路相似的雪山、相似的野花、相似的河流。

最关键是，这路还七扭八弯，根本无法看清楚前方有无车辆过来，往往车到面前，才措手不及。

一号车一边使劲鸣着喇叭，一边抓紧前行，祈祷顺利通过。这怕什么来什么，刚出一弯道，对面来一大货车，这下没辙，大货车是不可能退的，只能我们退了。退一段，大车进一段，我们则往边上靠一靠，看大车能否通过，而这边上，也不敢太亲近，谁也不知道那下面埋伏着什么，光路面的泥浆，已经淹没了半个车轮。

折腾了好一段时间，才终于车身挨着车身，擦着挤着会了车。

出了河谷，开始上坡，大伙发现，这稀烂的路，上山比下山好，因为山上的路，泥水不多，不像河谷里的路，汇集了无数的雨水与泥水，像一锅搅不开的粥。

▼ 无数弯道蜿蜒，垭口海拔近5000米的天路。

过了丁青，海拔急剧攀升，"之"字形的弯道翻来覆去，从沟底一直绕上垭口，沟底阴云密布，垭口蓝天白云，一看里程，从县城出来居然走了快七十公里。大伙都不禁有点庆幸，觉得今天是个好日子，能相对轻松赶到巴青，或者到比如，再也不用担心昨天的场景再现。

垭口的海拔，接近5000米，经幡飞舞，山道如丝，一群人在垭口上停车拍照，为自己走过的路喝彩。

准备再次启程，笑笑匆匆跑到绿豆跟前："绿豆叔叔，我们的车钥匙被我爸爸掉到车外面了！"

尚未摸清头绪的绿豆，以为笑笑说她爸爸台钓下车拍照时，把车钥匙掉在外面自己却没发现，被笑笑发现捡到了，就随口答应了声："哦，他怎么那么不小心。"

笑笑提高嗓门，又将原话重复了一遍。

绿豆抬头看了看台钓的车，停在路边，旁边就是一个高坎，坎下是陡坡，难道台钓是把车钥匙掉坡下去了？那得绕一圈去坡下捡，少说得十几分钟，于是走了过去，发现一车几个人，都面色凝重，个个沉默，寂静无声。

心想，这陡坡下找钥匙，没路不说，关键是草里，它也不好找呢，看大伙这表情，莫非没带备用钥匙，那岂不是要多几个人一起去找，问台钓："备用钥匙呢？"

台钓："在家里没带！"

晕，这长途居然疏忽得没带备用钥匙，得，赶紧去找钥匙吧，于是一回头："台钓他们车钥匙掉了，大伙赶紧过来帮找。"

小朋友们一听，呼啦都围了过来，齐声问："掉哪里了？"

台钓："估计是我在下面那里脱衣服掉了。"

"下面，哪里？不会是刚出县城不久吧？"那里距离垭口，可有将近六十公里啊！

瞬间，感觉背上开始发凉，有点头晕胸闷的感觉。

"你确认？"

"应该是，因为车钥匙放在衣服口袋里，在其他地方没脱过衣服。"

得，这下玩大了，去六十公里外找车钥匙，能不能找到，真是个未知数，毕竟他脱衣服的地方，接近村子，不断有人和车来来往往。

几个小朋友围着车身，转了好几个圈，包括蹲下去，车下也仔细瞅了几遍，都沮丧地摇头。

无奈，所有人的心，瞬间又从天上跌落地下，不，应该是跌落到地下室。这可是三个小时的车程，来回就得五六个小时呢！

绿豆和峰子赶紧召集大家碰头，这没钥匙，车也动不了，只能去找。但这么多人，也不能长时间待在这5000米的垭口上，毕竟垭口上风云变幻，而且担心小朋友，长时间在这么高海拔的地方待着，万一出现不适就更麻烦了。

果断决定，三头行动。这边清醒自告奋勇开车，与台钓、麦田带一台车去找钥匙，凤凰也坚持跟着一起去了；那边峰子先将小朋友们全部集中送到山下去，找个海拔低有饭吃的地方先安顿下来；绿豆、奔驰哥、小叶、YAOYAO暂时在山上守车。

分头行动后，又分头通过微信、电话、短信等磋商出两套预备方案。一套是立马联系4S店，看能否远程启动或有别的办法能启动；同时要是万一车钥匙没找到，则马上通知家里人，通过快递将钥匙快递到巴青县城，这边同时求助保险公司找拖车，将车拖到巴青县城安顿下来。

很快，4S店那边传来的消息令人沮丧；而保险公司那边，是一个什么渤海保险，接电话的一听，居然说他们的救助是一个免费赠送的服务，没收费，不属于服务范畴，自己出钱他们也无能为力。

这渤海保险，真够水的，帮不了，好歹你也说几句顺耳的啊，安慰下俺们这脆弱而可怜的心，真叫人失望。

峰子在山下找到一个小镇，居然有个有饭吃的小饭馆，芝麻和豆豆负责安顿孩子们，峰子复又开车上山，辛苦地将剩下的人接下山去。

绿豆则因为高原经验略微丰富，独自留在山上守车。

这垭口上，风景多变，远处的雪山也露出真容，山道蜿蜒曲折，河谷纵横交错，白的云、蓝的天、赭红的群山与绿色的青草，五颜六色的经幡。每辆路过的车，每个经过的人，都忍不住要停留拍照；人车虽然不多，偶尔却有精彩，绿豆与这些在垭口停留的人交谈，大多都是故事丰富的人。

一个骑自行车的小伙子，大学刚毕业不久，在广东上班没多长时间，就辞职出门旅行了，如今骑行在路上快四个月了，接下来，他还准备去印度，去尼泊尔；一个骑摩托车的中年男子，来自湖南株洲，从 318 进拉萨，从 317 回家，出门快一个月了。

那一刻，一辆汽车、一辆摩托车、一辆自行车，静静停在一起。三种交通工具，三种旅行方式，三种不同的观念，却是一样的生活态度，一样精彩的人生。

找钥匙的那一组，传来消息，他们已经过了停车脱衣服的地方老远了，也没有找到钥匙。

这下，只能考虑拖车方案了，绿豆在垭口上，分别打了 110、122 求助。然后 110、122 分别让找当地公安局。

找钥匙的人，直接去了公安局，大概是巴青特警中队的队长之类的领导，倒是很热情接待了大伙，并打算安排几名警察一起去帮助找钥匙，后因为别的原因无法前去；接着又帮忙联系当地的修理厂看能否启动汽车，得到答复这车都是电脑程序控制，没有钥匙，真想不出别的办法。对于拖车，答复县里只有一台拖车，已经坏了，所以爱莫能助，他们能做的，也只能把人接到安全的地方。

这下傻眼了，钥匙再快，推算也要六天后才能到，总不至于在这垭口等六天吧。吃喝成问题不说，这海拔高容易产生不适，何况车窗还是开着的，车门也锁不上，风啊雨啊，狼啊，高反啊……

台钧很无奈地躺在路边的草坡上，打算先静静心，理清头绪。这接下来的布达拉宫，只怕是要等下一次才能成行了，问题是接下来怎么搞呢？

草坡上，搞懂原委的一个藏族小伙，看着无奈的台钧，倒是自告奋勇说要骑上摩托车，晚上和台钓一起去垭口帮看车。

人与人，有时非常简单而单纯，这萍水相逢的藏族小伙，也让绿豆想起了那个在新疆夏特河谷里遇到的蒙古族大姐与大哥。

当时大家正在河谷忙着扎营，一位当地的大姐好奇地问："你们怎么住在这里，不冷么？"

原来大姐的爱人，是我们选择那个营地附近，那个唯一的小小水电站的职工。大姐也是利用周末过来玩的，在大姐的邀请下，大伙晚餐后，集体去电站宿舍串门，其实这电站，总共才两个职工，其中一个，还恰逢周末回家了。

萍水相逢的一群人，带着西瓜、奶茶、茶叶，在电站暖烘烘的房间里，热热闹闹地聊天，嬉戏，在大哥大姐那里用热水，灌热开水。

第二天徒步夏特河谷时，因为队伍食物短缺，热情的大哥非要绿豆拿四个馕当干粮。

之后不到一年，大伙都错愕得知，那位大哥，因为疾病，突然就离开了。

人生犹如天上的烟云，说消散就消散。

这边绿豆和峰子一商量，实在不行，找工程车和修路的工人，用杠杆滑轮铰链，先把车弄下山去再说。

每个人都在焦虑与失望中等待找钥匙的人返回，然后开车去找施工队寻求帮助。

突然微信群里传来清醒兴奋的叫声："钥匙找到了！"

几个人在微信群里同时发问："真的假的？！"

得到确认后，每个人都长舒一口气，笑笑他们几个小朋友，更是欢呼雀跃。

而躺在草坡上的台钓，在电话里听到麦田说找到钥匙了，悬着的心，沮丧的心一下由阴转晴了，心想："谢天谢地，这大概是佛祖看到我多年向善，资助穷苦农家小孩读书的份上，略施善心吧！"

一骨碌从草地上爬起来的台钓，把口袋里的湖南烟直接掏出去，丢给身边的藏族小伙，直接蹦着上车，赶往垭口。

那钥匙能找到，真的是万幸。

在那里，可能被人捡走，也可能被车碾压或牲畜踩踏，落进稀泥或遭到损坏。至此，凤凰更是一路不停念叨她出门时，找的那个昆仑派大师卜的那一卦，因为大师曰"四方大吉"，看来大师真的是大师，只是为嘛不是武当派、少林派或峨眉派呢？

趁着天色尚早，峰子带上小朋友赶紧赶路，向巴青挺进；清醒他们找钥匙的赶来垭口，与绿豆会合。

垭口上，风云突变，乌云黑压压飞驰而来。

眼看暴雨将至，这车窗关不上，冷倒可以勉强对付，雨水冲进车了，万一损坏线路仪表什么的，可不是好玩的。绿豆于是在车上翻来倒去，找到一把雨伞，一个背包罩，这车右边，是紫色花格雨伞，用安全带绑结实，左边，是嫩绿色背包罩，用车门夹住上面，底下还坠了两块石头。

一个上山的藏族老乡，正急匆匆赶着牦牛回家，估计第一次看到这样的车，忍不住凑过来要看个究竟。

藏族老乡的汉语，半通不通："这是，干吗呢？下雨了，快，干嘛还不下去？"

绿豆这会有点犯难，好意思跟他说钥匙丢了么，丢不起这人啊！

绿豆："做实验呢。"

藏族老乡："食盐，吃的吗？怎么做？"

▶ 无法关闭的车窗，只能用背包罩来遮挡风雨。

绿豆："实验，不是吃的，就是测试风和雨有多大。"

藏族老乡："啥？"

没辙，绿豆只好指了指雨伞那边："这个，看雨大不大，能不能挡住。"又指了指背包罩那边："这个，看风大不大，能不能吹走。"

藏族老乡："哦。"似懂非懂地走了，那眼神，估计心里在想，这又是哪个精神病院跑出来的！

清醒他们很快就赶到了垭口，这垭口一会合，个个情绪激昂，凤凰一直在那里念叨"东西南北，四方大吉"。

赶紧往山下的小镇飞去，饭馆里热好的饭菜正在等待我们。

与等在饭馆的队伍会合后，饭菜已经上桌，想着前面还有更烂的更艰险的路等着大家，大伙都急着吃完饭准备赶路。笑笑一把拖住凤凰说："妈妈，我有个秘密要告诉你。"

凤凰怕耽误时间："吃完饭再说！"

笑笑坚持："是关于丢钥匙的。"

将凤凰拉带到房间外，笑笑附在凤凰耳边说："妈妈，我觉得可能是藏獒在报复我们！"

凤凰有些吃惊："为什么？"

笑笑接着说："在玉树转玛尼堆时，我差一点踩到藏獒身体了，肯定是神犬在报复我们！"

孩子们一路上都在跟大人学习进入藏区的一些禁忌，现在，笑笑把丢钥匙的责任归结到自己的身上了！

凤凰赶紧安抚了她一番，问她："爸爸妈妈走了，你担不担心？"

"我好担心的！我怕找不到钥匙，我们该怎么办啊？垭口又不能待。车子怎么办啊？我们去不了西藏啦！那藏獒会不会报复我们啊？"笑笑依然有些害怕："我想哭，眼泪都快流下来了，又把它逼回去了，我就在房子里祈祷。"

豆豆跟 YAOYAO 告诉大家："几个小朋友都非常乖！平时吃饭的时候还啰里吧嗦、叽叽歪歪的。今天跟他们说钥匙丢了，所有的人心情都好烦躁的，你们要听话啊，快点吃饭，否则，钥匙可能真的找不到了！"

所有的小朋友一句啰唆话都没有说，每个人都飞快地吃了一大碗饭。吃了饭后，笑笑、妞妞、薏米、芽芽还有小旋风几个，就在房子里双手合十，学着喇嘛转经一样，口里念念有词：阿弥陀佛，菩萨保佑。

当听到钥匙找到了后，几个小朋友一蹦三跳，大喊着四处报喜讯："钥匙找到咯！钥匙找到咯！"

大伙囫囵吞枣扒了几口饭菜，赶紧出发，虽然小镇边绿草如茵雪山矗立，大伙也无心欣赏。

刚出小镇，前方公路发生塌方，一块巨大的石头滚在路中间，目测我们的车通过有困难，但又不能不过，于是小心翼翼往前蹭，擦着车身，刚好通过，难道是佛祖给我们留的通道么，稍微宽点的车，是绝对过不了的。

对讲里，峰子通报前方路况，有峡谷路段，路况十分糟糕，大坑、水洼、深沟并存，极其难走，提醒我们走这段路时，要格外留神。

考虑到四号车因为找钥匙，耗油不少，为了减轻这车的重量，减少耗油，于是将几个小朋友都集中到这车。后座小叶、笑笑、妞妞、小旋风，一路叽叽喳喳，开车的奔驰哥吵得快要崩溃了。

小叶则像个大哥哥一样，不时提醒让大家小声点。

走着走着，天慢慢黑了，伸手不见五指，车窗外有雨点洒落，估计前方又在下雨。

这次，清醒他们的四号车在前。奔驰哥负责开车，清醒是副驾，负责探路，二号车紧随其后。

暗夜里，路面的水越来越多，越来越大，也看不清楚外面的情况，感觉是在河道里开，到处是高低错落犬牙交错的石块，似乎又是乱石区，这既担心掉进水坑，又怕坚硬的石头剐蹭车底的油管线路或托底搁浅。

一路走，清醒就一路下车探路，探明情况后，再指挥车辆前进，时不时还得搬石头填坑以便能通过。

好不容易通过这乱石区，又进入满是深沟的烂泥路段，好几个地方实在

无法通过，不得不到路边去找石块来填；有一段路，除了稀泥，甚至连石块
也没有，只得偷偷把路边修路用的铁板，抬来几块放在沟里，说是偷偷，其
实守工棚的工人一听到响声就过来查看，看到我们用铁板垫路，也没说什么，
大概是同情我们这些半夜里还在路上苦苦挣扎的难民吧。

刚出峡谷，发现走在前面的奔驰哥他们将车停在路边，警示灯在暗夜里
一闪一闪格外刺眼，依稀还有无数的人围在车边。

心一下提到嗓子眼，糟糕，千万别出事故，在这地方要是蹭到人就麻烦了。

赶上去，奔驰哥回答说车报警了，油不够了，怕是走不到巴青县城。这
会儿好不容易到这个工地，准备找油去。

工地上的人，一看有人来，虽然早睡觉了，此刻也齐刷刷爬了起来，围
着我们，仿佛我们是一群跑进狼群的羊。

问了好几个人，得到的一致答复，都说这工地上没有汽油，这附近也没
有加油站，问最近的加油站在哪里，答县城。

下午这台车来回跑了四个小时找钥匙，中途又没加油站，正所谓祸不单
行。绿豆想了想，也没别的办法，实在不行，只能从台钓车上抽，不过抽也
得找管子。于是奔驰哥满工地找塑料管，这下几个热心的小伙很快帮忙找来
了一根水管，只是这塑料管，足足有两根大拇指粗，硬得像铁棒。

清醒在那使劲摆头，说："这个不行，还有细的软的没？"

一帮人七嘴八舌，有的指东有的指西，奔驰哥摸黑跑到坡上去寻找，一
会儿摇着头回来了。几个小伙又在黑夜里四下翻腾，终于找来一根只有一个
拇指粗的水管，虽然依然像铁棒。

正混乱之间，人群中突然有个人说了句："小卖部里有汽油卖。"

好几个人应声，突然想起似的，都说小卖部有汽油卖，赶紧问小卖部在
哪里，用手一指，遥遥一点灯火，说那亮灯的地方就是。

要了一段硬水管放在车上，以防万一，然后赶紧出发去找小卖部。

此刻，四个孩子早已横七竖八地倒在座位上，一个靠着一个，一个叠一
个睡着了。

到那灯火前，发现路边有好几栋房子，家家门前都有一点灯火，四下寻找，不见牌子，也没有标识，到一栋房子前，试着喊了两声老乡。老乡没反应，每家每户的狗倒是用热情的狂叫回答着我们。

绿豆与麦田两个在村子里到处乱走，只要亮着灯的地方，都跑上去喊门，这已是凌晨，都在熟睡中，难得有人搭理我们，倒是村子里的狗跟在屁股后，一路狂吠紧追。

找到一栋院子，趁狗还没追上来，赶紧抓紧拍打门窗。好一阵，估计是惊醒了一个尿胀的男人，问我们干吗呢。

把情况大概一说，问小卖部在哪儿，那人说亮灯那，有根电线杆的房子就是。道过谢，出了院子，在瞎灯没火的路上走了一段，往亮灯的地方走，快到了又傻眼了，这有两栋房子都有电线杆都有灯，究竟是哪栋呢？

一栋一栋问吧！

走到一栋跟前，堆着许多修路的机械设备，院子围墙高大，门口也没什

▼ 独库公路，绚丽的风景，绝不逊色于任何一条进藏之路。在不久的将来，或许又会是一条足以媲美318的新景观大道。

么小卖部常有的空瓶子废纸箱之类，应该不是这里。

掉头又往另一栋走，同样也有围墙，不过围墙比较矮，没有大门，用一堆乱七八糟的东西阻挡在门口。

叫了几声，没有反应，幸好也没有狗冲出来，于是壮着胆子，冒着被狗撕咬的危险，直接跳过围墙。走进院子，貌似窗玻璃有亮光，走近细看，原来是自己手电的反光，不过这下得到了确认，玻璃窗户上，挂了块包装箱上扯下来的小纸板，歪歪扭扭写着"小卖部"几个字。

使劲拍打窗户，好半天，一个小男孩从里间探出个脑袋来，隔着玻璃问话。

于是又祥林嫂一样把原委说了一遍，小男孩冲屋里说了一阵，一会儿出来一个女人。

接着我们又做了一次祥林嫂。

女人问我们车在哪里，答在公路上，于是将我们带到旁边一间房子跟前，打开门，里面放了几个大铁桶，女人问我们要买多少，然后拿了两个塑料瓶子，让我们去路上倒进油箱，再回来加。

一联系，奔驰哥他们边走边找，已到前面去了，我们也不可能加到自己油箱里再抽出来啊。好说歹说，这瓶子别说送，给钱也不卖，没辙，只好准备花高价买瓶子，先给懂汉语的小男孩说，通过那个小男孩，好半天才做通他妈妈的工作。

用买可乐的钱，买了几个空瓶子；花了几倍的高价，灌了几瓶不知品质的油。千恩万谢后回到车上。

有些瓶子，还没盖子，麦田不得不紧紧护着几个油瓶子，一路前行去追赶奔驰哥他们。

车里一股浓浓的汽油味，熏得人睁不开眼睛，不开窗户，味受不了；一开窗户，高原的夜风冷雨，让人禁不住寒战。

凌晨两点，离巴青县城还有二十多公里，一段格外泥泞湿滑的道路，因为之前峰子已经通报说很容易打滑，所以打起十二分的精神，格外小心。

三台车已经完全分开。一号车已经进城；清醒他们的四号车，反馈也离县城不远；因为找油耽搁的二号车，落在了最后。

实在太疲劳的台钓，被绿豆临时替换下来，虽然车速已经慢得如同蜗牛，车身却仍然不时摆来摆去。大概这段路的路基，全是坚硬的黄泥，上面一层被雨水浸润后，格外湿滑。

又下了一个坡，进入一段未知的河谷。

一座临时施工的便桥上，一台大吊车被牵引车拖着往对面坡上去，因为太湿滑，低沉地吼叫着爬几步，又溜回来，如此多次，却始终无法上去；折腾好一阵，对面不知从哪又来一辆牵引车，两车挂在一起，同时发力，吭哧吭哧依然走几步退几步。

我们只能将车停在河边，远远地看着，无法靠近，更无法通行。等待半晌，依然看不到希望，无奈地把车停在原地，每个人都心想，今夜恐怕要在车上度过一晚了。

合上眼，静静待在车上，满耳都是牵引车的轰鸣与喘息，河谷里升腾着浓浓的尾气。

近在咫尺的巴青，却又是那么遥远。

巴青，以前叫扎青，藏语意为"大牛毛帐篷"，吐蕃王朝时期称该地为松比东布琼，受象雄郭比诸侯及松比管辖。元朝以来的六百多年间，亦由霍尔王统辖，只是不同的历史时期，此地经由四川汉人、蒙古王及藏政府分别统治，因为远离喇嘛教中心的前藏后藏，使其成为当前苯教徒最集中的地方。

藏北的大帐篷，是作为头人权威象征而存在。

从前当地的部落头人，有一顶顶硕大无比的牛毛帐篷。据说大帐篷可容纳千人，帐内有一排小房，房前两座大灶，有四人抬不动的大锅，在帐内讲话要高声呼喊，而最近一顶大帐篷，在20世纪60年代初，还在里面放过电影。

蒙古人素来信奉喇嘛教，自元代的萨迦王朝开始，喇嘛教被推向高潮，至清代噶厦政权到达顶峰，而苯教则被排挤贬斥到一些边远区域，以至于交通不便的巴青、丁青一带，成为西藏最古老最传统的苯教大本营。而这些元皇族后裔，不知道出于怎样的心态和目的，反而入乡随俗，改信了苯教，且王族每一代人中，都要派出一人出任苯教大寺罗布寺的活佛，以至于苯教在藏东北地区得到很好的生存并得以延续。

苯教与其他教派的区别，除了服饰与仪轨外，活佛制度与普通民众的藏俗，也极其不同。

苯教寺庙的活佛，从一个到多个不等，一般除灵童转世、经考试升任的途径一致外，苯教最为独特的，应当是一种被称为"骨头"的活佛。他是由活佛家族里，有血缘关系的人对活佛地位的世代承袭，这大概就是历代霍尔王都不愿意改变苯教，且要选派人出任大活佛的根源所在。

巴青的火葬习俗，应当是西藏诸多丧葬方式中，最为奢靡的一种。

马丽华在《藏北游历》一书中曾记载：上好柏木做成大小、长短、宽窄及数量严格规定的板子，涂以黑墨，用纯金块加工研磨出的金粉书写经文，再与长条经书相缚，共计一百八十捆备用。火葬场地须用草皮坯砌成房子大小的围墙，内铺一层布，布上铺青稞，青稞上放置糌粑做成的上百个盘子，盛满各种食物、饰品。后将尸体用白布裹好，放进草皮围墙内，用数十上百斤酥油焚烧。

然后还需进行四十九天的超度仪式，花费之巨，令人咋舌。

这种重死不重生的习俗，与藏区其他地区相对简单而粗放的葬俗相比，可谓一个极端。

而在此地，常常还有人自称是来自汉部落的人。其实，他们是当年跟随四川总督赵尔丰进剿西藏的川人后裔。

一百多年前，正是华夏的多事之秋，大清朝风雨飘摇，雪域高原上的噶厦政权也在英国人的裹挟下左右摇摆，甚至诛杀驻藏大臣，打出了独立旗号，赵尔丰领命出征。

大军挥师雪域，内地辛亥炮响，清王朝土崩瓦解，部队溃散，部分驻守在这些交通极其不发达地方的将士，得到消息时，归途已阻，关山重重，至此落户当地，娶妻生子，与当地人再无两样。

家国不再，故土已远。

也不知过了多久，也不知是谁，迷迷糊糊中听说可以过去了。

睁开眼睛，原来对岸的牵引车已经不知何时增加到了三台，在三台牵引车的努力下，大吊车终于吃力地上了对面的坡，把路让开了。

赶紧发动车，过桥，上坡，一上坡，顿时发现四周烟雾弥漫。

凤凰："也不知道这几台车，在此地浪费了多少油，才排出这么多尾气，让整个河谷都雾蒙蒙的，路都看不清楚。"

只想赶紧超过这几台大车，逃离这烟雾升腾的河谷，可往前走，这浓烟不但没有减轻，反而越来越浓，浓得如同牛奶，车灯根本无法刺破。麦田打开车窗，一股冷风直扑进来，深深吸了一口冷气，麦田掉过头望着绿豆："这个，啊，没有汽油味！不是尾气。"

原来是起雾了，一上坡顶，大团大团的雾气，从山坡的另一面迎面冲来。能见度越来越低，几米之外，路面也彻底消失。这雾，稠得像化开的巧克力，雾灯也无能为力，车几乎是一步一步往前蹭。

绿豆使劲直立起脖子，把脑袋尽量贴到前挡风玻璃上，瞪大眼睛，希望能看得远点，能看清路况，结果仍然是徒劳。

副驾座位上的麦田，把车窗玻璃全部放下来，伸出一只手，用力在窗外

▼ 巴青县城对面的台地。

扇动，大概他是想把这雾给扇走。一看这扇来扇去不起任何作用，麦田又掏出手电，探出上半身，把手电的光照射在车的前方，希望绿豆能看清楚路况。于是，麦田一只手扶着那一堆没盖的油瓶，一只手奋力伸向车窗外；一边吹着刺骨的冷风一边辛苦地用手电照亮，问绿豆："这个样子，可不可以？我要不要再举高点，恩，你就能看得更清楚些！"

其实，这根本不起任何作用，手电的光，怎么也比不过车上那一大堆灯吧！

云里雾里，磨磨蹭蹭，三点多，终于脱离这弥漫的大雾。

终于看到，远处有灯光数盏，想必那一定是县城。四号车上，清醒回话说他们已经到县城，已经加上油了。

这下大伙放下了心，不过新的问题马上又来了。进城都有检查站，我们这几瓶油，说不清道不明。几个人一商量，干脆一股脑把油加进了台钓的车里，台钓一边看我们往油箱里倒油，一边站在远处抽烟。

幸好，台钓没有在我们加油时，凑过来围观，或者凑过来发表"终于到了"的感叹。

凌晨四点，终于到了巴青，住进了三百元一间，没有卫生间没有空调没有电视也没有水的"高级宾馆"。

其实，这种长途奔袭或一夜不眠，对喜欢旅行的人来说，已不算什么新鲜事。起码对薏米与芽芽来说，已经不是第一次了。

一年前七月的某一天，新疆。

清晨七点二十分，距乌鲁木齐市区十五公里，天边的朝霞极其绚烂而耀眼，火红与金黄交织，巨大的发电风车在原野上懒洋洋地站着，间或有气无力地挥动一下长臂。

光影与绿豆两人，坐在车头，早已没了说话的欲望，还不得不有一答没一答的，与司机张师傅继续找着话题，已经顶过疲惫极限的张师傅，明显加快了车速，一路飞奔直袭机场。

一天一夜，八百多公里的奔袭，那可不是在高速公路上；二十四小时，

▲ 一夜奔袭迎来的乌鲁木齐早晨。

张师傅未曾合眼。这算得上是一次彻底的疯狂，而造成这一切的，有很多很多原因，或者是巧合。

其实这次的旅行，已至尾声，很快就要结束，险峻的独库公路，也已走了一半，大家说说笑笑，轻松而开心，过了乔尔玛，只需要再翻越最后一个达坂，就能顺利走出独库公路，走出天山，早早赶到乌鲁木齐。

然而就在最后一个达坂下，一场突如其来的暴雨，造成滑坡阻路，车辆无法通过，而我们也就是仅仅迟到一个小时，就不得不顺着独库公路原路返回。

让绿豆言之凿凿当天晚上铁定回到乌鲁木齐的话，成为泡影。光影与小玲，行程马上就能结束，因绿豆一句话，将本是第二天下午的机票改在了早上，于是，就有了这一夜狂奔。本来，大伙是希望张师傅能停下来歇息，可直率的张师傅丝毫不显睡意，一天一夜，在天山里奔驰，从南疆走到北疆。

那一天一夜，或者那一夜，都是在车上度过的，已成为那次旅行中，许多人终生难忘的回忆，成为故事，或者传说。

而薏米、芽芽、甜甜、石头四个从睡梦中睁开眼睛的小朋友，看到的却是天边，那绮丽而璀璨的一幕，这或许是上天给予所有人的一份离别礼物。

241

▼ 天山深处的独库公路。

5.3

比如，在海拔5100米的山上
推车去寻访骷髅墙

这些年痴迷西部，更多的时候，是去钻一些犄角旮旯，寻找一些不为外人熟知的小地方。

去比如，其实是绿豆与芝麻十年前的一个梦想，但却因种种原因，一直未能如愿。

那时，通过马丽华的《藏北游历》，两人第一次知道了西藏有个骷髅墙，从此念念不忘，一直期待有机会能走近，再走近。其间虽然多次进入藏区，但却一直未能如愿。

在这十年中，绿豆经常逮住机会，就会去问西藏当地的朋友，期望能得到更多的信息。但最初几年，往往是以希望开头，以失望告终，因为几乎没人知道骷髅墙的存在，更不知道它的准确位置。

随着西藏旅游热升温，这些年断断续续得到些只言片语的零碎信息，但好歹也基本摸准它的准确位置，但要前去，手续却格外纷繁复杂，令人沮丧。

这次行程，终于将它列为很重要的一站。

绿豆又通过各种手段，终于得到极为肯定的答复：能想出办法，能看到传说中的骷髅墙。

从巴青过索县，往南，就能到达比如。

比如，意为"母牦牛角"，传说那里原是一个"母牦牛部落"定居的地方。

此地位于那曲地区东部，隐藏在唐古拉山与念青唐古拉山之间，也是怒江的上游。比如境内高山峡谷纵横，四周冰山雪峰环绕，平均海拔超过 4000 米，每年 10 月到次年 4 月都是冰雪季节，道路很难通行，小环境内由于海拔与地形关系，小气候极其复杂多变，难怪不为外人熟知。

　　峰子从所有的地图上，一直都能看到丁青到巴青之间，有一条路，能直接到比如，几乎不用绕道。于是大伙一直试图打听这条似乎只存在于地图上的道路，边走边问，似乎很少有人去过比如，所以这条路，一直飘浮不定。而大多巴青的当地人知道有个比如，但对如何去、从哪里走、路况如何却都一无所知。

　　在巴青，通过咨询当地交警，终于得到较为准确的消息，那就是这条一直存在于地图上的路，因高山峡谷地质脆弱，养护实在太困难，早已荒废，根本无法走通。

▼ 到此处，海拔近5000米，车开始罢工，不得不下
　车，开始爬山加推车。

不过这边走边打听，倒是打听到另一条近道，虽然也不那么好走，但路程却近了不少。

当地人告诉我们，从317国道，过亚拉后，可以直接进入拉扎河谷，翻山后就能到达比如县城。比从那曲那边绕道，近了一百多公里，而且不用走回头路。

一百多公里啊，想想都激动！被前两天烂路折磨得心智失常的一群人，想象着那令人崩溃的一百多公里距离，毫不犹豫决定抄近道。

更何况，那边联系好带我们去骷髅墙的朋友，已经在电话那头催我们好几次了。因为比约定的时间晚了快大半天了，虽然他们并不了解我们在这国道上经历的折磨。

亚拉山下，据说也是格萨尔的妃子珠姆的故乡。当地有关格萨尔与珠姆的遗迹传说数不胜数。当地人传说珠姆出生在冬天，出生时雷声隆隆，布谷鸟婉转歌唱。所以取名为"珠姆"，意为天龙之女。

当地流传的民歌这样唱道："珠姆的美名到处传扬，是她出生时天龙高唱；珠姆的嗓音动听悠扬，是她落地时布谷鸟歌唱。"

进入拉扎河谷，路依然是土路。不知是因为快到达目的地的开心，还是因为经历过连续两天的烂路洗礼，反正每个人都不觉得，这样的路有多难走。虽然一路也

▲ 好在这荒无人烟的高海拔上，珍稀的雪线植物，异常艳丽，让人不至于走得那么无聊。

有坑洼，虽然一路也有漫水路，虽然一路也是高山峡谷伴随奔腾的河道。

河谷里的风景，一如既往的绚丽。各种高原的花，在河谷里竞相开放，偶尔路过的一两个小牧场，连牛粪都堆得更有艺术气息，只是大伙着急赶路，连照片都不曾留下一张。

半途出现岔道，一直选择好走的路走，幸亏有牧民主动指点，才没跑到别人的牧场去放牧。

赶紧掉头沿一条河谷继续前进，只是路越来越不好走。

开始还是稍显平缓的缓坡，从一条河谷到另一条河谷，渐渐坡道开始变陡，弯道越来越多，大山逼近眼前。汽车要死不活地往坡上挪，连续几个弯道后，一号车哼哼唧唧在一道陡坡前，终于不肯再挪动半步。

说是公路，其实就是用推土机，直接沿大山风化石坡推出来的土路。不知道是车的动力不够，还是空气中氧气实在太稀薄，或者是油品质量有问题，再或者，是人品太差，总之车不愿意继续爬坡。

薏米和芽芽两个率先下了车，带着芝麻与豆豆两个开始徒步爬山，绿豆则在后面猛劲推了几把，车才不情愿地歪歪扭扭冒着浓烟向坡上扭去；二号车上的大人麦田、YAOYAO、凤凰也下了车，只把孩子们留在了车上，车才跟跄着继续向前；四号车上的大人，也全部下了车，小Y居然还穿着拖鞋。

三台车相互陪伴，喘着粗气，一扭一扭地开始爬山腰的陡坡。

徒步的人，在山坡上缓慢爬升，而前面的几台车，一旦过山腰的弯道减速，就会吭哧着不肯前进。此刻要想靠徒步的人再跟上去推车，是彻底指望不上了。于是几个驾驶员遇到太陡的坡上不去，只能自己下车相互帮忙推，这推一推，虽说才几步，却几乎个个都是脸色煞白，张大嘴巴，喘着粗气，半天才能接上下一口气。

小Y大概早上压根没想到过会要徒步，一双拖鞋套在脚上，此刻在5000多米的山上，估计冻得够呛，却还默默走在最后收队。只是他走一步，就会回头望望来时的路，大概在回味早上的西藏鸡蛋；再抬头看看前头的队伍，深深吸两口气；凤凰走两步，停一停，用手撑在腰间，再抬头望望高高的山，悄无声息；YAOYAO则一边走，一边低头哈腰，一副随时准备坐地休息的模样，一边拖长声音"哎—呀—麦—田—我—快要—不行了！"

麦田则一边拖着YAOYAO走，一边安慰："这个，高原，爬山哈，要少说话，坚持，坚持，坚持就是胜利！"

四岁的芽芽一边走，一边气喘吁吁："妈妈，我好累，妈妈，我好累呀！"垂头丧气的豆豆此时依然没有忘记严厉的口气："快走，你没看人家薏米姐姐！"然后又降低嗓门其实是有气无力地说："妈妈也好累，快累死了！"

为了抄近道，少走路，绿豆一直爬着陡坡，选择直接上升。芝麻在那边不干了，说还不如走大路省力，带着几个人走不那么垂直上升的公路去了。绿豆边走边回头说："后面不想走的，可以不走啊，爬不上去的，等会有人会直接拖天葬台上去。"

几个小朋友一听，赶紧加快步伐，然后异口同声："我才不要被送到天葬台上去！"

说实话，在超过5000米的高原爬山，对很多人来说，都是一种痛苦的磨难！在这种地方，一动不动都呼吸困难，别说爬山啦！大多数人，胸口像针在扎，腿发软只想瘫坐在地上；大口吸气也不管用，恨不得将脖子取下，直接将氧气灌进去，脑袋里有个锤子在使劲敲，走一步都觉得是登天。

凤凰以为要原路返回，哈着腰垂着头，上气不接下气："太难爬了，我在这里等你们回来！"

小Y："回来不走这啦！"

那一刻，估计有好多大人，都想干脆躺下直接喂秃鹰算了。

薏米与在半途陡坡被抛下来的小旋风，跟在绿豆身后，一会争第一，一会抢坡上捡来的棍子，或者围着一些珍稀的高原植物问这问那。在绿豆的指点下，认识和了解到红景天、雪菊之类的珍稀植物后，非得要挖回去给更多的人瞧瞧，引得后面的芽芽也非要跟着爬陡峭的乱石坡来看稀奇。

爬过最陡的一段，大伙终于松了口气，都停下来歇息。

记得马丽华的文字写道："我此行目的很明确，只想验证两个传闻：一

▲ 随着海拔不断变化，植物的种类也在不但变化，走走停停，让小朋友们一起看看这些
  平常难得一见的高原植物，也算是一种独特的经历。

是某天葬台保存有上万个死人头骨，其中有一个是头顶长角的；二是二十年
前拆除某座肉身塔时发现活佛完好的尸体。一位西方人归纳了东方国家的一
个民间特征很令人折服。他说在这些地方发生的事情，传得越远越真切，距
离越近反倒越模糊。我在藏北就多次碰过这样的事，常感'百见不如一闻'。
其实验证传闻本身就是可笑的事情。在藏北，事情越真越实在，越缺乏魅力。
人们津津乐道的是那些子虚乌有的事情。这两件事情虽全部属实，但我在县

城经多方查询后，方才得到一点模糊的线索。人们似是而非地告诉我：比如县热西区茶曲乡多多卡地方有个天葬台，文成公主进藏时路经此地，曾嘱咐要保留死者头骨，不要喂了老鹰。还说数以千计的骷髅在'文革'时被抛入怒江，近些年来情况不明。"

抬头，垭口在望，山坡上，大团大团的冰雪，还没完全消融。只是山的那边，有墨色云团飘来，得赶紧通过这段道路，且不说下雨后，眼前的路泥泞打滑寸步难行，泥石流、滑坡、塌方、道路被洪水冲毁，随便哪件事，都能将我们围困。加上没有手机信号，没有人烟，想想都令人胆寒。

在绿豆的催促下，大伙重又上车，继续爬山。

一号车在峰子的努力下，走着"之"字形步伐，挂着低速挡，磨磨蹭蹭，终于一步一步蹭上垭口，海拔 5200 多米。

乌云笼罩着垭口，雨一小点一小点开始飘落，后面还有两台车没有上来，绿豆的心不禁又提了起来；看着台钓他们的二号车，也蜗牛般爬了上来，却唯独奔驰哥他们的四号车，依旧看不到影子。急得绿豆在垭口大喊大叫，想用嗓门代替没有信号的手机，没有电的对讲，让四号车赶紧上来，这高原的雨，说来就来，这脆弱的路，说断就断。

待四号车爬上垭口，雨已加大，大伙不敢有片刻停留。一路飞驰向下，虽然前后不过几分钟，下山的路，多处路段已雨水漫道，好几处路基已被冲垮半边，只能勉强通过；还有几个地方，路面已被撕开，形成一条条巨大的水沟，山上汇集而来的雨水不断在沟里冲撞，大大小小的石头堆在沟里。

下到谷底，地势渐渐开阔平缓，河道变宽，大伙的心才落下去。

回望垭口，有秃鹫在云层边盘旋。

庄严肃穆的天葬台，盘旋飞翔的秃鹫，令人无法平息，澄静的天葬场面，形成另一个神秘世界，吸引着无数有缘或无缘走上雪域高原的人。神秘的藏传佛教与丧葬文化，或许是藏区除了气势恢宏的自然风景外，另一个吸引大众趋之若鹜的重要理由。

大多数生活在内地的人，从最初知道天葬，到去关注天葬习俗，了解藏族的丧葬文化，到零距离观看整个过程，好奇心会逐渐演变成一种仪式感。

天葬，将把逝者的一切都肢解，骨头都砸碎，然后拌上糌粑，施舍给那些藏族同胞心中的天外精灵——秃鹫，让每个人都干干净净离开这个世界，不留下一丝一点印痕。

在信徒的内心，只有那些不受天堂欢迎的人，躯体的一部分才会被遗留在人世间，从而也无法轮回，无法转世，无法重生。

然而，据说在我们即将要到达的地方，在这个遥远而偏僻的天葬台上，天葬师并不把逝者的一切带入天堂，并不把逝者的一切施舍给秃鹫，他们出人意料地把逝者的头颅保存下来，镶嵌在院墙上形成骷髅墙，成为尘世间的一道风景。

一段飘浮的传说，一段没有文献的故事，一段与众不同的历史，当我们踏上这段未知的旅途，就昭示着在遥远的地方，有一个模糊而神秘的世界在等待我们去探寻。

这也是大伙愿意在5000多米的山上跋涉、徒步、推车的动力与理由。

其实，现在已经方便了许多，而在几年前，进比如的道路，更加艰难而凶险。班车每周一班，需要十几个小时才能到达，路上经常遭遇洪水、风沙或暴雪，误点是经常的事，甚至连遭遇生命危险，也不必大惊小怪。

或许是芝麻与绿豆的这种探知欲望，对薏米也潜移默化影响甚多，在大自然中，她总是保持着旺盛的精力与激情。

从几个月开始一直到如今，从蹒跚学步到步步相随，从天南到地北。从冬天的西藏，到春节的云南，到环海南，到一年前的新疆夏特，她就是这样，自己一步一步走过来的。

记得到达新疆夏特的第二天，一大早，绿豆就听到光影与小玲在帐篷外说话。

拉开帐篷，发现盛夏七月的帐篷，居然被冻上一层厚厚的冰霜，原来光影与小玲的睡袋温标不够，冻得几乎一夜没睡，天刚发亮就干脆跑到帐篷外面去了。

于是三个人一起结伴去爬营地后面的山，一面为了暖和身体，一面希望拍到阳光下逐渐苏醒的雪山。

连续爬了四个山头，身体逐渐暖和，风景依旧是雪山与河谷，小玲放弃继续爬山返回营地去帮忙做早餐去了。光影边走边说："我只想看看山那边有什么，也许，那边藏着一个世外桃源。"

这也成为他与绿豆自我安慰加继续攀爬的动力，不过好在爬过第五个山头，的确在山后发现一大片草甸与醒目的花。

下山之后，峰子也告诉两人，自己也爬了很高，一路喊两人却未寻到，看拍摄的图片，原来也是在第四个山头下终止。

很多时候，我们离目的地只有一步之遥，结果就放弃了。

绿豆下山的途中，发现薏米正在河谷里疯跑，原来听说绿豆在爬山，去寻找未知的世界，薏米也嚷嚷着非要跟着一起去，她的好奇心，就这样一直保持着。

从河谷一路下行，到达比如县城，已是下午三点多钟，终于与焦急等待我们的朋友接上了头。朋友告诉我们，

▲ 一年多以前的新疆草原上，薏米与芽芽结伴同行，此时两人又一起结伴行走在海拔近5000米的高原上。薏米走得最快，看看小伙伴们还没跟上来，干脆躺在石头上晒晒太阳歇一歇脚。

这达摩寺，并不在郊区，远在数十公里之外，于是紧赶慢赶，好在路况尚可，虽然半途遇到暴雨，路边老的塌方刚清理通畅，新的塌方却尚未形成。

路边也没找到什么路牌，只好顺着怒江东找西找，凭着直觉和之前得到的信息查看地貌地形来确认目的地，终于在江边找到了这达摩寺。

进到寺庙，凭直觉摸索到这天葬台外，只是小院紧锁，四处也没个人影，朋友给的能帮忙进院子的电话也处于无法接通状态，心里不禁凉了半截，这一路艰辛折腾，不是白白辛苦了吗。

失望中有人开玩笑说，反正也找不到人，不如咱们翻围墙进去看看就走。一看这地形，斜坡，必定是外低内高，进去容易出来难，绿豆一想这要是翻进去翻不出来，和一院子的骷髅同住一宿，那不知道会是什么情形。

县城的朋友打来电话，说还在联系，实在不行让我们把带来的水果给遇到的寺里的喇嘛，告诉他们是带给谁的就行。正讨论间，不知道从哪里冒出个喇嘛，站在坡上，定睛看着我们，也不搭理。走上去打听情况，沟通的情况稀里糊涂云里雾里，因为喇嘛汉语不够好。

绿豆问："你好，请问 ×× 在吗？"

答："知不道。"

继续问："那里面是骷髅墙吗？"

答："知不道。"

再问："那里面是天葬台吗？"

答："是。"

又问："能进去吗？"

继续答："能。"

大喜，赶紧问："我们能进去看看吗？"

再答："不能。"

这究竟是能还是不能啊？定了定神，从头再来，把朋友的名字请了出来。

绿豆只好问："我们来看那 ×××，带了点水果，因为他现在不在，能麻烦你么，先放你这里？"

喇嘛笑笑，答："知不道呢。"

总不至于让我们把这水果带拉萨去吧。

沟通半天，那小喇嘛终于答应可以进去，大意给弄明白了，大概是每人给他十块钱，不允许拍照；后来又貌似说拍照一张交一百五十元，不允许摄像。

跑下山坡告诉大伙，正准备一起尾随过去，山坡下轰隆轰隆飞快驶来一辆车，原来这朋友等我们半天不到，有事去山里了，刚得到消息，一路飞奔而来。

小院的门，终于被打开，跟着朋友，每个人都蹑手蹑脚，似乎怕惊醒了什么。一进院子，每个人都不由瞪大了眼睛，屏住了呼吸。

院中间，有一块约四平方米大小、用鹅卵石铺砌而成的天葬池，池北边有一块六十厘米高的长方形石块，是天葬时停放尸体的，这些地方是不能踩踏的。院南门外，还竖立一根十余米高的经幡旗杆，上边有骷髅骨雕塑，顶部悬挂着很多褪了色的经幡。

天葬是藏族人民最能接受、也是藏区最普遍的一种葬俗。依据西藏古墓遗址推断，天葬可能起源于公元 7 世纪以后，有学者认为，这种丧葬形式是由止贡噶举所创立的。公元 1179 年止贡巴仁钦贝在墨竹工卡县一个叫止贡的地方，建造了止贡提寺，并在当时推行和完善了天葬制度。

关于天葬，绿豆所认识的藏传佛教高僧则认为，点燃桑烟是铺上五彩路，恭请空行母到天葬台，尸体作为供品，敬献诸神，祈祷赎去逝者在世时的罪孽，请诸神把其灵魂带到天界。天葬台上桑烟引来的秃鹫，除吃人尸体外，不伤害任何动物，藏人称之为"神鸟"。

据说，如此葬法是效仿释迦牟尼"舍身饲虎"的行为，所以西藏至今仍流行天葬。

或许排除文化等等诸多因素，天葬的流传，与高原缺少木材制作棺木，冻土难以挖掘进行土葬等，也有着说不清道不明的关系。

整个天葬台院子，约有数百平方米，四周是约一人高的土墙。南墙与西墙上，用木头做成的木架排着整齐的方格，每个格子里，都镶嵌着一个人头骨，

▲ 骷髅墙局部。

这些整齐排列着的人头骨，形成两面骷髅墙。骷髅的样式各异，有的骷髅里，长出了小草，几只小鸟，从天空落下来，飞快从那些空洞阴森的眼眶里钻进了骷髅。大概，它们将家，安放在了这阴森的骷髅内。

在藏区，人死后尸体全部喂给秃鹫，不留一点，才显示轮回的顺利，为何唯独这里，却要保留众多死者的头骨，让我们百思不得其解，也堪称藏地绝无仅有。

朋友还告诉我们说，以前这天葬台三面都是骷髅墙，有四千多平方米，后来不知道是因为大雨还是"文革"，总之所有的墙都倒了，所有的骷髅，全部进了怒江。现在的骷髅墙，只有两面，而且是用剩下的骷髅，以及近几十年内天葬后的骷髅，重新慢慢垒砌而成的，即便这样，现在剩下的这两堵墙，也只有原来的一半高。

在朋友的指点下，我们才发现这天葬台的院子，暗藏玄机。西、南两处各有一道门，西门是活人进出用，南门是尸体的入口，北面的房子，是为死者诵经祈祷用的。

朋友说虽然这骷髅墙规模不大，但这里却还有一个神奇所在，那就是院子下面全是空的，形成一个地窖，这个地窖上就是天葬池。它四边及底部，全部是用石块砌垒而成，里面塑着佛像，存放着经书、宗教用品和供品。比如四周雪山环绕，冬季气温极低，最冷时接近零下四十摄氏度。然而在这个天葬池里，不管抬进来的尸体在别处冰冻得多结实，只要在这里放上一夜，第二天准会百分之百解冻，并可进行正常天葬，其中原因谁也说不清楚。正是因为这个谜的存在，使得多多卡天葬台名声远扬。

朋友纠正了我们之前的认识偏差，他告诉我们，其实在整个藏区，以前曾有三座寺庙保留过死者头骨，除达摩寺外，怒江对岸的日丹寺、附近的缺代寺都曾保留过。这日丹寺与达摩寺仅怒江一江之隔，日丹寺位于北岸，达摩寺位于南岸，以前两寺的天葬台，都由一名德高望重的天葬师管理，因此平时他常常乘着牛皮船，往返于两岸之间。

由于达摩寺、日丹寺和缺代寺这三个寺庙及天葬台，都在比如县境内，所以也使得比如的天葬习俗与众不同，成为西藏秘境中的秘境。后来因为天灾人祸等多种原因，三个地方的骷髅头大多被毁，缺代寺的天葬台从此再也没有继续保留死者头骨。而日丹寺保留的部分死者头骨，"文革"期间有一部分曾被当地人偷偷埋入地下，后来恢复宗教后，又被挖出来重新镶进了墙壁，所以至今在那里仍保存着部分骷髅墙，但规模却远不如多多卡天葬台的骷髅墙宏大。

那么为何这里的天葬台要保留死者的头骨呢？

一种传说是早在数百年前，在某个部落里有个小男孩，他在八岁那年目睹了三个百姓被杀，吓得他一口气跑到比如的五世达布活佛跟前才停住脚步。后来达布活佛任命他为达摩寺天葬院的天葬师。于是，他把所有死者的尸首取下丢在天葬院的东南墙角里，直到成了骷髅时，再把它们一个个拾起码好。他从天葬院的东北角开始顺序摆放，到他五十多岁归天时，基本上摆放到了西南角上了。据说他之所以要这样做，是怕那个杀人狂死后混入天葬队伍中。

还有一种说法，保留死者头骨是在十三世达布活佛期间，由比如缺代寺的达布活佛丹巴图库乌珠（又名白玛白扎）定下的寺规，具体动机至今尚不清楚。

走出院子，大人久久沉默，小朋友们则一个个拍着胸口，连声说："好恐怖，好恐怖。"

藏族朋友听到小朋友们的话，笑了笑，告诉小朋友们说："没什么恐怖的啊，你看这些骷髅，镶嵌在墙上，其实啊，就是为了告诉我们，要多做善事，万恶莫做，众生平等，无论什么人，死了都不过如此。"

是啊，每一个民族，都有自己的传统、道德、宗教与习俗所形成的传统文化，他们祖祖辈辈都在这种传统文化的氛围中繁衍生息，又不断进行着传承，形成各种独特的人文生态。而这些骷髅，就是比如的独特人文生态，它们静默无语，那些曾经，烟消云散。如今，谁又能分辨出，生前，他们哪个地位显赫，哪个腰缠万贯，哪个享尽荣华，哪个潦倒一生。不管今生，你在何处，你需要直面的，就是如此简单的人生与世界。

第 **6** 章

天上的西藏

早在一千多年前，当拉萨还被称为"惹萨"时，这里还是一片水草丰茂、水道纵横的洼地。虽然后来有了传说中文成公主驱使山羊驮土，填平洼地修建了大昭寺的故事，但修建在玛布日山（俗称红山）上的布达拉宫，在长达千年的时光长河里，依然是无数人仰视的神圣之地。

终于到达了拉萨，终于到达了布达拉宫脚下，小朋友们都在车上欢呼雀跃："布达拉宫，布达拉宫，我看见布达拉宫了！"

◀ 可可西里的黄昏，空旷而寂静，看似荒芜的大地上，却孕育并庇护着无数的生命。

6.1

圣城拉萨在前，
玛吉阿米在右

出怒江峡谷，进入藏北草原，车向那曲飞驰。

薏米指着窗外的马兴奋地招呼着："芽芽快看，外面的草原上有好多的马啊！"

"我喜欢那匹白色的，我要骑白马。"芽芽回应着。

薏米："我也要骑白马，这几匹都是我的。"

芽芽："这许多都是我的！"

薏米："这所有的白马我都喜欢，我都要骑！"

芽芽："这无数的白马我也要骑！"

薏米："不行，这都是我要骑的。"

芽芽："姐姐，你有那么多屁股来骑吗？"

一车的人爆笑。

薏米被问晕了，想了想说"那我可以每天轮流骑不同的马啊。"

芽芽："姐姐，那我们一起轮流骑吧，骑久了，屁屁会疼的。"

每过一段路，都有交警检查站，要在限速单上盖章签字，一边走一边研究这限速单，上面只有时速 ≤ 70 公里的标记，而路边限速牌上，也是这个限速标志，于是就控制在这个速度内前进。

看到那曲城市的灯火，时针已经指向晚上九点，很快又进了检查站，把这路条递过去，里面的人说："驾驶证，行驶证。"

于是赶紧把所有的证都递过去。

里面的人面无表情，把证往抽屉里一扔，手一挥："到那边等两个小时去。"

啥，几个人一下没反应过来，我们一路，都没有超速啊。把车挪到路边，凑过去研究好一阵，终于明白了。这西藏境内的路，不但要限制速度，还要同时限制时间，而这时间限制，就是当地交警部门说了算，它又远远超过限速单和路边的限速标志。这不，这最后一百公里左右路程，墙上贴的限制时间为两个小时。只是我们之前因为走的都是烂路，时间远远超过规定的限制时间，所以没有人提醒注意。

两小时后，就是夜里十一点了，孩子们可是连中饭还没吃呢。

好在还有二号车的证件没收，也许是交警法外开恩，于是赶紧联系让台钧他们先进城，去找吃的住的。

▼ 藏北大地上的青藏铁路。

只是台钧却是一等一的良民，一看我们被扣了，还准备回来和我们一起排队，等候那漫长的两个小时。

芽芽和薏米一听要等两个小时，小脸一下就黑了下来。

于是两个小朋友跟在妈妈身后，从车里下来，走到检查站，站在检查站外，一边眼巴巴望着检查站里的人，一边可怜地哼哼："妈妈，我好饿！"

"妈妈，我要吃肉！"

几次下来，一个负责人模样的交警实在看不下去了，把所有的证件拿出来，手一挥："下次注意点！"

千恩万谢，赶紧上车，急匆匆进城安抚自己的胃。

吃罢迟到的晚餐，去找地方休息。这那曲，找到个好地方休息，委实犯难，折腾一两个小时，依然没找到合适的住处，决定将就一宿，然后调整行程，直奔拉萨去休整。

第二天，大伙放松地睡了个懒觉，然后开始向圣城拉萨前进。

沿着青藏铁路，在雪山与不时出现的高原列车的陪伴下，大人与小朋友，个个都开心万分。历尽千辛万苦，一路风餐露宿，我们终于要到达此行的终点——神圣的拉萨，神圣的布达拉宫了。

过堆龙德庆后，离拉萨只有三四十公里，看到路边地里的青稞与油菜花，大伙都沉浸在胜利的喜悦中。

突然对讲机里传来绿豆的声音："每车除主驾之外，集体下车，我们磕长头到拉萨吧！"

所有的人都回了句："去，我才不要呢，你一个人磕吧！"

经过二十多天的风餐露宿，终于，走到了拉萨，走近了自己心中的布达拉。

没到拉萨时，每个人，心中都有一个与众不同的布达拉；在路上，每个人眼里，看到的都是一个遥远的布达拉；当我们真正走近布达拉时，或许，它又会成为一个个各不相同的布达拉。

车队进了拉萨，四周高楼林立，以往在数十公里外都能望见的布达拉宫，被近几年陆续兴建起的高楼，密密麻麻地包裹起来。在重重高楼中，一下子还很难寻找到它的身影。

一辆三菱的山猫汽车，正行驶在我们前面。此刻，它与我们的车一样面目全非，泥灰覆盖的后挡风玻璃上，手指刮开尘土，写着两个大大的字："伤猫"！

想必这车与它的主人，和我们走的是同一条线路，让山猫变成了伤猫。

车队拐过自治区政府围墙外的一道弯，一片白墙突兀地出现在远处，清醒姐正想问那是啥地方，红色的墙接着出现，每个人心里都不由咯噔了一下："难道是布达拉宫？"

继续行驶，金顶闪现，每个人，都开始兴奋起来："真的是布达拉宫！"

第一次进藏的几个人充满疑惑，怎么跟在电视里看到的布达拉宫不一样呢。在大伙的想象中，布达拉宫，是建在高高的山上，宏伟大气而让人无比震撼，可眼前的布达拉宫，却建在一个并不高的小山上，加上林立高楼的压制，视觉上的冲击远不如电视电影里那般。

其实，直到拉萨通火车之前，拉萨依然很少有高楼，布达拉宫，一直是拉萨的地标，在数十公里之外就能遥遥相望。

早在一千多年前，当拉萨还被称为"惹萨"时，这里还是一片水草丰茂、水道纵横的洼地。虽然后来有了传说中文成公主驱使山羊驮土，填平洼地修建了大昭寺的故事，但修建在玛布日山（俗称红山）上的布达拉宫，在长达千年的时光长河里，依然是无数人仰视的神圣之地。

终于到达了拉萨，终于到达了布达拉宫脚下，小朋友们都在车上欢呼雀跃："布达拉宫，布达拉宫，我看见布达拉宫了！"

薏米在那边兴奋地忙着，指指点点告诉大伙："这里我来过，那里我照过相。布达拉宫，我又来了！"

然后又开始问："文成公主还在里面吗？松赞干布还在里面吗？"

芽芽一直在那念叨："姐姐，这就是布达拉东（宫）吗？"

引得大伙一阵嬉笑，薏米则学着芽芽说话的语气回答："对，这就是布达拉东（宫）！"

芽芽很不高兴地告状："妈妈，薏米姐姐她学我说话！"

然后又冲薏米来一句："我不丁（跟）你玩了！"

在小朋友们心中，到了拉萨，不仅仅意味着胜利，还意味着有舒适的床铺，有好吃好喝，更有无数从未见到过的珍奇异宝，在召唤着自己。

只是，到了拉萨，就到了有无数旅行团的地方，就到了吃饭要抢地方，住宿要抢房子，照相要抢位置，连上厕所都要排队的地方了。

住进了离布达拉宫不远的客栈，客栈的名字叫云上生活，客栈的主人，是一位叫佩思的湖南姑娘，又是一个放弃天津工作，逃离大都市的藏漂，一个现代版的追梦人。

客栈里收留了好多猫猫狗狗，薏米、芽芽很快就和佩思混得烂熟，一边喊着佩思姐姐，一边楼上楼下窜来窜去；一会儿逗猫一会儿戏狗，却又害怕那些猫狗，冷不丁就被猫狗的亲昵追得人仰马翻。

只是不大工夫，两人又为抢一个摇椅发生了矛盾。

芽芽大叫着："我要上来，妈妈，姐姐不让我坐。"

薏米说："是我先上来的，我要先坐。"

当芝麻要薏米让着妹妹时，薏米很不开心极不情愿挪下摇椅，一个人头也不回地进了自己的房间。末了，芝麻回房间喊薏米吃饭，结果发现薏米躲在卫生间不肯出来，很委屈地在里面哭着说："你们总是帮着芽芽，凭什么老是要我让着她，为什么没人让着我！"

芝麻："大的就应该让着小的啊，小的不懂事呢。"

薏米："那孔融不是小些吗，为什么孔融就要让着大的！"

芝麻："芽芽还没学过孔融的课文，还不知道孔融的故事啊。"

薏米更委屈了："那为什么我要学，又要让大的，又要让小的……"

吃过晚饭，大伙绕着布达拉宫，一边散步，一边欣赏着夜景。灯光将布达拉宫照耀得如白昼一般，白天里那大量的游客，早已散去，只有那些信徒，依然执着而虔诚地绕着玛布日山，三步一叩，一路朝拜下去。薏米、笑笑、妞妞，就一直跟在那些叩头的信徒身后，默默地看着，默默地跟着。

薏米好不容易被芝麻拉回来后，悄悄问："他们要磕到哪里去？他们是不是我们在路上遇到的那些人？"

芝麻告诉小朋友们："这些磕头的人中间，有一部分，就是我们在路上遇到的那些磕长头的人，他们在路上一边磕头一边前进，基本要一年多，才到这里，他们的终点就是这里和大昭寺。"

薏米仰着脑袋，眼珠在黑夜里一闪一闪地："大昭寺我也去过，好像还有个地方，叫小昭寺呢。他们是来见王子和公主的吗，为什么我见不到王子和公主呢？"

其实，这布达拉宫、大昭寺的确与王子公主相关，但它如今的辉煌与庄严，应当归功于五世达赖喇嘛阿旺罗桑嘉措；而能让后世铭记与仰视，却还与一个叫仓央嘉措的人关系甚为密切。这个出生于山南门巴地区，本是俗世快乐少年的红教信徒子女，却鬼使神差走进了黄教，走进了布达拉宫，走进了高墙深宫，走进了最高的权力中心。然而他放荡不羁的血液里，依然奔腾着门巴少年的野性与豪情，布达拉宫里的财富与权力，对他来说似乎毫无留恋的价值。

▲ 在布达拉广场欢呼雀跃的孩子们。

▲ 传说中的玛吉阿米。

▶ 蕙米镜头里的
布达拉宫。

"在那东方山顶升起皎洁月亮／年轻姑娘面容渐渐浮现心上／黄昏去会情人／黎明大雪飞扬／莫说瞒与不瞒／脚印已留雪上／守门的狗儿你比人还机灵／别说我黄昏出去／别说我拂晓才归／人家说我的闲话／自以说得不差／少年我轻盈脚步／曾走过女店主家／常想活佛面孔／从不显现眼前／没想情人容颜／时时映在心间／住在布达拉宫／我是持明仓央嘉措／住在山下拉萨／我是浪子宕桑旺波／喇嘛仓央嘉措别怪他风流浪荡／他所追寻的和我们没有两样……"

于是在拉萨街头，留下了一个名叫宕桑旺波的浪子，留下了一个在八廓街上若有若无的玛吉阿米姑娘。

绿豆讲述的故事，对孩子们来说，似懂非懂。

而几个小朋友与清醒，念念不忘的，却是布达拉宫顶上，绿豆吹嘘的，那个据说站得高尿得远的凌空厕所。

灯火熄灭，布达拉宫成了天幕上的一道剪影，夜色如同数百年历史厚重的大幕，徐徐开启。三百多年前，同样是这片星空，同样是这座宫殿，却见证了雪域高原上一个时代的离去，目睹了权力如何从巅峰走向低谷，送走了一位现实中的活佛，却留下了一位诗人浪漫不羁的故事与传说。

他，就是仓央嘉措，公元 1683 年生于藏南门隅地区，十四年后被定为五世达赖的"转世灵童"。是年 9 月，以五世班禅罗桑益喜为师，剃发受沙弥戒，取法名罗桑仁钦仓央嘉措，同年 10 月 25 日，在布达拉宫举行坐床典礼，成为六世达赖喇嘛。

公元 1705 年，占领西藏的和硕特蒙古第四代汗王拉藏汗，以仓央嘉措不守清规，是假达赖为由，武力废黜六世达赖喇嘛仓央嘉措。于公元 1706 年 5 月 8 日派西藏和硕特蒙古 500 骑兵，押送启程赴京，10 月 10 日行至青海湖畔不知所踪，有传其因病身亡，有传其被拉藏汗杀害，也有传其从此遁去远走他乡。

八廓街转角处，那个叫玛吉阿米的藏餐馆，勾住了清醒与一帮小朋友们的眼球，每个人的心中，都有一种看热闹的情怀，或者翻阅历史真相的渴望。

▲ 另一个角度的布达拉宫。

▲ 拉萨街头不为大众熟知的街景。

传说中的玛吉阿米，可能是个酒馆，也可能是个姑娘的名字，但她却始终与仓央嘉措，不可分割。

"在那东方高高的山上／升起一轮皎洁的月亮／玛吉阿米美丽而醉人的容颜／时时荡漾在我的心房；如随美丽姑娘心／今生便无学佛份／若到深山去修行／又负姑娘一片情；原来不熟也好／也省得情思萦绕／压根儿没见最好／就不会这般颠倒……"

这如诗的倾诉中，玛吉阿米却并不是眼前这个挂着玛吉阿米招牌的藏餐馆。

三百多年前，雪域高原，某个星月之夜，坐落在古城拉萨八廓街东南角的一幢藏式酒馆里，来了一位神秘的年轻男子。他看似普通，却长相俊美，谈吐非凡，自称宕桑旺波，是一个四处流浪的藏族艺人。

在这个酒馆里，年轻的宕桑旺波结识了一位月亮般纯美的少女，她那美丽的容颜与深情，深深地印在了这位叫宕桑旺波的年轻人的心里，也走进了他的梦里。

从此，宕桑旺波时常光顾这家酒馆，与这位叫作玛吉阿米的少女幽会。

一个雪后初晴的清晨，布达拉宫里，负责执法的铁棒喇嘛，发现雪地上有一行直通宫外的脚印，便顺着脚印寻觅，发现脚印一直延伸到了仓央嘉措的寝宫。

随后，仓央嘉措的贴身喇嘛被处以严刑，那位叫玛吉阿米的女子被秘密处死，那个叫宕桑旺波的男子，再也没有出现在八廓街头的酒馆里。

"曾虑多情损梵行，入山又恐别倾城。世间安得双全法，不负如来不负卿！"

这些多情的诗歌，那些是是非非的传说，最终成为仓央嘉措不守清规的罪证，成为玛吉阿米生命的归宿。

不管历史如何演绎，真相却一直扑朔迷离，仓央嘉措从此成为一首永恒的史诗，在西藏高原的历史云烟中，久久不愿散去。他出身穷乡僻壤，却突然登上了尊贵显赫的宝座；他无意于政治角逐，却被卷入权力斗争的漩涡；他居于佛教领袖的地位，却做了许多与教义相悖的事情；他渴望爱情，却有个不能恋爱不准结婚的黄教喇嘛身份；他热爱生活，却被高墙大寺摧折了青春；他不断地遭受打击，像一只终不能自由飞翔的鹰。

从民间到佛宫，从藏南到拉萨，从西藏到青海，仓央嘉措走过的路途不长，但他曲折历程上的沉重脚步与深情歌声，却一直传到今天：那一天闭目在经殿香雾中蓦然听见你颂经中的真言；那一月我摇动所有的转经筒不为超度只为触摸你的指尖；那一年磕长头匍匐在山路不为觐见只为贴着你的温暖；那一世转山转水转佛塔啊不为修来生只为途中与你相见……

▲ 大昭寺的金顶。

不管这首诗，是仓央嘉措所写，还是后人写给仓央嘉措的，我们都宁愿相信，这是三百多年前的布达拉宫或者拉萨街头，一个叫仓央嘉措或者宕桑旺波的人，留给后世的向往与祈盼。

只是，这次进藏，没有一个人进布达拉宫。

据说，宕桑旺波经常光顾的那家酒馆，就是如今街头那家叫作玛吉阿米的藏餐厅。

风景永远在路上，拉萨，既不是终点，也不是起点。

与仓央嘉措一样，这里不过是一个驿站，而我们，都不过是匆匆的过客，雪域对于我们，是玛吉阿米心中的宕桑旺波，抑或，仓央嘉措心中的玛吉阿米。

那两面跟随了大伙数千公里的旗帜，留在了云上生活客栈的墙上，留在了拉萨。

6.2

错上加错的
羊卓雍错与纳木错

从拉萨前往羊卓雍错，需要翻越海拔 5030 米的岗巴拉山，天气一片阴郁。羊卓雍错，意为"神女散落的绿松石耳坠"，世人简称羊湖，是西藏三大圣湖之一。

翻越岗巴拉山的路，虽然蜿蜒弯曲，但路况却相当不错。八月的西藏，是传统的旺季，前往羊卓雍错的路上，来来往往的车川流不息。

路边的崖壁上，画着许多长长短短的梯子形图案。

薏米很奇怪地问："那是谁画的，是干什么的呢？"

有人疑惑地回答："是不是告诉大家，从这里可以爬上去，或者上面放有梯子？"

其实，这是藏地特有的一种景象，大概是信徒或僧众，朝拜路过此地，休息时在崖壁上的涂鸦。大意是告诉世人，只要坚持修行，就一定能找到通往佛国的阶梯，就一定能找到进入香巴拉的坦途。

相比几年前，薏米与绿豆一起，在冬天路过这里，半天难得见到一个游客的景象，或许可以用时过境迁来形容。而相对于大伙进拉萨之前的那段旅程，也只能用拥挤不堪或热闹非凡来描绘。

车到半山，路边停着长长一溜车队，一帮人簇拥在路边，不时发出阵阵欢呼，搞不懂他们在欢呼什么。

　　头顶的天，被无边的雾霭严严笼罩，岗巴拉的山头，也被云雾包裹得不透一丝缝隙。云雾不断从山的那边涌起，翻过山脊，潮水一般倾泻而来，大有吞没一切的态势，只是流淌到河谷上空，又被对面的阳光驱散，变成薄薄的雾霭，弥散在风中。

　　这样的天气，山那边的羊卓雍错，肯定早已包裹在云雾之中。几个人都略显失望，绿豆抬头看了看天空，天上的云雾呈现乳白，间或透射出明亮的光线，揣摩着云雾之上，一定是太阳高照，于是安慰大伙，既来之，则安之。不过与其等在湖边失望，不如在此处打发时光，等一等，或许老天会垂怜我们这群远道而来的朝圣者，会拨开云雾，会让我们与羊卓雍错深情相拥。

　　倒是薏米与芽芽两个，似乎对能否看到湖无动于衷，蹲在半山的草坡上，模仿着沿途看到信徒堆玛尼堆的举动，到处寻找石头，不辞辛苦，不畏缺氧，把石头搬来搬去，一个一个堆上去。

　　豆豆问两人在干吗，薏米回答："这是我们自己堆的玛尼堆。"

　　芽芽紧跟着回答："我的也是。"

　　芝麻问："你们堆玛尼堆干吗呢？"

▲ 薏米与芽芽两人正在模仿堆玛尼堆。

薏米得意地说："这是献给佛祖的礼物，让菩萨保佑天气马上晴朗，这样我们就能看到湖了，那湖叫什么名字啊？我已经忘了！"

芝麻："叫羊卓雍错，大家都叫她羊湖。"

薏米："羊湖，好奇怪的名字哦，是不是那里有很多羊啊？不然为什么不叫牛湖，马湖呢？"

芽芽："就是啊，姐姐，还可以叫鸡湖，猪湖。"

两人你看看我，我看看你，咧着嘴开始大笑。

豆豆看着两人搬石头累得气喘吁吁，满身泥灰，对两人说："你们两个真无聊，就不能干点别的吗？"

芽芽："是姐姐先搬的。"

薏米："这是求菩萨保佑的，不能说的，不然不灵了。"

两人继续搬着石头，近处的石头很快被两人搬完了，芽芽看看远处的石头，噘了噘嘴，皱起了眉头，蹲在地上四处寻找，然后趁薏米不注意，从薏米堆的玛尼堆底部直接取下一块石头，飞快地放在自己的石堆上。

哗啦一声，那堆石块坍塌下来。

薏米郁闷地看着垮下来的石头，一直在那琢磨这石堆怎么突然就倒了，直到看到芽芽继续在取自己捡来的石块，终于明白过来。

这下薏米生气了，跑过去从芽芽的石堆上飞快地拿走几块石头，芽芽一看，哇哇大叫着，也去拿薏米的石头，两人你一抓，我一推，你一脚，我一腿，不大工夫，千辛万苦堆起来的玛尼堆，全部凌乱地散落在地上。

芽芽回头冲豆豆大叫："姐姐欺负我，把我堆的弄垮了，我不钉（跟）她玩了！"

薏米："是你先把我堆的弄垮的，我也不想跟你玩了！"

然后气呼呼地扭头，找笑笑、妞妞和小旋风去了。

剩下芽芽一个人，站在路边，生气地把石头一块一块往山下扔去。

豆豆在路边，和一个藏族老阿妈讲价，然后买了一袋新鲜的黄蘑菇，准备回去时做个小鸡炖蘑菇。提着蘑菇，继续启程，盘旋而上，很快到达山口，爬上海拔5000多米垭口，朝山下羊湖的方向望去，云雾茫茫，湖的影子都没有一丝，无数的人在等待，无数的人在离开。

路边，藏族老乡抱着刚出生不久的白色小羊羔、牵着健壮威猛的黑色藏獒、拖着体型硕大的牦牛，不停吆喝着揽客合影照相。这下，几个小朋友来了兴趣，只是看到小牛犊般大小的藏獒，想靠近，又害怕。一个个胆怯地斜着身子往前蹭，好不容易鼓足勇气准备挪上去，那藏獒一回头，小朋友们吓得一哄而散。

还是那白色的小羊羔吸引力更大，几个小朋友都争抢着要抱一抱，不大工夫，薏米就与牵小羊羔的藏族小姑娘熟络起来，跟在后面不愿离开，时不时伸过手去，在羊羔身上轻轻抚摸一下。藏族小姑娘把小羊羔递给薏米，薏米抱在怀里不肯撒手，大概小羊羔被抱得太紧，感觉不太舒服，不停挣扎着，想站到地上去。

薏米把小羊羔轻轻放在地上，它一落地，马上撒了一泡尿，薏米一边笑，一边赶紧跑开，嘴里不停说着："小羊撒尿了，我一放下来，小羊就撒尿了。"

两只小羊在路边晃啊晃，就凑到了一起，然后头顶着头，开始打起架来。薏米一看，惊呼："不好啦，小羊打架啦！"

然后拉住一只小羊脖子上的绳子，仰着身子使劲往后拽，一边拽一边喊："小羊，不要打架，小羊，我喜欢你们，不要打架啊！"

可实在是力气太小，终究拽不住争斗正酣的两只小羊。

薏米只得回头求救："快来帮忙啊，大家快来帮忙啊！"

突然一阵风来，云雾开始掉转方向，起起落落之间，云雾真的拉开一丝裂缝。羊湖，终于露出小小的一块，碧玉一般，蓝得那么纯粹，绿得那么深沉，引得山头上等待的人不停欢呼。只是欢呼语音未落，云雾复又掉头过来，将羊湖再次盖上。

此刻的风，如同佛祖那只无形的手，翻云覆雨间，云雾来来往往，羊湖一会儿露出一小块，一会儿又缩回去，却始终只露出那小小的一块，镶嵌在白色的云雾之中。羊湖那摄人心魄的全貌，从不曾闪现。湖的尽头，那高高矗立的宁金抗沙雪山，也只能存在于大伙的想象中。

好在绿豆与薏米曾经来过这里，也曾经见过没有云雾时，羊卓雍错与宁金抗沙峰缠绵在一起的全景。此刻，遥指远方，权当给大伙解说，留下一个念想。

看到大伙快快的神情，绿豆开始在旁边吹嘘，说湖边有个村子，有多漂亮多漂亮，说得大伙心痒痒，一个劲催促绿豆赶紧带领大伙一起去看看。

顺山道盘旋而下，很快达到湖边，走进云雾，终于见到湖水。它们轻轻拍打着湖岸，没有阳光的滋润，没有蓝天的映衬，没有雪山的陪伴，羊湖也失去了山顶所见的惊艳，显得那么平淡无奇，让人不免心生失望。

倒是湖边，成群的斑头雁，带着孩子们在尽情嬉戏，给了大伙些许欣喜。这些斑头雁，数量多的，上百只一群，数量少的，只有几只。有的在湖水中游弋，有在静静卧在湖边的草地上休憩，有的拍打着翅膀在水面上追逐。

看到我们靠近，它们不慌不忙起身，大摇大摆迈进水里，漫不经心游向湖中，待我们稍微走远，它们马上重又回到岸边。

几个人轮流重复地问绿豆："村庄还有多远？"

绿豆的回答总是"就在前面，转过远处那个弯就到了"。

转了不知道多少个弯，那个传说中的湖边村庄，终于出现在视野中。湖边的油菜花开得稀稀拉拉，还没靠近村子，一股浓烈的味道扑面而来，小朋友们开始皱起眉头。接近村庄，发现每家每户的屋顶上，围墙上，整整齐齐堆满了黑黑的东西。想必，那一定是藏区特有的牛粪饼，一路走来，牛粪饼、牛粪堆已经看了不少，但如此规模，如此整齐的牛粪饼，能把整个村庄包裹起来，让大伙着实吃惊。

走进村庄，发现整个村子都被牛粪饼包裹着。牛粪被村民们制作成盘子似的饼状，大小厚薄整齐划一，然后一个贴着一个，竖立起来，如同一摞摞洗好的盘子，整整齐齐叠放在每家每户的屋顶、围墙、窗台上。少的有两三层，多的六七层，矮的两三尺，高的两三米，这么多牛粪饼，难怪味道会那么浓烈。

白色的藏式建筑，黑色的牛粪饼，金黄的油菜花，绿色的青稞地，要是摄影，要是有光线，这个村庄真是个好地方。只不过，很少与牛粪亲密接触过的城市孩子们，对这些可没有多大兴趣，一个个躲得远远的，根本不愿靠近，有的还捂住鼻子，一个劲催促赶紧离开。

其实，孩子们并不知晓，藏区，尤其牧区，牛粪就是燃料，就是温暖，就是希望；而在高寒的草场上，牛粪就是养分，就是泥土，就是温床。那些美艳的花朵，总是密密麻麻

▲ 与小羊羔亲密相处的薏米。

开在曾经的牛粪上。在岗巴拉山上，就有无数这样的锦簇花团，而它们的根部，那圆圆的隆起，就是一个个曾经的牛粪堆。

薏米一只手捂着鼻子嘴巴，一只手指着牛粪饼，嬉笑着对大伙嚷嚷："好多月饼啊，大家赶紧来吃月饼吧！"

然后回头问芽芽："芽芽，你敢吃牛粪饼吗？"

芽芽赶紧捂紧嘴巴，一边后退一边使劲摆头："臭死了，我才不要吃！"

从羊卓雍错回到拉萨，休整一夜，大伙驱车离开拉萨，车队向北方驶去，去西藏另一个著名的湖泊，号称"天湖"的纳木错。

上一次薏米来纳木错，才四岁多，那也是她唯一的一次，在旅途中因艰难而哭鼻子，因为那个冬天的凌晨，实在太冷。一边走，薏米一边笑着给大家学她被冻哭的场景："爸爸，爸爸，我要下去，我要下去！"

越过海拔5100多米的那根拉山口，很快就到达纳木错景区大门口，夏日里人满为患，连个停车的地方也要折腾半天，不由想起那个无人的冬日，想起空寂无人连门票都不要买的纳木错。

路上为赶时间，大伙只随便吃了点干粮代替中餐，连充饥都说不上。在纳木错附近的临时商店里，差点翻了个底朝天，大伙也没找到适合填肚子的东西。虽然有个小商店在卖酸奶，可是守店的老奶奶，因为不懂汉语，也不知道那酸奶卖多少钱，于是薏米什么也没吃，跟在绿豆与芝麻身后，就转湖去了。

湖边，依旧是经幡层层包裹簇拥的迎宾石与合掌石，它们一个被称为纳木错的门神，一个被称为念青唐古拉山与纳木错的化身。传说纳木错是一位女神，她掌管着藏北草原的财富，所以藏北草原上的商贩外出做生意时，一定会来到这里祈求被视为门神的迎宾石并朝拜纳木错，以保生意兴隆；而那合掌石更是被视为莲花生大师修行时合掌祈福万物的显像。

虽然没吃什么东西，薏米依旧精神抖擞。

清澈的湖水，拍打着湖岸，天空布满乌云，厚重而浓烈，压在湖面，远处，湖天相连。纳木错，海拔4700多米，是中国第三大咸水湖，也是世界上海拔最高的大型湖泊之一，汉语意思为天湖。

所有的人，像一群进了草场的羊，四散在纳木错偌大的湖边。

淘气惯了的薏米，不愿走湖边大伙都走的路，独自一个人，在乱石遍布的山坡上爬来爬去。

对于薏米在野外的适应能力，芝麻与绿豆，一点也不担心。记得一年前的新疆夏特河谷，还不满六岁的薏米，独自行走了近二十公里。

其实夏特河谷，起初并非要让薏米徒步，只是临时找来的两匹马，实在无法满足大伙的需求。小朋友中，实力最强的薏米在绿豆的说服下，主动放弃了骑马。而甜甜因为划拳输给了道兄，也只得走路，这下，两人有了伴。两个小朋友一边走，一边在河谷里捡石头，一些石英石成了两人眼中的宝贝，不断比谁捡得多，捡得漂亮，很快口袋里手里都满了，却仍不肯罢休。

虽然河谷里到处是石块高低不平，太阳高照暴晒，两个小朋友却信心满满，走得飞快，很快就追上了先行出发的大队伍。

只是薏米，因为一心要捡到最漂亮的石头，又渐渐偏离了大队伍，与绿豆一起在河谷的乱石里穿行。越往上游，河谷里的石头越大，也越不好走，那天早上，薏米只喝了一百多毫升牛奶，其他什么都没吃，绿豆有些担心她体力不支。

薏米边走边问绿豆："妈妈他们去哪了？"

▼ 羊卓雍错边，被牛粪饼包裹的村庄。

其实芝麻他们就在河谷旁的马道上，因为担心薏米看到芝麻后，故意耍赖不肯自己走，绿豆回答："妈妈他们已经走很远了，我们赶紧去追上他们吧！"

薏米倒也懂事，并不哼哼唧唧。看到薏米给晒得满脸红通通，很费力地在高低不平的河道里行走，绿豆问："要不要我先背你一小段？"

薏米摇摇头，依旧顽强地独自在河谷里快速行走着。有时实在太累，她就蹲下来用手撑着腮帮："我先休息一下，再继续前进。"

河道转弯处，前面咆哮的雪水喧哗着迎面而来，河道被激流完全占据。河道里已经无法行走，两人拐上大路，没走多远，就看到了芝麻的背影，薏米兴奋地大喊："我看到他们了，冲啊，胜利啦！"

在河谷中段的草甸附近，两人终于赶上了大部队，一起在草甸上吃干粮，休整。后来其他人都不愿意继续前进，选择碰巧遇到的越野车队便撤退了。

剩下芝麻、绿豆、薏米、小飞龙四个人，继续向冰川前进。

为了鼓动薏米，绿豆边走边说："薏米，我们要走快点，芽芽他们没吃的，在森林尽头，我们要去给他们送吃的，要去拯救他们，不然他们会饿晕。"

薏米一听很兴奋："那我先准备一下。"说完把棉衣脱下来，把棉衣上的帽子顶在脑袋上，把衣服披在背上，得意地喊着："我是超人，我要去拯救芽芽，飞吧！"

然后飞快地跑起来，边跑还边喊，谁不走快点，就揍谁的屁股，然后一边走一边拍打着走在后面的人。

行走之间，小飞龙从地上捡到一枚生锈的铜钱，顺手递给了薏米，薏米边看边问："这是古时候的钱吗？现在还能用不？"

估计是实在走累了，薏米拿着那枚古币，突然说："我现在不叫超人了，我也不叫薏米了！"

绿豆："那你叫什么？"

薏米："叫我人民币。"

绿豆："人民币快走吧，芽芽还等着你去拯救呢！"

薏米："我不去拯救他们了，我累了，我是人民币，谁把我捡走吧！"

遇到几个从冰川那边回来的路人，问还有多远，答要穿过森林，过一小溪，过独木桥，过草地，再过森林，还有爬山，似乎还很遥远。虽然芝麻非常想走到雪山下，此时一听，担心薏米回来时太累走不动，就鼓动薏米不要再继续前进，好说歹说，这小家伙才不情愿放弃了心中的目标。

在绿豆背着馕，与小飞龙去给小峇与豆豆他们送干粮时，薏米与芝麻开始起身往回走。

薏米一边走一边跳舞，一边走一边在路上用树枝写字，就这样，薏米除了最后一段路程，断断续续耍赖被背了几小段外，几乎完成了大半个夏特河

▼ 纳木错的迎宾石。

▼ 忽雨忽晴的纳木错。一朵雨云从湖面
上飘过，一团阵雨在湖面移动。

谷的徒步穿越。

薏米的心中，总是有无数的好奇。

此时看到山崖下的修行洞、煨桑塔，非要跑过去仔细打量一番，一边打量一边问："这里有宝藏吗？这里有人住吗？这里的人，去哪里了呢？"

在湖边折腾够了，绿豆问其他的人，有没有人愿意去爬湖边的扎西半岛，结果好几个人都摇头。

或许是饿了，或许是一路美景看得太多了，也可能是大伙觉得累了，总之大伙都懒得动弹，宁愿坐在湖边吹风戏水。

薏米很坚定地跟在爸爸妈妈身后，勇敢地在这海拔 5000 多米的地方，去爬半岛上的那座土山，虽然它并不高，但爬起来却还是略显吃力。

▼ 在念青唐古拉山的陪伴下，纳木错显得格外深邃悠远。

好在，有了这么多天的高原经历垫底。

不大工夫，就上了小山。山坡上的人，与湖边相比，少了很多，显得有些冷清，而整个山头上，也只有薏米一个小朋友。

山坡上的风，猛烈而强劲，将山顶的经幡吹得在半空翻飞，发出巨大的呼呼啦啦声响，风一停下来，经幡就马上跌落下来，嘭的一声摔打在地上。走在这样的地方，人要格外小心，搞不好，就会被不期而至的风与带起的经幡掀翻在地，以至滚落山崖。

薏米学着大人的模样，用手捡起地上的经幡，费力地举过头顶。虽然这样很累，很慢，但她依然一丝不苟，毕竟跟随爸爸妈妈走多了，在藏区见得多了，她也早已知道，经幡，是藏族同胞祭祀神佛的圣物，是与神佛沟通的桥梁，藏族同胞对它顶礼膜拜，而我们自然也不能将它踩在脚下，用脚去践踏。

站在山顶眺望，天空的云，被风拉扯得奇形怪状；湖水映射出淡淡的蓝，从崖下一直绵延到天边；湖的尽头，念青唐古拉山默默站在湖边，山顶上冰川纵横。温柔的湖、静默的山、高洁的冰川，组成了一幅大气磅礴的山水画卷。

站立片刻，风带走了身上的热量，薏米边走边说："好冷啊，好冷啊！"
芝麻将冲锋衣脱下来，递给了薏米。

穿上长长的冲锋衣，薏米如同一只企鹅，风将宽大的衣服，吹得鼓鼓囊囊膨胀起来，站在山顶，经幡与薏米的身姿，随风舞动。

回到当雄，大伙找了个川菜馆，点了一大桌菜，准备大吃一餐。

突然想起，奔驰哥已经很久没有叫唤不要点辣的了。据说，后来经过长沙时，奔驰哥已经可以欣然接受长沙热烈火爆的口味虾了。

而这一天，恰好是芝麻的生日，也是她在路上度过的第三个生日。绿豆因为这些天总是想着团队的事，根本没想起来。

这会儿赶紧想着将功赎罪，趁大伙点菜间隙，满城搜寻蛋糕去了，想想这高原小城，要找到蛋糕，委实困难，何况天色已晚。不过后来居然真的还给找到了，这是一个湖南长沙老乡开的一家叫西麦园的蛋糕店，一听说是湖南老乡，老板分外热情，主动给打折，让买蛋糕的绿豆先去吃饭，他做好后，直接送到饭馆。

看到蛋糕，几个小朋友眼睛发光，个个开心地嚷着，仿佛过生日的是自己一般。回到宾馆，在大厅里点上蜡烛，大伙围着芝麻，一起唱起了生日歌，然后开始分蛋糕，蛋糕刚拿到手，蛋糕大战就开始了。很遗憾的是，不是寿星的小 Y，中弹最严重，被一帮人围攻，涂成了大花脸。

这种开心，却透露着再一次的分别与不舍。

这是全程队伍，在这次旅行中，最后一个团聚的夜晚。

明天，就是这次旅行的正式返程。

清醒、小旋风将从当雄回到拉萨，乘飞机直接回家；小 Y 将继续在拉萨逗留一段。我们其他的人，则要循着青藏公路，经过羌塘草原，翻越唐古拉山，一路向东。

▼ 海拔近5000米的纳木错，放飞自己，放飞心灵。

6.3

在唐古拉山与昆仑山间，
被野生动物围观

早早起床，离开当雄。下午，投宿西藏北部小城——安多。

安多县城，海拔 4700 米，藏语意为"末尾或下部"。历史上，此处藏族同胞因其居住的地域在整个藏区的边缘，因而自称为"安多"。

一直到西藏族百姓主改革时，安多依然停留在游牧部落的生活方式之中，这片偌大的藏北高原上，共有四大部落，直到 1958 年，还是由安多千户长来统一管辖。

吃过晚饭，大伙在这个只有两条街的高原小城闲逛，这是个袖珍的高原小县城，地处唐古拉山南麓，也是藏北那曲草原接近唐古拉山的最后一个能休整的驿站，开车转遍这座县城，估计还用不了十分钟。找到所谓的最大超市，也不过一百多平方米，不过对于习惯牦牛背的游牧民族来说，再大的城市，也不如羌塘辽阔。

因为明天将要从安多直奔格尔木，于是大伙准备好第二天奔袭青海的干粮，赶紧往回走。出了超市，街上下着淅淅沥沥的小雨。八月初，内地正是盛夏，是酷暑时节，可走在细雨里，却禁不住阵阵寒战。

返回宾馆，薏米、芽芽、笑笑与妞妞四个小朋友楼上楼下蹦来蹦去，老板一个劲叮嘱几个小朋友慢慢走，免得高反。可小朋友哪里听得进去，因为她们，早已习惯了高原生活。

被大人抓回房间的几个小朋友，被迫早早钻进了被窝。

迷迷糊糊之间，听到外面一片喧闹，一阵阵急促的呼叫，初始以为是内地司空见惯的酒鬼在宾馆叫嚣，后又听到叮叮咚咚的匆忙脚步在楼道里奔跑，还夹杂着拖着重物的沉闷声响。直到听到有人在楼道里使劲呼叫"医生，快，医生"时，猛然想起宾馆前台那一排排的大氧气瓶，莫不是有人严重高反了？

绿豆顿时有点小小的紧张，不会是自己的队友吧？赶紧打开房门，寻着声音找过去，一间一间房查过去。原来不是自己的队友，略微松了口气，看到楼道里飞奔的人群，心又不禁提了起来。

原来是一队刚从青藏自驾进藏的队伍，当天从格尔木出发，直接翻过唐古拉山，投宿安多，据说从格尔木出发后，他们的队友不同程度出现不适。

此刻虽然已投宿宾馆休整，却至少有超过一半的队员产生高反，更有三四人症状严重，已陷入半昏迷状态，神志不清，更有人已深度昏迷，不省人事，一群人惊慌失措，在楼道里乱喊一气。

▼ 无人区的雪山与湖泊。

此刻，几名从当地医院赶来的医生，开始对危重病人实施紧急抢救。

整个宾馆里，医务人员奔跑的脚步声，拖氧气瓶的轰隆声，病人的呻吟声，领队与队员此起彼伏的呼喊声，敲打玻璃注射药品的破碎声，混杂在一起，感觉这简直就是一个战地医院，哪里还像一个宾馆。

只是医生人数显然不够，这边医生刚吩咐助手"赶紧输氧，输液"，那边又有人站在门口大喊"医生，这里需要医生"；这边医生刚噼里啪啦敲打玻璃管的急救药品准备急救，那边又听到有人在房间里哭嚷"你醒醒，你醒醒"。

被吵得无法入睡的绿豆，只得站在门外，密切关注着这些缺乏高原经验的旅行者，提醒那个已经变得癫狂的领队压低声音，免得影响其他人休息。

只是不到半小时，整个宾馆又被那支队伍里，那些尚未发生高反的人，差点掀了个底朝天。原来陆续又有人开始高反，而之前高反的，有的越发严重，那些从来未经历过高反的人，总是疑神疑鬼觉得那几个严重高反的人，快要不行了，快要留在安多了。

绿豆不得不再次爬起来，跑到过道里，很不满地冲那个正在过道里大喊大叫的领队说："麻烦你小声点可以吗？你这样大声喊叫，既影响其他人休息，也让你的队友更加慌乱，你得首先让你的队友平静下来！然后合理安排大家轮流照顾队友，轮流休息，不然你那些还没高反的队友，估计也扛不住，到时你更麻烦。"

那领队有些不好意思，低着声一个房间一个房间安排去了。

直到凌晨，除了我们之外，唯一的一支住在这个宾馆的旅行队伍，才逐渐消停。

被闹钟闹醒，极不情愿睁开眼睛，窗外一片夜色，挣扎着离开床铺，匆匆出发。毕竟，我们今天，要越过唐古拉山与昆仑山两座山系，要奔袭近千公里。

车灯划开夜幕，进入无边无际的旷野，向东北方向驶去。出安多不久，路边开始隐约有白色，夜里那一场雨，在这海拔更高的地方，已经变成了雪。

三台车的灯光，撕破浓浓夜色，一路蜿蜒向上，车到唐古拉山口，海拔已经超过 5200 米，近处依然一片昏暗。

旷野里皑皑白雪，让暗的地方更暗，寒风嗖嗖地肆虐，将天上的云扯得东一块西一块；东边的天际，透射出一丝明亮，西边的大地上，高高矗立的雪山闪耀着银光；打开车窗，一阵冷风袭来，浸透人的每一寸肌肤，风声更显静寂，这片羌塘大地，此刻一片默然，一片混沌，走在前面的两车的灯光，如两点萤火，在这片大地上，如此渺小而微弱，大地洪荒，亘古不变，只有大自然，才是永恒的主宰。

四号车只剩下奔驰哥与小叶，安全起见，绿豆上了四号车。

峰子依然作为一号车，行驶在车队最前面。除了每车的主驾与副驾，其他人都在车上昏昏欲睡。

时针指向六点，虽身处海拔 5000 多米的高原，但因为在西部，加上天上厚厚的云层。天色依然黯淡，四周一片朦胧绰约，车队疾驰在广袤的羌塘大地上。一号车突然毫无征兆地在一个弯道上戛然而止，后面的车都紧跟着紧急制动，一时丈二和尚摸不着头脑。车停好一阵，也没看到一号车有人下来，也没有发出任何声音，更没有看到四周有任何异常，所有人都有些纳闷。

就在绿豆准备下车跑上去查看时，一号车的车窗悄无声息地摇了下来。只见峰子伸出手，毫无声息，不断地指指点点，大伙定睛细看，才发现似乎有什么东西在一号车头附近，不断瞪大眼睛，搜索来搜索去，大伙一下炸开了锅：藏羚羊！一群藏羚羊！！

原来峰子驾驶一号车，刚拐过一弯道，车灯里，突然出现一群正在横穿公路的动物，一时之间，人与动物就这样不期而遇，相互都愣住了。

峰子一个激灵，赶紧一个急刹，车突兀地戳在了这群动物身边，这群动物也傻了，就那样直直地瞪着眼，望着莫名其妙突然出现的庞然大物。

定神一看，原来是一群藏原羚，一群高原的精灵，它们正准备横穿马路，峰子赶紧让已被惊醒的芽芽与薏米快看。

因为天色尚暗，后面两台车，经过峰子的指点，半晌才发现这群停留在车头前的高原精灵。

此时，回过神来的藏原羚，才想起开始逃离我们。

它们却没有选择勇敢地冲过公路，而是在领头那只羚羊的带领下，掉转头，向来的方向撤退，不过它们似乎并不那么惧怕人类，在离开公路几十米之后，都回过头来望着这些同样望着它们的人群。

待到大伙想起拿出相机，藏原羚早已在几十米之外，加上光线昏暗，藏原羚的毛皮又与草色接近，连肉眼分辨起来都很困难，要想拍摄到它们清晰的身影，更难。

好在藏原羚屁股上那一团白色的毛，成了显眼的目标，只要寻着白色，总能找到它们在荒原里的身影。

相互对视良久，重新启程。

薏米与芽芽，笑笑与妞妞，此时却再无睡意，把眼睛瞪得溜圆，直视着车窗外，搜寻着荒原上的可疑物体，期望能再次邂逅这些可爱的野生动物。

时不时，芽芽小声问："妈妈，藏羚羊还有吗，怎么它们还不出来呀？"

薏米则小声对芝麻说："妈妈，我好想抱抱藏羚羊，我好想把它当宝宝！"

在大伙的特别留意下，行驶不远，果然又有一大群藏原羚，正在路基下不慌不忙地吃草，一边悠闲地望望好奇的我们。

一群人停下车，站在公路边，一边指点一边拍照，而这群藏原羚似乎格外通人性，知道我们的心思，并不走开，毫不顾忌或害怕我们。看到走近它们的薏米和芽芽，羚羊们也只是抬抬头，打量一番，大概觉得小朋友们并无恶意，复又低下头，继续吃着自己的草。待小朋友们靠得过分近，才掉转身子走几步，一旦小朋友们跑过去，它们也必将起身飞跑，只不过跑一小段，继续保持不远不近的距离，就停下脚步，继续进食。

或许得益于这些年人类的保护与努力，藏原羚们已经不再那么惧怕人类，此刻的它们，犹如 T 型台上那些大方优雅的模特，从容面对我们，面对我们的镜头，直到我们不再有拍摄的欲望。

一路上，薏米无数次和芝麻聊起那些动物园里的野生动物，在她心里，那些被围困在笼子里的动物，是那么可怜。此刻，看到这些自由自在的藏原羚，薏米不由再次发问："妈妈，为什么有人要把那些动物关起来？"

芝麻："因为有些动物受伤了，需要保护和治疗。"

薏米："可是很多动物，并没有受伤啊，为什么也要被关起来？"

芝麻："因为人类要研究它们，也是为了让更多人认识它们，了解它们，从而更好地保护它们。"

薏米："可是它们那么可怜，为什么不把它们放出来呢，就像这些藏羚羊，可以想去哪儿就去哪儿。"

▲ 荒原里的藏羚羊。

▲ 藏野驴，羌塘的舞者，对我们这些凡夫俗子，不屑一顾，只顾埋头填饱肚子。

▲ 昆仑山下，一只藏羚羊孤独地行走在大地上。

然后扭头对绿豆说："爸爸，下次你把那些笼子都砍烂，把所有动物都放了好不好？"

有形的囚笼，很容易打破，无形的枷锁，却不容易解开。

不仅仅是那些被囚禁的野生动物，其实，我们的下一代，又何尝不是面临这样的困境。大家画地为牢，囚禁着孩子们脆弱的心灵，禁锢着他们向往自由的灵魂，束缚着他们渴望远方的脚步，遮蔽住他们眺望世界的眼眸。

旅行只是手段，自由才是目的。

自由是超越自己，给自己开辟出更大的自由空间，自由是对从前那个自我的否定。没有责任的自由，是更大的囚笼，自由是一种义务，它先于权利。

为了获得自由，每个人，都必须先学会停止与拒绝，做一个真实而纯粹的自己，而不是不择手段去追逐所谓的自由。

大自然绝对真实，也将永远真实，每个人，都必须用最真实的自己，用最真诚的心去面对。

与羌塘草原上自由奔跑的野生动物相比，我们的孩子，却总是生活在一片虚假的花园里。时间一长，他们的世界里，人生的全部，就是那个小小的自我，世界的全部，就以那道熟悉的围墙为界。

如若没有方向，你将向何处奔跑！

天已放亮，视线不再受阻，极目四眺，目之所及，成群的藏羚羊在原野上游动，大伙最初的兴奋开始变得平静。

荒原里，一队正在行进的动物，引起了大伙的注意，黄白相间的毛发格外漂亮，看起来，它们要比藏原羚高大，定睛细看，原来是一队藏野驴。它们排成一字纵队，迈着优雅的步子，不疾不徐，宛如经过刻意训练的赛马，表演着优美的盛装舞步，一起一落，腾挪跳跃，轻快而富有节奏。

看到我们在打量它们，所有的藏野驴也停下脚步，侧目斜视我们，看了一阵，估计是觉得我们这群人实在无趣，它们开始继续前进，却不再为我们表演盛装舞步，只是当作平常散步，不慌不忙走过去，对我们不肯再直视一眼。

告别野驴，翻越一山梁，车队进入了一片河谷，从坡上望过去，河边的洼地里，无数的羚羊，缀满荒原，而这些羚羊，没有醒目的白屁股，显然不是藏原羚。

那景象，如同一片牧场里，拥挤着归牧的羊群，但在这荒无人烟的可可西里深处，它们只可能是野生的羚羊；而这景象，或许只有西方的摄影师，在非洲的纪录片里，才会为我们展现如此恢宏壮阔的野生动物自由奔跑的场景。

每个人的心，都禁不住开始悸动，在辽阔的中国大地，或许只有这片土地，或许只有这片高原，还有这么庞大的野生动物群，还有这么多自由自在繁衍生息的野生动物，还有这么一个动物们的天堂与庇护所。

大人们静静站在坡上，看小朋友们在荒原上飞奔，看野生动物好奇地打量着朝它们跑去的孩子们。

台钧的话打破宁静："现在不是我们在看它们，是它们在看我们！"

是啊，都说野生动物是人类平等的朋友，可人类与它们，何时又平等过。或许，只有此刻，只有此地，才有平等，才有相互对等的打量与欣赏。

单之蔷先生曾经说过："野生动物有一种把我们带回故乡（进化史意义上的）的能力，我们曾经是野生动物中的一员，也和他们一样在荒野上游荡，也曾是捕食者和被捕食者……渐渐我们忘记了我们从哪里来，忘记了故乡。但一种'寻根'的冲动，一种'返乡'的愿望，不时地萦绕在我们的心头……"所以当我们置身万里羌塘，与这些荒野中自由奔跑的野生动物相互对视时，"被压抑的野性释放出来，感到野生动物是那样的亲切，内心荡漾着一种愉悦，一种回到阔别很久的故乡的感觉弥漫着"。

前方的乌云，已经散开，洁白的云团，浮在大地上，投射出巨大的阴影，湛蓝的天空，宝石般洁净透明，黑色的柏油公路，一直延伸到天边，几辆汽车，如同几只细小的甲壳虫，趴在公路上。

左边，一轮彩虹，低低地涂抹在草原上，让这片荒原更显灵动与空旷。

一头小野驴，大概是与爸爸妈妈走散了，独自穿过青藏铁路下的桥孔，钻进了铁路护路铁丝网与公路之间的狭长洼地，惊慌失措地在洼地里跑来跑

▼ 羌塘大草原,养育了中国规模最庞大的野生动物群落,这一方原野,成为中国野生动物最后的庇护所。

去，既回不到铁路那边的荒原，又不敢冲过公路。

绿豆与奔驰哥停下车，加上小叶，三个人一边拍照，一边耐心地等这个可怜的小家伙，能鼓起勇气冲过公路，好去寻找自己的爸爸妈妈。

只是，它的爸爸妈妈，却不知在何处。不知道这头小驴，是不是也在独自历练，毕竟，总有一天，它要走向远方，走向更广阔而未知的世界。

大自然的规律，并不总是弱肉强食，除了适者生存的法则，它更会让我们学会团结协作，勇者为王。记得在新疆夏特河谷里，大伙曾亲眼看到一只鹰隼，想去乌鸦巢穴里抓小乌鸦，结果反被乌鸦啄掉羽毛，被两只乌鸦追赶得在空中狼狈逃窜。

高坡上，一只孤独的公藏羚羊，走走停停，这大概是一只曾经的首领，如今战败，被新首领驱逐，从而也失去了自己的整个家庭。不过它依然骄傲地挥动着头顶那对硕大威武的犄角，对我们的造访，不屑一顾。

原来，这个季节的可可西里，每当天即将破晓时，在低洼处歇息了一晚的野生动物们，就会去高处吃草，晒太阳，快乐地度过美好的一天；而每当夜幕降临，高处风大天冷，这些动物又会往低处迁徙，以躲避寒冷。所以在这天色微明时分，我们才能如此近距离地接近它们；而它们，生而自由，我们不过是无意中路过它们家园的客人。

只有这个季节，在可可西里，在万里羌塘，才会有野生动物好奇地围观人类，而不是人类围观它们。

远处，一只黑色的野牦牛，桀骜凛然，站在荒原上，岿然不动。它身后的地平线上，一排高山从荒原上拔地而起，宛如屏障，直插云端，山的顶部，白雪皑皑，映射着蓝得发黑的天空。

那里，就是莽莽昆仑；这里，就是青藏高原。

出了昆仑山，就是人类那无比繁华却一片荒芜的家园；出了昆仑山，就将告别这一方不知是人间还是天堂的荒原。

几丝流云，正在昆仑山的顶上，徐徐飘过。

何处，才是我们灵魂的故乡？

后记

何处是你灵魂的故乡

很多朋友问我，我想去西藏，会有高反吗？嗯，这个，沉吟半天，着实不好回答！有没有高反，它也不是我们说了算的啊！

还有的人问我，我要带孩子进藏，能吃得消不？恩，这个，沉吟半天，连他孩子身高体重有没徒过步露过营都不晓得，我们怎么说呢！

旅行，可以说走就走，但绝对不是一直窝在家里神游，天天做梦的人，能说走就走的。

说走就走，他得有基础，有积累。

所以，我们一直说旅行不是壮举，它是生活的一部分，平时你一直在关注或进行户外，在路上走着，绝对可以说走就走。

还没出发时，有人开玩笑说领队最轻松，只需要发发号施施令就行，也许我只能笑笑。其实真正好的领队，真正优秀的领队，不仅仅是能为跟随你的队友，量身制订出最适合大家的线路，最稳妥的行程，还要学会评估自己的队友，学会评估自己选择的线路，学会把队友真实的能力与线路最艰难的状况结合起来，这其实也是一个所谓超级玩家、所谓资深背包客必须具备的能力与素养。只要自己具备了这个能力，那么无论跟随你的队友有多少人，是什么人，在路上遇到的所谓风险，一定是偶然，而非必然。

上高原，最令人担心的是高反，而高反中最可怕的，是脑水肿与肺水肿。当我们从低海拔地区快速进入海拔超过 3000 米以上高原，或者从高原进入海拔更高的地区时，大多数人通常会在数小时或一到三天内产生一种身体的应激反应，俗称高反。

高反的主要表现有头痛、心慌、气促、食欲减退、倦怠、乏力、恶心、呕吐、腹胀、腹泻、胸闷痛、失眠、眼花、嗜睡、眩晕、手足麻木、抽搐等。体征为心率加快、呼吸加深、血压轻度异常、颜面或四肢水肿、口唇紫绀等。症状时隐时现，返回低海拔地区后一般可消失。只有少数暴发型表现为极度呼吸困难、烦躁不安或神志恍惚，咳出大量粉红色泡沫样痰。

大多数人的高反症状，在持续两到三天后，会减轻或消失。

那么对于想去高原旅行的人，初次上高原，如何才能有效防范并克服高反呢？

一条切记：有感冒、心脑血管疾病、肺病患者，不要盲目上高原，这些疾病，很容易导致肺水肿及脑水肿。而大多数在高原上出事故的人，基本都是因高原肺水肿及脑水肿危及生命的。

两个注意：第一个是初次上高原者，可在出发前一至两周服用红景天，或者用红景天根泡茶喝，在进入高原后一到两天停用；第二个是平时经常进行体力锻炼的人，在进高原前一至两周应停止锻炼。

三大纪律：第一是做好保温，勤添衣，避免感冒；第二是前一周内避免饮酒和服用镇静催眠药，第三是不要进行重体力活动，避免过度焦躁或兴奋。

四个尽量：进入高原后，前几天应尽量避免洗澡（擦澡即可），因为热水洗澡会加快血液流动，增加耗氧量，容易因缺氧引发高反，而且洗澡容易引起感冒，导致出现脑水肿与肺水肿的概率大大增加；尽量多喝水，多吃水果，避免进食太饱或过多食用油腻食物；尽量随身携带葡萄糖、巧克力、西洋参含片等，既能补充能量，又能缓解高反；尽量多带几种感冒药，比如说康泰克一类的西药，还有板蓝根、小柴胡、三九感冒颗粒等中成药，在开始进入高原前和进入高原后的前几天进行药物预防，同时可以带上退烧药、消炎药、创可贴、治疗肠胃不适的药、肌苷口服液、地塞米松等。

条件允许，可备上氧气，以备紧急时使用。

发生高反后，可按以下步骤进行处理：

1. 轻微高反时，可使用西洋参补气，放在舌下含服即可。

2. 如出现虚脱、体力不支等，可食用葡萄糖、巧克力等补充体能。

3. 如反应较为剧烈，头疼非常厉害，可使用芬必得、布洛芬等镇痛类药物缓解头疼。

4. 高原反应较为剧烈时，切勿继续往更高海拔的地方前进，应停留在原海拔位置，直到症状消失再考虑继续前进。

5. 如高原反应十分剧烈，上述方法亦无法缓解时，可考虑间断或持续吸氧。

6. 如病情进一步恶化，出现抽搐、昏迷等严重症状的，应及时就医。如果没有办法第一时间送医，需尽快注射地塞米松、速尿等高原反应常用药。

7. 在进行上述第6条的同时，如短时间内无法得到医疗救助或其他较为可靠的救援时，需要尽快下撤至低海拔地区。

独家预防高反秘籍：阶梯式上升，是预防高反最稳妥、最安全的方法。即在海拔3000米左右的地方停留2~3天，再继续向高海拔地区前进，但每天上升的海拔高度控制在700米左右，如时间许可，海拔每上升1000米，停留适应1~2天最佳。

孩子的适应能力，远胜大人。判断孩子是否适应，基本可以根据整个队伍中，用最弱的那个成人作为参照物。在没有意外的情况下，孩子的能力肯定胜过最弱的那个成人。爸爸妈妈因此没必要过分操心或担忧。而且为孩子预防高反，尽量不要使用红景天等药品。在进入高原途中以及进入高原的前几天，勤添衣服并酌情冲服小柴胡颗粒，预防感冒即可。

其他预防及处理高反事项，参照本文上述内容即可。

在此，要感谢很多很多的人。这一路的旅行，没有他们的帮助与支持，想必一定不会如此完美，不会如此圆满，不会如此顺利。

感谢乐进同学及比如的宋超队长、次仁桑珠主任；年保玉则的依加兄弟，青海老树户外的老树、老郭及刘师傅；广州的美女WINNIE与浙江嘉兴ALPINE PRO的程鹏先生；新疆的虎子、张师傅、喀拉峻景区的楚彦勇先生、夏特景区的巴特兄弟以及那些曾经在路上给予我们帮助与支持的所有朋友；感谢在这次活动中诸如一秒、峰哥、河西、小丫、青藤等所有辛勤付出的所谓协作、组长及队长团长们，更要感谢一路同行的兄弟姐妹及所有小朋友们！

最后，要感谢本书的编辑于至堂先生！因为有他，才有这本书带给大家的欢乐与精彩！！

世上总有些路，会令我们不断去重复行走，一次、两次而乐此不疲甚至流连忘返。也许，是因为路的艰险，充满了无尽的挑战；也许，是因为路两边的风景，太过于绚烂，让许多人沉醉而无法自拔；也许，是路前面的未知，让我们充满无穷的期盼与向往。

总有很多朋友，会问我们，坐火车去西藏怎么样，我们通常回答说不怎么样；也有很多朋友问我们，飞机去西藏要好多钱，我们的回答也通常是不要好多钱，和汽车自驾差不多。朋友们则通常会瞪大眼睛：你们是不是有病，为什么不选择飞机去西藏。

其实，去西藏也好，去陌路也罢，这些都不是目标，而是过程！因为唯有脚踏实地的路，才能让我们体会到"在路上"的神奇和美妙。什么叫旅行，不就是从自己活腻了的地方，去别人活腻了的地方吗？！

陌路，就是心路，心到哪里，路就到哪里。在陌路，有时是一种经历，有时是一种状态，有时是一种回味。心有多宽，路就有多远；在陌路，是一种自我救赎或回归！陌路有风，陌路有雨，陌路有酒，陌路有诗，陌路有花，陌路如花。

何处，是你灵魂的故乡？

没有梦想的天空，就不会升起幸福的云朵，希望所有热爱生活的人，都能在梦想的天空之上，寻找到属于自己的幸福与快乐，寻找到那片灵魂的故乡！

让我们，陌路如花，相逢天涯。